불의 여신 정이

3

불의 여신 정이

권순규 장편소설

황금가지

차례

19장 · 휘몰아친 폭풍의 중심에 서다 …… 11

20장 · 바람이 일다. 세상이 바뀌다 …… 46

21장 · 여인, 꿈을 이루다 …… 77

22장 · 변한다. 사람도, 분원도 …… 97

23장 · 모두가 다르나, 모두가 같다 …… 117

24장 · 고개를 드는 위험 …… 151

25장 · 꽃이며, 바람이며, 꿈이다 …… 192

26장 · 어둠을 가르다. 빛을 뿌리다 …… 225

27장 · 목숨을 건 나날들 …… 250

28장 · 각전투구의 가운데서 …… 269

29장 · 그릇 하나에 목숨 하나 …… 293

30장 · 열화 백파선 …… 324

호화로운 금장식과 비취옥이 자욱한 어둠을 밀어내니 밤이면 더욱 빛을 발하는 성이었다. 사위가 한 눈에 내려다보이는 천수각天守閣 난간에 서서 아래로 시선을 떨어트리면, 갓 꽃망울을 터트린 수백의 벚꽃나무만으로도 눈이 부실 지경인데, 봄바람을 타고 오른 꽃잎들이 천수각을 뒤덮을 때면 보는 이의 정신까지 몽롱하게 만들었다. 그 봄날의 향연 끝에 한 사내가 서 있었다. 적색과 흑색이 뒤엉킨 대개大鎧[1]를 걸친 위용이 전장의 한복판에서 있다 해도 모자람이 없었다. 굳게 다문 입술 위로 치켜세운 눈매가 범상치 않았고, 크고 작은 상처들이 그물처럼 촘촘히 내려

1) 대개 : 오요로이, 장군의 갑옷.

앉은 손은 패도 한 자루를 움켜쥐고 있었다. 한동안 이리저리 흩날리던 꽃잎의 향연을 지켜보던 사내가 시퍼렇게 날 선 패도를 뽑아 휘이휘이 허공을 내젓자 막 바람을 타고 마천루까지 올라선 꽃잎들이 소리 없이 두 조각이 되어 떨어졌다. 두 번, 세 번, 호흡이 차지 않을 정도로 칼을 휘두르는데 술시를 알리는 타종소리가 들렸다. 고심이 깊은 듯 깊은 한 숨을 뱉어낸 사내가 차분히 패도를 회수하곤 발길을 떼었다.

두터운 오동나무를 결대로 짜 맞춘 마루 틀이라 다급히 내달려도 삐걱거리는 잡음조차 없는 곳이었다. 통로 좌우로는 사내의 손길을 거쳐 간 보검들이 늘어서 있었다. 칠척七尺에 달하는 노다치 대도大刀도 있고 제례 때 사용하는 쓰루기[2]며 검신을 무겁게 만든 노다누키와 닌자도도 있었다. 한때는 사내와 함께 전장을 누볐던 칼이라 이 통로를 지날 때면 그 칼날 끝에 피를 쏟고 죽은 이들의 한 맺힌 통곡이 들리는 듯했다. 한 걸음 한 걸음이 천근마냥 무거웠고 통로 끝으로 세 개의 미닫이문이 연이어 열리자 사내는 곧장 내실로 들어섰다. 벽이며 천정이며 죄다 황금과 옥으로 치장되어 실로 화려함 일색이었다. 사내가 옥교에 좌정하자 좌우로 늘어선 고관대작이며 장수들이 일제히 머리를 조아렸다.

2) 쓰루기 : 직선형의 일본식 양날검.

하나 사내의 시선은 줄곧 옥교 옆에 놓인 막사발을 응시했다. 오로지 사내를 위한 전리품이리라. 천천히 막사발을 들어 쥔 사내의 손길이 마치 여인의 가슴을 어루만지듯 사발을 부드럽게 쓸어내렸다. 서릿발마냥 매섭던 눈빛도 봄 햇살에 녹듯 사그라졌다. 기이한 변화였다. 하나 막사발이 사내의 손에서 떨어지기 무섭게 다시 피의 전장을 누비던 위용이 되살아났다. 부드러웠던 손길은 패도를 움켜쥐었고, 따스했던 눈빛은 벼락처럼 요동쳤다.

"가거라! 조선 최고의 그릇을 내게 가져오라!"

1592년 4월 5일 청명淸明, 그날로부터 정확히 293일 전이었다.

19장

휘몰아친 폭풍의 중심에 서다.

빛이 사라져 꿈을 잃은 것인가. 꿈을 잃어 빛을 잃은 것인가.
빛이 사라져 길을 잃었다 했다. 꿈을 잃어 길도 잃었다 했다.

스산한 밤하늘에 만월을 쪼개고도 남을 벼락이 내리쳤고 땅에서는 지축을 뒤흔드는 활화산 용암이 치솟아 올랐다. 백색과 적색의 검광이 맞부딪쳐 연신 죽음의 불꽃을 쏟아내길, 또 한순간에 숨 막히는 정적이 찾아들었다. 마치 아무 일도 없었다는 듯이. 바람에 흔들리던 솔잎 하나가 하늘하늘 춤을 추며 떨어지다 땀이 흥건한 태도의 뺨에 내려앉자 나직한 음성이 울려 퍼졌다.

"이름이 무엇이오?"

"이름이라……."

그러고 보니 소싯적에 불렸을 이름이 생각나지 않았다. 무엇이었던가. 개똥이었는지, 갑돌이었는지, 말복이었는지, 도무지 기억나지 않았다. 어차피 천민들이 모여 사는 산촌 부락에 제대로 된 이름이 있을 리 만무했다. 쓰디쓴 미소를 머금은 마풍이 입을 열었다.

"그림자로 살아가는 내게…… 이름 따위 무슨 필요가 있는가…… 내겐 그저 주군의 명만 있을 뿐……."

"……."

그러곤 울컥 선혈을 토해냈다. 그것이 수치스러운 듯 급히 되삼켰으나 두터운 입술을 빠져나온 몇 점의 선혈이 턱 끝에 맺혔다가 툭툭 흙바닥에 떨어졌다. 그러고 보니 두 번째였다. 주군의 명을 수행치 못하고 돌아선 것이, 그것도 같은 상대에게. 잠시 마풍의 눈빛을 응시한 태도가 검을 뽑아내자 검붉은 피보라가 솟구쳤다. 피식 미소를 머금은 마풍이 턱 끝까지 차오른 숨을 간신히 누르며 힘겹게 걸음을 뗐다. 하나 채 몇 보도 가지 못한 채 무릎이 꺾이며 털썩 쓰러졌고 재차 한 움큼 선혈을 토해냈다. 그럼에도 손에서 칼을 놓진 않았다. 절대 놓지 않겠다는 의지어린 눈빛이었고 우악스런 손은 더욱더 힘차게 칼을 움켜쥐었다. 그 칼이 제 삶에 있어 유일한 지기였고 유일한 피붙이였다. 그리 생각하니 쓰디쓴 미소가 입가에 걸렸다. 먼발치에 있던 죽음이 한 호흡 앞까지 다가왔음을 느낄 수 있었다. 고수의 칼에 죽는 것이 무인의 마지막 바람이라 했던가. 허수아비 기십 관병의 창검에 당한 것이 아니었으니 후회 따윈 남지 않았다. 그리 비릿한 미소를 머금은 채 눈을 감았다. 호흡이 멎었고 아무런 미동도 없었다. 그때 정이의 목소리가 들렸다.

"오라버니…… 오라버니 괜찮아……?"

처벅처벅 다가간 태도가 겁에 질린 정이의 뺨을 어루만졌다. 차분한 눈빛이었다. 아무 일도 없었던 사람처럼.

광주 고을에 당도한 그 짧은 시간에 보슬보슬 비가 내렸고 막 피어오른 물안개며 흥건한 땀에 전신이 축축이 젖어 있었다. 다행히 늦은 시간은 아니어 약방은 문을 열어놓고 있었다. 눈 먼 정이를 보자마자 의원은 혀를 끌끌 찼다.

"그래서 내 조심하라 이르지 않았누."

의아한 태도의 눈빛 끝에 울고 있는 정이가 보였다. '알고 있었느냐? 눈이 멀게 될 것을 알고 있었단 말이냐!' 그리 생각하는데 의원이 깜짝 놀란 낯빛으로 말했다.

"자네 팔은? 괜찮은 게야?"

의원의 시선 끝에 핏물을 떨구고 있는 제 팔목이 보였다. 나락에 빠진 정이가 걱정되어 제 아픔 따위 까맣게 잊고 있었다.

"저는 괜찮습니다. 우선 눈에 좋은 탕약부터 지어주십시오."

고개를 끄덕인 의원이 몇 가지 약재를 섞어 약첩을 짓는 동안 태도는 붕대를 찾아 제 팔목을 둘둘 감았다. 출혈이야 걱정할 바

없었고 다섯 손가락이 제대로 움직이는 것이 힘줄을 상한 것 같지도 않았다. 다행이라 여기고 남은 붕대로 정이의 눈을 돌돌 감아주며 말했다.

"불편하더라도 당분간은 이리 붕대 감고 있어."

"응."

그러곤 잠시 기다리길 의원이 약첩을 내밀었다. 조심스레 약첩을 품에 넣은 태도는 무엇을 먼저 물어봐야 하나 주저했다. 혹 달갑지 않은 답변이 나올까, 옆에 있는 정이가 어찌 들을까 염려되었다. 그런 태도의 마음을 읽기라도 한 듯 정이가 먼저 입을 열었다.

"제가…… 다시 볼 수 있을까요?"

울고불고 소리치고 매달렸다면 차라리 태도의 마음이 편했을 것이나, 그저 담담한 목소리였다. 조심스레 고개를 젓는 태도를 살핀 의원이 별 일 아닌 투로 대꾸했다.

"탕약 잘 챙겨 먹고 며칠 푹 쉬면 나을 게야. 그럼, 낫고말고."

위안은 되지 않았으나 일말의 희망을 안고 나란히 약방을 나섰다. 몇 걸음 가지 않은 터에 태도의 팔을 감싸 쥔 정이가 잠시 멈춰 섰다. 태도의 얼굴은 보이지 않았으나 마치 보이는 투로, 애쓴 미소로 만면 가득한 먹구름을 몰아내며 말했다.

"오라버니. 왜 그렇게 걱정 가득한 눈이야. 걱정 마. 의원이 괜찮다고 하잖아. 며칠 쉬면…… 괜찮아질 거야."

그리 말하는 정이를 보자 저도 모르게 울컥 눈물이 솟았다. 입술이 떨리고 목울대도 울렁거렸다. 행여 정이가 볼까, 들을까, 조용히 침을 삼키고 짧고 냉랭히 대꾸했다.

"그래."

그러곤 도망치듯 황급히 걸음을 떼자 정이가 옆구리를 바싹 파고들었다. 한가득 찾아온 절망의 그림자를 애써 몰아내고 해맑은 표정을 짓고 있었다.

"근데 오라버니…… 오라버닌 장가 안 가? 멀쩡하게 생겨선……."

"안 가."

"왜? 맘에 드는 처자가 없어?"

"……."

"분원의 여인들이 거세긴 한데…… 개 중엔 참한 여인들도 꽤 있는데……. 미진이도 괜찮고."

"장가갈 마음 없다. 난 그냥……."

"그냥 뭐?"

"그냥 이리 혼자 살고 싶다."

"체, 그리 살다 홀아비 냄새 풀풀 풍길 때면 나도 시집가고 없을 텐데……. 괜찮겠어?"

"……."

태도의 침묵에 정이가 걸음을 멈추고 말했다.

"오라버니, 나 집에 가지 않을래. 집에 가면…… 두 번 다시 세상 밖으로 나올 수 없을 것 같아."

태도가 근심 가득한 눈빛으로 정이를 바라보자 미소를 머금은 정이가 태도의 팔을 잡아끌었다.

"나, 스승님께 데려다 줘."

순간 불안감이 엄습했다. 문사승의 집으로 가게 되면 다시 그릇을 빚고 또 분원으로 가지는 않을까, 이토록 고통스러운 경험을 또다시 하게 되지 않을까. 아니 된다. 그리되게 내버려 둘 수 없다. 어떻게든 정이를 설득해 집으로 데려가야 한다. 수도 없이 번민하며 소리쳤지만 저 또한 무엇이 정이를 위한 결정인지 확신이 서지 않았다. 그러한 심중의 질문과 답변이 수백 수천 번에 다다랐을 땐 이미 문사승의 초가삼간에 앞에 서 있었다. 시간이 어찌 흘렀는지 벌써 산 너머에서 먼동이 터오고 있었다. '지금이라도 발길을 돌리는 것이 옳지 않을까?' 사립문 앞에 선 태도가 잠시 주춤거리자 붕대를 둘둘 감아 놓은 정이의 눈동자가 태도를 향했다. 보이진 않으나 저편에서 반짝이는 정이의 눈망울이 보이는 듯했다. 그 고요한 눈빛을 보는 순간 모두 저만의 헛된 바람임을 알 수 있었다. 애초에 쓸데없는 고민이었다. 깊은 한숨을 내쉬고 사립문을 들어서는데 기다린 듯 문사승이 혀를 끌끌 차고 말했다.

"어디서 뭘 하다 이제야 온 게야."

"스승님……."

"뭣 하는 게야. 얼른 들어가지 않고!"

무심하고 냉랭한 목소리였으나 고저 없는 떨림이 정이의 심장까지 전해졌다. 제자에 대한 안타까움이리라. 죄송하고 또 송구스러웠다. 이러한 모습으로 돌아온 자신이 너무도 밉고 싫어 눈물이 차올랐고 눈을 가린 붕대가 축축이 젖어들었다. 목이 메었다. 축 늘어트린 어깨도 들썩였다. 팔짱을 끼고 있던 태도의 손을 스르르 풀자 저도 모르게 털썩 주저앉고 말았다.

"스승님……. 죄송합니다……, 죄송합니다, 스승님……."

문사승은 혀를 끌끌 찼다.

"못난 놈, 그리 울고 불면 무엇이 바뀐다더냐? 괜히 찬바람에 고뿔 걸리지 말고 어여 들어가거라. 자네도 그만 돌아가고."

차갑고 모진 목소리였다. 이리 주저앉아 통곡하는 정이를 두고 돌아설 수 없어 머뭇거리는데 정이가 눈물로 얼룩진 뺨을 닦으며 말했다.

"오라버니 미안, 이번엔 나 혼자 이겨내 볼게, 그렇게 해야, 내가 다시 일어설 수 있을 거 같아……. 미안, 오라버니……."

요동치는 정이의 눈빛이 보이는 듯했다. 너무도 잘 안다는 것, 그것이 꼭 좋은 것만은 아님이라. 무엇이 정이에게 도움이 되는지도 알았지만, 정이가 무엇을 원하는지도 뉘보다 잘 알았다. 해서 예를 갖추고 발길을 돌렸다. 곁에서 정이의 슬픔을 보고 있다간 자신이 먼저 무너져 버릴 것 같았다. 단지 그 이유뿐이었다.

운종가는 사람들로 분주했다. 한껏 판을 벌린 듯 버나(대접돌리기)며 어름(줄타기)하는 남사당패가 시끌벅적하고 사위로 새카맣게 모여든 군중 틈으로 요염한 엉덩이를 흔들며 지나는 기생이며 보부상이며 나무꾼도 있었다. 한창 술판을 벌인 주막은 물론 지전紙廛이며 어물전魚物廛에도 몰려든 사람들로 발 디딜 틈이 없었다. 그 분주한 운종가를 종종걸음으로 곧장 지나친 사내가 길게 늘어선 육의전 끝자리에 자리 잡은 사기전에서 발길을 멈춰세웠다. 육도였다. 잠시 사기전을 살핀 육도가 들어서길 이내 화령이 예를 갖추어 육도를 맞았다. 인삼차를 놓고 마주한 후 잠시 뜸을 들이길 화령이 조심스레 물었다.

"분원의 변수께서 이 누추한 곳까지 납신 데는 그만한 연유가 있을 테지요……. 무엇입니까."

그리 말하는 화령의 얼굴이 우미하여 실로 빛이 나는 듯했다. 경국지색의 미모라 해도 모자람이 없었다. 하나 속세를 떠난 도인마냥 유유자적한 낯빛으로 인삼차를 음미한 육도는 여색 따위엔 흔들리지 않았다.

"명국 사신에게 진헌하기 위해 분원에서 천 점의 자기를 만들었고……."

육도가 말끝을 흐리자 화령이 미소로 화답했다.

"그 중 절반은 도석가루를 이용해 만들었지요."

멈칫한 육도가 잠시 화령의 눈빛을 살핀 후 말했다.

"발 없는 말이 천 리를 간다더니…… 심 행수가 꼭 그러하군."

"그릇을 사고파는 이라면 뉘라도 모를 수 없는 일입니다. 말씀하시지요. 굳이 그 사실을 제게 전하려 오신 건 아닐 테고……."

"그 오백 점의 자기를…… 자네 상단이 보유하고 있는 상품上品 백자 오백 점과 교환하고자 왔네."

"예? 자기를 교환하자니요? 저희 상단이 대궐도 아니고 어찌 대궐에 납품하는 상품자기를 오백 점이나 보유하고 있겠습니까? 설마하니 그리 생각하고 오신 것입니까?"

눈빛을 번득인 육도가 짧게 대꾸했다.

"아니, 있을 걸세. 또 있어야 하고."

대체 이 자가 무슨 강단으로 이리 나온단 말인가. 매서운 육도의 눈빛에 뜻 모를 확신이 담겨 있어 화령이 조심스레 대꾸했다.

"하오면 오백 점과 오백 점이란 말씀이온데……, 나리께서 이리 찾아오신 걸 보니 그 오백 점의 자기는 최상품으로는 가치가 떨어지는 모양입니다. 그리 문제가 있는 자기를 받으라면…… 제게는 분명 손해가 아니겠습니까?"

그때 육도가 품에서 청자사발 하나를 탁 꺼내 놓자 순간 화령의 눈썹이 가늘게 떨리었다. 육도는 그 미묘한 변화를 놓치지 않고 말했다.

"알아보겠는가?"

"글쎄요……. 청자사발이야 워낙에 흔하고 많은지라……."

"며칠 전 사헌부 감찰이 날 찾아와 이 자기의 출처를 묻더군. 호조 관원을 내사하던 중 찾아낸 증거품이라며. 내 보니 조선의 것도 고려의 것도 아닌 것이 송나라의 청자라 답하였지. 자네도 잘 알지 않는가? 송이나 고려의 청자가 황금에 비견되니…… 조정의 늙은이들에게 줄 뇌물로는 더 없이 좋은 물건이지."

"혹여…… 이 송나라 청자가 저희 상단의 것이라 말하시는 겁니까?"

"육 개월 전, 송의 자기 일백 점을 자네 상단에서 큰 값에 거래한 것으로 아는데……. 그것도 지엄한 국법을 무시한 밀매로, 아닌가?"

"……!"

"자기 밀매가 발각될 경우 어떠한 대가를 치르게 되는지는 상단의 행수인 자네가 더 잘 알 터인데……."

그러곤 가늘고 긴 검지를 뻗어 청자사발을 화령의 가슴 앞으로 밀어냈다. 파르르 떨리는 화령의 눈빛을 살피며 만면 가득 비릿한 미소를 머금은 육도가 말을 이었다.

"어떤가? 내 오백 점의 청송백자에 이 송나라 청자사발을 더하겠네."

눈빛이며 입술이며 자색 당의 품 안으로 숨긴 두 주먹까지 주체할 수 없을 정도로 떨리었다. '천하에 둘도 없는 협잡꾼 아비에 그 자식은 뻣뻣하기가 목석보다 더한 파렴치한이 아닌가! 하나 두고 보거라. 명가의 핏줄이랍시고 장사치 보기를 우습게 여겼다간 언젠가 큰코다칠 날이 올 것이다!' 입술을 잘근 깨문 화령이 머리끝까지 솟구쳐 오른 화를 힘겹게 짓눌러 대답했다.

"그 제안…… 감사히 받도록 하지요."

입 꼬리를 가늘게 늘어트린 육도가 발갛게 달아오른 화령의 얼굴을 응시하며 나직이 대꾸했다.

"내 앞으로 자네 상단을 눈여겨봄세."

그러곤 손에 든 인삼차를 단숨에 들이켜 삼킨 후 자리를 털고 일어섰다. 육도가 사라지는 마지막 순간까지 깍듯이 예를 갖춘 화령의 귓속으로 육도의 목소리가 빨려들어 왔다.

"오늘 중으로 진상결복군[3]을 보낼 테니 약속한 상품자기 오백 점을 준비해 놓게."

입술을 질끈 베어 물었고 빠드득 이도 갈았다. '오냐……. 기다리마. 내 언제가 네 놈의 목줄을 손에 쥐는 날이 올 것이다. 반드시……!' 돌아서는 화령의 치맛자락에 한 서린 오뉴월 서리가 내려앉았다.

진헌자기 천 점을 맞추지 못한 책임에 진헌할 수 없는 도석자기를 생산한 책임까지 더해 선조의 불호령은 이만저만한 것이 아니었다. "너의 호기가 벌인 사단이니, 어찌하건 네 놈이 해결토록 하여라! 알겠느냐?" 실로 가시밭길을 걷는 마음으로 강녕전을 나선 이후로 곡기마저 끊은 채 제 방에 갇혀 있었다. 쇠창살만 없었지 기실 옥사에 들어앉은 기분이었다. 차안도 없고 피안도 없었다. 정이가 입게 될 상처도 저어되었다. 밤 새 등잔불을 앞에 두고 고심에 잠겼으니 새벽녘엔 등잔 기름이 떨어져 어둠 속에 홀로 웅크려 있어야 했다. '광해야, 어찌하다 이런 실수를 저질렀느냐.' 그리 뜬 눈으로 밤을 새우고 선조를 찾아가 용서를 구해볼 심산이었다. 한데 뜻하지도 않게 변수 이육도가 상품자기 오백

3) 진상결복군 : 자기의 이송을 담당한 분원의 공초군.

점을 준비했다는 소식을 접하였다. 실로 기쁜 마음에 단 걸음으로 분원을 찾았으니, 정이가 분원을 떠난 이튿날 정오였다. 늘 그렇듯 강천은 감정이 읽히지 않는 고저 없는 음성으로 광해를 맞았다.

"어인 일이시옵니까 마마."

급히 예를 갖추는 강천이 고개를 들기도 전에 광해가 화답했다.

"진헌자기 오백 점을 이 변수가 해결했다 들었네."

"예, 한양 상단이 보유하고 있던 상품 자기 오백 점과 교환하였지요. 조선 팔도를 다 털어도 상품 자기 오백 점을 구하는 것이 쉬운 일은 아닐 진데, 실로 천운이라 할 수 있습니다."

강천은 대수롭지 않게 대꾸했다. 일국의 왕자이긴 하나 가진 것이라곤 호기뿐인 광해보다 제 아들 육도가 곱절은 더 낫다는, 가당치도 않은 자신감의 표현이리라.

"한양 상단? 혹, 심화령이란 여인이 행수로 있는 상단인가?"

갸웃한 강천이 되물었다.

"마마께옵서 어찌 아시옵니까? 역사가 오래되진 않았으나 자기 거래에 있어선 내로라하는 시전상인들조차 무릎 꿇게 만드는 묘한 여인이지요."

고개를 끄덕인 광해가 물었다.

"정이 그 아이는 지금 어딨는가? 내 호기가 부른 실수가 그 아이에게 해가 될까 내 심히 우려했네만…….”

강천이 단호히 대꾸했다.

“그 아이는 떠났습니다.”

“떠났다……? 행여, 자네가 내친 것이 아닌가!”

비릿한 미소를 머금은 강천이 유유자적한 목소리로 대꾸했다.

“그저 할 일을 다 하였으니 떠났을 뿐입니다. 행여 책임 추궁이라도 있었다면 어명을 수행치 못한 죄, 지금쯤 포청관아에 끌려가 고초를 겪고 있겠지요.” 하곤 비린 미소를 머금은 강천의 표정이 썩 맘에 들지 않았으나 무심히 고개를 끄덕이곤 발길을 돌렸다.

“제 발로 떠났다……. 떠났단 말이지…….”

낮게 웅얼거리는 소리였다. 제 입은 분명히 무슨 말을 하였으나 제 귀에 조차 정확히 들리지 않았다. 평소보다 빨리 지나치는 풍광과 사람들. 미처 인식하지 못할 정도로 다급히 달려간 곳은 정이의 공방이었다. 조심스레 문을 열고 들어서자 냉기가 들어찬 공간이 눈에 들어왔다. 바닥엔 부서진 사금파리가 가득했고 물레며 선반이며 덕지덕지 묻은 흙이 한눈에 봐도 급히 떠난 듯 보였다. ‘무엇이 그리도 급했느냐.’ 그때 삐거덕거리는 문소리가 유난히도 크게 들렸다. 돌아보니 큼직한 옹기를 들고 오는 정이가 서 있었다. 갸우뚱거리는 걸음으로 들어서서는 창틀 아래 옹기를 놓았다. 그러곤 말간 미소를 머금는데 눈 한 번 부비고 나니 새벽녘 안개마냥 흩어져버렸다. '문사승을 찾아 간 것이냐, 아님 내가 찾을 수 없는 먼 곳으로 떠나버린 것이냐.'

깊은 한숨을 내쉰 광해가 문을 닫고 나오자 뜨거운 햇살에 절로 눈살이 찌푸려졌다. 이내 발걸음을 뗀 광해가 넋 나간 사람마냥 터벅터벅 걷는데 저를 보는 시선이 귀신이라도 본 듯한 얼굴들이었다. 광해가 한 발 짝 내디딜 때마다 화들짝 놀라며 예를 갖추고 사라지기 바쁜 사기장들의 모습이 낯설게 느껴졌다. 그러길 바삐 움직이던 분원의 풍광이 일순간 시공간 속으로 빨려 들어가더니 먼지처럼 사라져 버렸다. 시공이 멈춘 곳에 홀로 외로이 거닐고 있었다. 귀신마냥 홀로 이승을 떠도는 듯했다. 어지러운 맘을 다잡으며 문루를 나서는데 흙 지게를 메고 들어서는 광수와 미진이 보였다. 광해가 급히 두 사람을 불러 세웠다.

"너희들은 정이의 동무들이 아니냐?"

화들짝 놀란 미진과 광수가 급히 예를 갖추었다.

"마마! 마마님!"

"정이가 분원을 떠났다 들었는데…… 너희들은 어찌 된 일인지 아느냐?"

서로의 얼굴을 보며 잠시 머뭇거린 미진이 조심스레 아뢰었다.

"정이를 찾으시오면……."

"아느냐? 정이가 어딜 갔는지."

"예 마마님……. 알고 있긴 하온데……."

미진이 주저하자 갸웃한 광해가 다그쳤다.

"왜, 정이에게 무슨 변고라도 생긴 것이냐?"

"그것이…… 정이가…… 정이가 눈이 멀고 말았습니다."

화들짝 놀란 광해가 소리쳤다.

"뭐라! 눈이 멀어? 정이가 눈이 멀었단 말이냐?"

"예 마마. 해서 저희들도 내일쯤 찾아가 볼 생각이온데……."

더는 귀에 들리지도 않았다. '눈이 멀다니? 정이가 소경이 되었단 말인가!' 충격어린 광해가 곧장 문루에 묶어 둔 말에 뛰어올라 고삐를 휘둘러 쳤고, 흑마는 바람을 가르고 달려나갔다. 문득 침방 의원의 목소리가 귓전에서 웅알거렸다. '안정眼精이 어두운 것이 더 무리했다간 소경이 될지도 모를 일이니, 절대 불을 가까이해서는 안 될 겝니다.' 그날 새벽, 지독한 고뿔에 걸린 채 다시 가마 앞에 선 정이를 막지 못한 것이 천추의 한이 될 듯싶었다. 무엇도 해 줄 수 없는 무능하리만치 답답한 자신의 독단이 빌인 사단이 아비를 죽게 만들었고, 그 자식마저 영원한 절망의 고통 속에 몸부림치게 만들고 말았다. 깊은 한숨이 쏟아져 나왔다. 한여름 뙤약볕 열기에 이마며 등이며 땀으로 흠뻑 젖어들었고 정수리엔 불이 날 지경이었다. 그럼에도 쉼 없는 채찍질에 흑마는 먼지를 토해내며 달려 나갔다. 그리 정신 줄을 놓은 사람마냥 달려가는 동안 뜨거웠던 태양이 뉘엿뉘엿 기울어 붉고 침침한 빛으로 변해 있었다. 광해의 다급한 발길이 들어선 곳은 내의원이었다. 사방이 창도 없이 약재로 그득 찬 공간이라 걸음걸음마다 약재향이 코끝으로 말려 들어왔다. 그때 인기척을 느낀 내의원 직장直長이 급히 머리를 조아려 예를 갖추었다.

"광해군 마마! 내의원엔 어인 일이시옵니까."

"약재를 좀 구하러 왔네만."

"어디 편찮으신 곳이라도……."

"불을 가까이하여 소경이 된 여인이 있네. 그 여인의 눈에 좋을 만한 탕약을 내어주게."

잠시 생각한 직장이 아뢰었다.

"예 마마. 하온데…… 눈이 완전히 멀었다면 제아무리 좋은 약재를 써도 효용이 없을 것이옵니다."

"하여도…… 우선 지어오게."

약첩을 손에 쥔 광해는 곧장 대궐을 빠져나갔다. 문사승의 집이라, 마포나루에서 한강을 건너야 했지만, 말을 타고 가면 두 시진이면 당도할 거리였다. 역참에 들를 필요도 없는 짧은 거리. 하지만 힘차게 달리던 말은 도성을 벗어나고 부터 조금씩 힘을 잃더니 마포나루를 앞두고 완전히 멈춰 서버렸다. 무언가 해갈되지 않는 갈등으로 번잡한 눈빛이었다.

"내가…… 내가 너를 찾아가도 되는 것이냐."

듣는 이 없는 목소리가 나직이 흘러나왔다. 당장에라도 말고삐를 후려쳐 달려가고 싶었으나 냉가슴 저면에 뿌리내린 죄책감이 줄기를 틀어 제 목을 옥죄고 있었다. 손에든 약첩의 무게도 천근처럼 무거웠다. 저 때문에 멀어져 버린 눈이 아닌가. 한데 이리 약첩을 내미는 것이 무슨 소용이란 말인가. 그리 생각하니 정이를 대면할 용기도 나지 않았다. 예전에도, 그리고 지금도, 정이에게 일어난 모든 일의 원흉은 광해 자신에게 있었다. 감과 게장처럼 잘못 만나면 독이 되는 음식이 있지 않은가. 어쩌면 자신과 정이의 만남이 그처럼 독이 되는 인연인 것은 아닐까. 떨어져 있는 것이, 정이의 곁에 다가가지 않는 것이, 두 사람에게, 아니 최소한 정이에게만큼은 득이 되지 않을까. 무심히 풀을 뜯던 말 머리를 돌려세우자 청명한 하늘에 떠 있는 만월이 눈에 들어 왔다. 더없이 청명하게 빛나는 것이 야속해 보였다.

외겹으로 두른 치맛자락이 짜디짠 눈물에 쓸려 본래의 색을 잃어버린 듯했다. 보이진 않으나 느낄 수 있었고, 색 바랜 치맛자락이 꼭 제 모습 같았다. 숨이 막히고 가슴이 욱신거렸다. 하나 그보다 더욱 슬픈 것은, 외면한다하여, 벗어나고 싶다하여, 무엇 하나 제 맘대로 되지 않는 참혹한 현실이었다.

문사승이 내어준 죽을 받아먹은 것 말고는 옴짝달싹 하지 않고 있었다. 발을 뻗으면 한 뼘 공간도 남지 않는 협소한 침소에서 이틀을 내리 눈물만 쏟다가 사흘째 되는 날에야 겨우 밖으로 나왔다. 새벽녘에 닭이 목청을 울리지 않았다면 지금이 밤인지 아침인지도 구분치 못했을 것이다. 뭐라도 하지 않으면 견딜 수 없어 처마 아래 널린 수비수며 흙 항아리를 이쪽저쪽 쉼 없이 옮겼다. 보이지도 않는 눈으로 오전 내 항아리와 씨름하니 허리가 끊어질 듯 아팠고 여린 팔은 부서져 흙가루가 되는 듯했다. 그래도 마음은 조금 가벼워졌다. 약효의 효능인지, 그저 제 의지인지 알 수 없었으나 빛과 어둠은 어렴풋이 분간이 되는 듯했다. 고개를 들자 정이의 새하얀 시선 끝에 희멀건 한 빛이 보였다. 저 하늘 끝에 걸린 것이라곤 태양밖에 없으리라. 딴엔 날씨가 좋은 듯하여 잔뜩 쌓인 빨랫감을 옆구리에 끼고 불쏘시개를 지팡이로 짚어 사립문을 나섰다. 눈이 보이지 않으니 개울가를 오가며 빨랫감을 너는데 꼬박 반나절이 걸렸다. 병풍을 둘러친 듯 산으로 둘러싸인 자그마한 언덕이라 해는 이미 사라지고 없었다. 보이지는 않으나 소슬한 저녁바람에 밤이 다가왔음을 느낄 수 있었다. 서늘한 바람이 목덜미를 훑고 지나가자 가뜩이나 심란한 마음이 마른 가지마냥 흔들렸다. 저도 모르게 참고 있던 눈물이 솟구친 그 때 기대치도 않은 미진과 광수의 목소리가 들렸다.

"정아!"

"미진아…… 광수야……."

쩍쩍 갈라진 목소리였다. 동무들의 방문에 저도 모르게 울컥 눈물이 솟았다. 부리나케 달려들어 정이의 뺨을 어루만진 미진이 폭포수 같은 눈물을 펑펑 쏟길 이내 털썩 주저앉곤 무릎에 얼굴을 파묻었다. 정이가 조심스레 미진을 끌어안자 미진의 울음소리가 더 거세졌다. 뒤에서 쭈뼛쭈뼛 서 있던 광수가 죄 없는 마른 흙만 파대다가 슬쩍 물었다.

"정말 안 보여? 내가…… 안 보이는 거야?"

애써 미소를 머금은 정이가 고개를 끄덕였다. 그날로 미진과 광수는 정이를 핑계로 문사승의 집에 눌러앉았다. 문사승과 단둘이 있을 때보다는 많은 것이 달라졌고, 두 사람이 곁에 있는 동안에는 정이도 아픔을 잊을 수 있었다.

그리 이레가 지난 그믐날이었다. 보이지도 않는 달을 보려 방문을 열고 마당으로 나왔다. 소슬한 바람이 불어 옷깃을 여미는데 칠흑 같은 암흑 속에 시간을 꿰놓은 동아줄이 보였다. 조심스레 손을 뻗어 잡았다. 어디가 처음이고 어디가 끝일까, 분명 시작은 처음을 잡았으나 그것을 잡고 가다 보니 지금 잡고 있는 것이 처음인지 끝인지 도무지 분간되지 않았다. 사기장이 되고 싶은 것인가, 아님 분원에 돌아가고 싶은 것인가, 같은 것인가, 다른 것인가, 나중의 결과가 처음의 동기를 삼켜버린 듯했다. 어찌할 수 없는, 자신의 손을 떠나버린 꿈과 희망은 어느새 등 뒤로 사라지고, 소경이 된 제 앞엔 그저 절망과 고통만이 가득했다. 울컥 눈물이 솟구쳤다. 참지 않고 울음을 터트렸다. 메마른 가슴이 빨래를 쥐어짜듯 죄여와 고통스러웠다. 그리 한참 동안 눈물을 쏟아낸 후에야 젖은 붕대를 풀고 일어섰다. 눈은 여전히 보이지 않았다. 소맷자락으로 눈물을 훔쳐내곤 더듬거리며 벽을 짚어 그간 애써 피하고 지나쳤던 공방으로 들어섰다. 오랜만이리라. 익숙한 흙 내음이 코끝으로 밀려 들어왔으나 아무리 눈에 힘을 줘도 초점이 잡히지 않았다. 그러면서도 무언가를 해야 한다는 듯 손은 부지런히 움직여 꼬박을 집었다. 그러곤 물레를 앞에 두고 발질을 시작했다. 뭉툭하던 꼬박이 정이의 손길을 따라 점차 그릇의 모양으로 변해갔다. 그 안으로 눈물이 툭툭 떨어졌다. 그럼에도 여린 입술은 연신 옹알옹알 알아들을 수 없는 말을 내뱉었다. 포기하지 않으리라, 포기하지 않으리라. 멀찍이서 지켜보던 문사승이 입안에 술을 쏟아 부었다. '어리석다. 어리석어. 슬픔을 슬프다 못 하고 아픔을 아프다 못 하니, 제 살을 파고 뼈를 깎는 고통밖에 남는 것이 없음이다.' 스승의 맘도 망치로 내려친 듯 산산이 부서져 있었다. 쓰라린 가슴을 쥐여 짜며 깊은 한숨을 토해냈다. 보니 눈먼 제자를 곁에 둔 요 며칠간 십 년 세월은 더 산 듯했다. 술에 찌든 양 볼은 붉은 홍조가 서렸고 쳐진 외꺼풀 눈두덩도 그 위아래 주름들도 더 없이 무거웠다. 달고 달던 술도 쓰디썼다. 앞서 간 을담을 떠올리니 술 맛은 더 고약했고 입안이 텁텁했다. '어쩌다 저 놈을 맡게 되었을꼬.' 떨리는 손으로 간신히 술병을 쥔 문사승이 원망 가득한 눈빛으로 하늘을 바라봤다. 진청색 밤하늘에 구름 한 점 보이지 않았다.

칠월 중순이라 태양은 오전부터 작열하고 있었다. 광해는 제 손에 든 약첩을 바라보았다. 보름 전 내의원에서 받아온 약첩이었다. 지금 생각하면 그날 정이를 만났어야 하지 않을까 후회도 들었지만, 다시 과거로 돌아간대도 같은 선택을 했으리라. 어쩌면 이미 약첩 따위 쓸모없을 수도 있었다. 하지만 약첩이라도 손에 들어야 정이를 만날 구실이라도 될 것 같았다. 그리 무거운 걸음으로 고을 초입에 들어서는데 묘한 이질감이 느껴졌다. 어찌 이렇단 말인가. 아이들의 얼굴에 생기가 없고 그것은 어른이라 해도 다르지 않았다. 게다가 산이며 들이며 뛰어노는 아이들도 몇 명 되지 않았다. 의아한 마음이 가시지 않아 수레를 끌고 지나가는 사내를 잡고 연유를 물으니, 달포 전부터 이 고을 저 고을 가리지 않고 뱃병이 돌고 있다 했다.

"그 참…… 먹거리는 상하지 않았고 관아에서 몇 번씩이나 샘이며 우물을 조사해도 아무 이상이 없다는데, 거 이상하게도 뱃병이 가라앉지 않는 게요."

전염병도 아니었고 역병도 아니었다. 조선 팔도 어느 고을에서도 심심찮게 일어나는 뱃병일 뿐이라 관아에서도 깊이 관여하지 않고 있었다. 더는 할 말이 없는 듯 사내가 사라지자 광해의 시선이 배를 잡고 뒤뚱뒤뚱 걸어가는 아이를 향했다. 한동안 아이 뒷모습을 바라보다가 막 무거운 발길을 돌리려는 찰나 아이가 털썩 쓰러졌다. 정신을 놓은 듯 보여 다급히 아이를 안고 가까운 약방을 찾았다. 약방 한편으로 쳐 놓은 간이 천막 아래 기십의 아이들이 신음을 흘리며 누워 있었다. 두 손에 아이를 받쳐 든 광해가 들어서자 약방의 주인으로 보이는 의원이 낯익은 사내에게 잔뜩 인상을 쓰고 있었다. 태도였다.

"아니, 더는 자리도 없는데 아이를 또 데려오면 어찌하우!"

의원의 성화에 아랑곳없이 태도는 업고 온 아이를 한편에 조심히 뉘어 놓았다. 탐탁지 않은 표정의 의원이 아이의 입에 환약 한 알을 밀어 넣곤 스윽 태도를 응시했다. 약을 썼으니 돈을 내놓으라는 뜻이리라. 그때 의원의 바짓가랑이 앞에 전낭이 툭 떨어졌다.

"그 정도면 부족지 않을 걸세."

"뉘시오?"

광해와 태도의 눈빛이 허공에서 부딪쳤다.

"어쩐 일이시옵니까…… 마마……."

나란히, 천천히 걷고 있었다. 태도는 줄곧 고개를 떨어트린 채 걸었고 광해는 그런 태도를 힐끔힐끔 살피고 있었다. 문득 오래전 태도가 곁을 떠나기 전 남겼던 마지막 말이 광해의 흘러간 기억 속에서 스물스물 올라왔다.

'송구합니다. 저는…… 마마를 모실만한 그릇이 못되옵니다.'

'후회하지 않을 자신이 있느냐.'

'자신은 없습니다. 하오나, 그 또한 소인이 감당할 몫이옵니다.'

그리 생각하는데 누추한 초가집이 눈에 들어왔다. 태도가 묵고 있는 곳이라 짐작되었다. 창호지를 몇 겹씩 덧바른 누런 벽에 빗물이 샌 흔적이 역력했다. 방문을 열자 한가득 들어 찬 냉기가 퍼져 나왔다. 그때 한겨울 얼음장처럼 차디찬 태도의 음성이 들렸다.

"돌아가십시오. 정이도 저도, 더는 마마님과 엮이고 싶지 않습니다."

무심히 마루에 쌓인 먼지를 손바닥으로 훑어 낸 광해가 손가락을 문지르며 대꾸했다.

"그리 생각하는 너는, 어찌 돌아가지 않고 이 고을에 머물고 있는 것이냐?"

"정이 때문이 아닙니다. 저는 그저……."

적절한 답을 찾지 못한 태도가 침묵하자 광해가 말을 이었다.

"너 또한, 정이 그 아이의 꿈이 이리 좌절되는 것은 원치 않을 것이 아니냐."

태도가 질문을 기다리기라도 한 듯 대꾸했다.

"아니요. 원합니다. 바람에 흩어지는 구름마냥, 바위에 흩어지는 물거품마냥, 허무하고 부질없는 것이 꿈입니다. 적어도 가진 것 없는 우리에겐, 꿈이란 그런 것이지요."

"……."

태도가 대꾸없는 광해의 눈을 응시했다. 영달도 이기도 없는 눈빛이었다. 해서 태도는 매번 광해 앞에 뭐라 반박할 수 없는 답답함이 있었다. 지금처럼.

"돌아가십시오. 버릴 수 없는 꿈이라 해도 그것은 오직 정이의 꿈입니다. 저도, 마마님도, 더는 관여해서는 안 될 일입니다."

"아니, 한순간에 구름처럼 물거품처럼 사라진다 해도, 그것이 꿈이며 희망이다. 또한 너의 꿈이고 나의 꿈이기도 하지. 하니 네가 일으켜 세우거라. 좌절하지 않게, 태도 네가 일으켜 세우란 말이다."

"아니요. 저는 관여치 않을 것입니다. 좌절을 하든 꿈을 찾아가든, 저는 정이의 선택을 존중할 것이니 마마께서도 선택을 하셔야 합니다. 찾지 않는 것이 상책, 찾더라도 보지 않는 것이 중책, 보더라도 마음을 열지 않는 것이 하책입니다. 무엇이건 마마님께서 선택하실 일이지요. 어찌하건 저는…… 더 이상 정이의 꿈엔 관여치 않을 것입니다."

"……."

서쪽으로 태양이 기운 지 한참이나 지났음에도 바싹 달궈진 대지는 여전히 가마솥마냥 뜨거운 열기를 토해내고 있었다. 야트막한 언덕을 오르는데도 전신이 땀으로 흠뻑 젖어들었다. 느티나무 몇 그루가 그늘을 만들고 있는 정상에 올라 서너 발 떼어 놓자 그 아래로 시퍼렇게 물든 볏논이 눈에 들어왔다. 고갯마루 아래 작은 실개천 너머로는 야산 아래 터를 잡은 초가삼간들이 점점이 보였다. 하지만 산이며 들이며 개천이며, 뛰어노는 아이들이 보이지 않으니 한여름임에도 스산한 기운이 감돌았다. 고개를 돌려 시선을 펼치자 경사진 고랭지에서 호미질을 하는 한 여인이 보였다. 광해의 눈빛이 파르르 떨리었다.

뒤틀린 목덜미가 간당간당한 낡은 호미가 연신 돌밭을 파헤치고 있었다. 그러다 주먹만 한 돌부리에 걸리자 쇠한 기운을 이기지 못하고 뚝 부러져 버렸다. 정신없이 흙을 파대던 정이가 그제야 정신을 차리곤 주위를 둘러 살폈다. 동쪽에서 뜨는 해를 바라보며 산채를 나선 것이 불과 몇 시각 전 같았는데 벌써 서쪽을 향해 해가 저물어 가는 듯 거뭇하던 빛이 사그라지고 있었다. '어쩌지…….' 부러진 호미를 원망스레 바라보던 정이가 소매를 걷어붙이곤 호미 대가리를 쥐고 흙을 파대기 시작했다. 옆으로 놓아둔 광주리에 흙이 가득 차 있었으나 아직 모자란 듯 정이가 손길을 재촉하던 그때 호미가 제 왼손 손등을 찍고 말았다. "아……!" 벌써 몇 차례 찢기고 아물기를 반복한 듯 손등엔 상처가 가득했다. 잠시 손등을 어루만진 정이가 파헤친 흙을 한 움큼 손에 쥐었다. 향을 맡고 맛을 보자 입가에 미소가 피었다. 그때 광해의 목소리가 들렸다.

"농사라, 잘도 어울리는구나."

형체는 알아볼 수 없었으나 결코 잊을 수 없는 목소리리라.

"마마님……."

희로애락이 사라진 듯한 잿빛의 목소리였다. 턱까지 차오른 호흡을 악으로 삼키고 미세하게 떨리는 두 다리를 보이지 않게 꼬집었다. 그러곤 마른 침을 삼켜내어 냉랭한 투로 말했다.

"예까지 어찌 오신 것입니까."

그런 정이의 눈을 한동안 주시한 광해가 조심스레 말했다.

"내가 보이는 것이냐? 눈이 멀었다 들었는데…… 보이는 게야."

멈칫 놀란 정이가 급히 흙한 손을 허리 뒤로 감추며 대꾸했다.

"눈이 멀다니요? 잠깐 흐려지긴 하였으나 이내 시력을 회복하였습니다."

근심으로 가득 차 있던 광해의 낯빛이 삽시간에 안정을 되찾았다.

"다행이구나, 다행이야. 한데…… 이랑을 메고 있었느냐."

"아닙니다. 전답의 흙을 캐는 중이었습니다. 하온데……. 어찌 오셨는지……."

"왜, 내가 오면 안 될 곳에 온 것이냐."

잠시 뜸을 들인 정이가 광해의 시선을 피하려는 듯 살짝 고개를 돌리곤 조심스레 답했다.

"더는 마마님을 뵐 이유가 없습니다. 어명도 수행치 못하였고, 저의 미천함과 부족함도 뒤늦게나마 깨달았습니다. 하니 분원의 사기장이 되겠단 맘도 모두 사라지고 없습니다. 이젠…… 이곳에서 스승님을 모시고 남은 평생 맘 편히 살고 싶습니다. 더는 마마님과……."

정이가 말끝을 흐리자 광해가 잽싸게 대꾸했다.

"내 너를 보기 위해 쉬지 않고 이곳까지 달려왔다. 한데…… 차 한 잔 내주지 않고 내쫓으려는 것이냐?"

마른 침을 삼킨 정이가 냉랭히 답했다.

"돌아가십시오. 잠시라도 저를 편히 쉬게 내버려 두십시오."

인욕忍辱의 날들이리라, 하심下心의 날들이리라, 그 무명에 빠진 광해를 조금이나마 건져 준 이가 정이였다. 그런데 정작 자신은 정이를 위해 해 줄 수 있는 것이 없었다. 깊은 한숨을 내쉰 광해가 약첩을 내밀며 말했다.

"눈에 좋은 약재니…… 다려서 먹거라."

"……."

정이가 주저하자 광해가 대뜸 정이의 손에 약첩을 쥐여 주었다.

"해가 졌으니 내가 바래다주마."

정이가 황황히 대꾸했다.

"아닙니다. 늦기 전에 어서 돌아가십시오. 저는…… 아직 할 일이 좀 더 남았습니다."

잠시 정이의 눈빛을 응시하던 광해가 짤막이 대답했다.

"알겠다."

그러곤 무심히 돌아섰다. 정이의 눈에선 불쑥 눈물이 차올랐다. 어쩔 수 없었다. 이리 비참한 모습을 보이고 싶지 않았기에. 채 몇 보도 지나지 않아 광해의 인영이 완전히 사라지고 보이지 않았다. 그래도 보이는 척 한동안 멍하니 서 있다가 고개를 돌리자 고였던 눈물이 툭 떨어졌다. 소매로 눈물을 훔치고 약첩을 품에 넣고 조심스레 발길을 뗐다. 수 없이 다녀온 길이라 눈을 감고도 찾을 수 있었으나 마음이 심란한 탓인지 발끝마다 돌무더기가 채여 길을 걷기가 여간 어렵지 않았다. 까맣게 그을린 제 심장도 이리저리 채는 발끝도 제 말을 듣지 않고 있었다. 더는 내 마음도, 내 몸도 아니었다. 그러다 큰 돌 뿌리에 걸려 엎어지고 말았다. 그때 결코 들려선 안 될, 듣고 싶지 않았던 목소리가 들렸다.

"정아……. 설마하니…… 보이지 않는 것이냐?"

정이의 여린 심장에 바윗돌 하나가 쿵 떨어진 듯했다. 짓눌린 심장만큼 정이의 얼굴도 하얗게 질렸다. 주춤주춤 일어선 정이가 까칠해진 두 손을 서둘러 감추며 말했다.

"어찌 돌아가시지 않은 것입니까."

충격어린 광해의 눈빛이 초점 없는 정이의 눈동자를 파고들었다. 말간 눈동자에 박혀 있어야 할 흑진주가 사시나무마냥 떨리고 있었고 이쪽저쪽 방향을 잡지 못한 채 엄한 곳을 보고 있었다.

"보이지 않는 것이냐? 진정 내가 보이지 않는단 말이냐!"

보이지도 않는 터에 정신마저 혼란스러워 균형을 잡고 서 있는 것조차 버거웠다. 그럼에도 광해에게만큼은 비참한 현실을 보이고 싶지 않아 솟구친 눈물을 힘겹게 참아내며 말했다.

"가십시오. 그만…… 그만 돌아가십시오."

억장이 무너진 듯 말문을 닫은 광해가 한 걸음 다가서자 천근 마냥 무거운 발자국 소리에 정이도 뒤로 성큼 물러섰다. 한데 그 순간 어둠속에서 중심을 잃은 정이가 휘청거렸다. 다급히 쓰러지는 정이의 손을 잡아 챈 광해가 한 손으론 가느다란 허리를 감싸 안았다. 화들짝 놀란 정이의 뺨이 발갛게 물들었다. 광해의 시선은 피딱지로 얼룩진 정이의 손등을 보고 있었다. 여기저기 갈라지고 찢겨진, 빛을 잃은 정이의 심정마냥 너덜너덜해진 손이었다. 그 어떤 위로의 말도 할 수 없었고 먹먹했던 가슴이 쥐어짜듯 고통스러웠다. 황급히 손을 뺀 정이가 광해를 밀어내며 소리쳤다.

"그만! 그만 가시라 말씀드리지 않았습니까!"

저도 모르게 내친 목소리였다. 놀란 광해보다 제 가슴이 더 철컹거렸으나 눈앞의 풀 한포기도 뵙을 수 없는 눈으로는 광해의 표정조차 읽을 수 없었다. 제 의지와 무관하게 참고 있던 눈물이 왈칵 쏟아졌다. 광해의 두 손이 여린 정이의 어깨를 부드럽게 감싸 쥐더니 이내 허리를 당겨 품에 안았다. 절망에 빠진 여인의 가녀린 어깨가 덜덜 떨리고 있었다. 어찌나 세게 떠는지 광해의 손끝이며 발끝이며 전신 가득 떨림이 전해졌다.

"모두 내 탓이구나. 내가 너를…… 네 눈을 멀게 만든 게야."

"어찌 오셨습니까……. 오시지 말았어야지요……. 이토록 비참한 제 모습을 굳이 보셔야 했습니까……. 가십시오. 제발…… 저를 내버려 두십시오……."

어찌하건 온몸으로 매어 우는 정이를 두고 자리를 털 순 없었다. 품에서 정이를 떼어내 일각의 너럭바위 위에 앉혀 두곤 아무 말 없이 눈을 감고 기다렸다. 행여 이제는 가시라는 말이 떨어지길 기다리며. 그러다 보니 어느새 해가 기울고 땅거미가 성큼 올라왔다. 한 여름 낙조의 빛이 붉었으나 그 아래 정이의 얼굴은 더 붉었다. 한 시진이 넘도록 침묵하고 있던 정이가 그제야 말문을 열었다.

"빛이 사라지는 것이…… 해가 지고 있는 모양입니다."

"……."

"저를 생각하여 약첩을 지어 주신 것도, 이리 먼 길을 찾아와 주신 것도, 모두 감사하게 생각하고 있습니다. 마마……. 저는 괜찮습니다. 의원이 말하길 시간이 지나면 다시 눈을 뜰 수 있다 합니다. 하오니 더는 제 걱정일랑 마시고…… 그만 돌아가십시오. 마마께서 이리 계시면…… 제 마음이 더 무겁고 불편합니다."

그러곤 터벅터벅 걸음을 뗐다. 광해도 말없이 정이의 뒤를 밟았다. 조금이나마 정이의 아픔을 함께하고 싶은 맘인 듯 정이가 걸어간 발자국을 똑같이 밟아 나갔다. 두 뼘도 되지 않는 보폭이 어린아이의 그것마냥 좁았다. 발자국은 길게 이어졌다. 사람은 둘이나 발자국은 하나였고, 몸은 둘이나 마음은 하나였다.

까마득한 어둠을 뚫고 마당으로 들어선 정이가 잠시 멈춰 섰다가 이내 공방 안으로 사라져버렸다. 광해는 깊은 한숨을 토해냈고 문에 기대선 정이도 한순간 스르륵 무너져 내렸다. 광해 앞에서 겨우 버티고 섰던 두 다리가 용하기 그지없었다. 전신의 기운이 수증기마냥 흩어져 몸 안에 남은 한 올의 기력까지도 쇠하여 사라지고 없었다. 두 눈을 깜박일 힘조차 남아 있지 않았다. 그저 보이지도 않는 멍한 눈으로 빈 공방 구석을 훑는데 까마득히 잊고 있던 목소리가 들렸다. "*정아.*" 을담의 목소리였다. 화들짝 놀란 정이가 물었다.

"아부지? 아부지?"

칠흑 같은 어둠 끝에서 희멀건 인영이 다가서길 이내 을담의 얼굴이 보였다. 웃고 있었다.

"아부지!"

"*정이야……. 어찌 그리 울고만 있느냐?*"

"아부지……. 나…… 아무것도 할 수가 없어……."

"*어찌 못한다 말하느냐……. 손이 있지 않느냐……. 발이 있지 않느냐…….*"

문 밖에 서서 한참을 바라보던 광해가 정이의 눈물을 닦아주

듯 스르륵 문을 쓸어내렸다. 해 줄 수 있는 것이 아무것도 없었다. 당장 뛰어 들어가 눈물을 닦아 줄 수도, 슬픔을 거둬내 줄 수도, 그녀의 눈이 되어줄 수도. 그 무엇도 해 줄 수가 없었다.

'다시 돌아올 테니…… 그때까지만…… 제발 그때까지만 버티고 있거라. 내 무엇을 내놓든, 어떤 것을 잃던 간에, 너를 돌려놓을 것이다!'

아직은 빛이 사라지진 않은 시간이었으나 무겁고 어두운 밤이었다. 가슴이 찢어지는 듯했다. 그리 천근마냥 무거운 걸음으로 터벅 걸음을 재촉하는데 뜻밖의 목소리가 들렸다.

"마마."

발길을 멈추고 보니 문사승이었다.

"오랜만일세."

예를 갖춘 문사승이 말했다.

"마마, 소인 청이 하나 있사옵니다."

"청이라?"

잠시 생각한 문사승이 말했다.

"소인, 다시 분원으로 돌아가고자 합니다."

"분원이라? 지금 내가…… 잘못 들은 것인가?"

"잘못 듣지 않았습니다. 이 몸이 비록 늙고 병들어 실력이 예전 같진 않으나 한 때 수토감관을 지낸 만큼 분원의 변수로서는 모자람이 없을 것이옵니다."

"변수라……."

"사옹원 분원이 생긴 이래 대대로 변수는 두 명이었으나…… 유을담이 변수직을 그만 둔 이후 지금까지 그 자리가 비어 있다 알고 있습니다."

"……."

20장

바람이 일다. 세상이 바뀌다.

먼동이 트자 칠흑 같은 어둠이 사그라졌다.
그녀가 눈을 뜨자 세상이 바뀌었다.

밤만 되면 암흑천지 나락에 빠져 허우적거리는 기분이었다. 아무런 소리도 들리지 않는, 정적과 침묵이 가득한 어둠 속에서는 작은 소리에도 몸이 움츠러들고 숨이 멎을 듯했다. 정겹던 소쩍새 가락이며 귀뚜라미 울음소리조차 눈이 먼 후로는 듣고 싶지 않았다. 되레 진득한 공포에 귀를 막았고 그 끝으로 몰려드는 외로움에 전신을 떨어야 했다. 당장에라도 뛰쳐나가 어딘가에서 기다리고 있을 태도 오라비에게 도와 달라, 살려 달라, 애원하고 떼라도 쓰고 싶었으나 참고 인내하며 견뎌냈다. 그리 울며불며 닷새를 보낸 아침이니 눈이 멀고 난 후로 보름이 지난 때였다.

바람이 상쾌하니 날씨가 좋은 듯했다. 조심스레 걸음을 옮겨 마당 끝에 있는 우물 앞에 섰다. 물동이를 떨어트리자마자 풍덩

소리가 들리는 것이 물이 가득 차 있는 듯했다. 조심스레 물동이에 달린 줄을 잡아 당겨 시원한 냉수를 한 모금 마시는데 무언가 가시 같은 것이 입에 걸려 퉤 뱉어냈다. 가시, 분명 가시였다. 문득 말간 미소를 머금은 정이가 말했다.

"올해도 찾아왔구나."

혹독한 겨울을 보낸 지난 여름날이었다. 길어진 가뭄에 마당 한편을 지키고 선 우물도 바싹 메말라 있었는데 느닷없이 찾아온 폭우에 우물물이 차오르자 어둠 속에 숨어 있던 연꽃이 스멀스멀 올라왔다. 비가 그치고 햇살이 닿자 연꽃이 꽃망울을 터트려 실로 화사하였는데 그 빛이 보기 드문 자색紫色이었다. 한데 기이한 것이, 널따란 잎이며 줄기며 꽃망울까지 죄다 가시가 박혀 있는 것이 아닌가. 하나둘도 아니었고 수십 수백 개의 가시가 박혀 있었다. 오랜 세월 우물 바닥에서 모진 인생을 감내한 듯 그 해에 꽃망울을 터트린 연꽃은 다음 해도, 그 다음 해도 빠짐없이 꽃을 피웠다. 까치며 종달새가 한 번쯤은 꽃잎을 쪼아대고 싶었을 것이나 그 몸에 박힌 가시 때문에 접근조차 하지 않는 듯했다. 온몸에 가시를 박고 있어 가시연꽃이라 이름을 지었는데 이제보니 이 가시연꽃이 꼭 제 모습 같았다. 눈이 멀어 보이진 않았으나 외로운 가시연꽃의 마음이 고스란히 제 심장에 전해지는 듯했다. 정이가 혼잣말로 중얼거렸다.

"나도 너처럼…… 다시 꽃을 피울 수 있을까?"

그로부터 열흘이 지난 아침이었다. 은은한 솔잎 향을 만끽하며 계곡 옆으로 솟은 오솔길을 올랐다. 오랜만에 오르는 길이라 생각보다 가파르게 느껴졌다. 숨이 거칠어졌고 이마며 등이며 땀에 흥건히 젖자 잠시 계곡으로 내려가 땀도 씻고 목도 축였다. 다시 걸음을 재촉해 바람 잦은 정상에 서니 멀리 굽이치는 한강수가 보였다. 깊이 숨을 들이쉬자 답답했던 가슴이 확 트이며 꾹꾹 눌러뒀던 절망이 씻은 듯 사라지는 느낌이었다. 몇 번 호흡을 다진 정이의 시선이 길게 이어진 능선을 따라갔다. 부챗살마냥 펼쳐진 능선 아래로 길 잃은 구름에 걸린 가파른 절벽이며 폭포수도 있고, 그 위로 떼를 지어 나르는 까치무리도 있었다. 한동안 그리 서서 지난 시간을 되짚길 바람에 땀이 식고 추워지자 산을 내려왔다. 길게 이어진 오솔길 끝에 문사승의 산채로 들어서자 가마가 입을 쩍 벌린 채 자신을 기다리고 있었다. 암막 속에서 길을 잃고 헤맬 때도 늘 제 곁을 지켜준 지기였다. 비가 오건 눈이 오건, 사기장의 눈이 멀건 말건, 그저 우직하게 제자리를 지키고 있는 것이 꼭 아비 같기도 하고 스승 같기도 했다. 정이가 한껏 미소를 품었다. 생기 가득한 눈빛도 또렷이 빛나고 있었다. 보였다. 스승의 얼굴도, 밤낮도, 세상도, 모두 보였다.

전날 밤이었다. 희멀겋고 어렴풋하던 시야가 가물거리길 어느 샌가 빛이 들어서며 온전히 보였다. 그 순간의 환희는 이루 다 표현할 수조차 없었다. 행여나 다시 시력을 잃을까 눈을 감지도 못했고, 기쁨에 차오른 눈물을 훔쳐낼 수도 없었다. 마냥 기뻐 펄쩍 펄쩍 뛰고 울고 불며 소리치는 것이 전부였다.

"보입니다! 스승님! 눈이 보입니다!"

한데 개안開眼의 기쁨에 솟구친 눈물이 채 마르기도 전에 정이는 가마 앞에 섰다. 눈이 보이지 않을 때도 불 없는 가마 앞에 앉아 있었으니 오죽하랴. 헤아려보니 그때부터 고심은 더 깊어졌다. 사기장이 되겠다는 꿈도, 분원으로 돌아가고 싶단 맘도 아니었다. 그저 뱃병을 앓고 있는 고을 아이들을 위해 할 수 있는 일이 무엇일까, 이젠 또 그것이 고민이었다. 어찌하건 민초들의 밥그릇을 개량해 주고 싶었다. 백자기만큼은 아니더라도 더 단단하고 위생적이고 가벼운 질그릇을 만들어 주고 싶었다. 정이가 날밤을 새우다시피 하니 문사승의 역정이 이만저만 아니었다. "이놈아! 그러다 또 소경이 될 생각인 게냐!" 한데도 스승의 호통을 뒤로하고 질그릇을 만드는 데만 매진했다. 쉽게 구할 수 있고, 쉽게 빚을 수 있고, 쉽게 사용할 수 있는 그릇. 생각하고 또 생각했다. 그릇 하나를 덩그러니 가슴에 놓고 오직 그 생각에만 집중한 끝에 정이의 손에 아담한 질그릇 하나가 들렸다. 정이의 말간 눈이 그 질그릇을 내려다보고 있었다. 안쪽으로 어설프게 피어오른 모란꽃 무늬를 보나, 화기에 쓸려 검게 변한 겉면의 빛깔을 보나, 시전에서 파는 한 푼의 값어치도 안 되는 막사발이었다. 하지만 무언가 모를 아련함이 그릇에서 느껴졌다. 순백의 백자나 쪽빛 청자의 화려함은 없으나 뜨거웠던 장작의 활기를 고스란히 제 몸에 입고 있는 질그릇이었다. 곡선미를 무시한 듯하나 균형을 잃지 않았고 수려한 문양은 없으나 여백의 미가 모란꽃을 한 층 돋보이게 했다. 창가에 놓고 바라만 보는 관상용이 아닌, 만지고 품고 담고 싶은 그릇이었다. 게다가 흔치 않은 비파색을 품고 있었다. 죽을 듯이 달리고 난 후 요동치는 심장소리가 좋을 때가 있었다. 한데, 지금이 그랬다. 뛰지도 않았고, 두 발은 전부터 그 자리 그대로인데, 가슴만큼은 터질 듯 요동치고 있었다. 그것은 깊은 울림이었다. 찬란한 섬광에 눈이 멀어 평생 소경이 된다 해도 이 순간만큼은 결코 눈을 감을 수 없었다. 지금 제 눈앞에 있는 막사발은 그만큼의 가치가 있었다.

정이의 질그릇이 고을에 전해졌다. 약방에도 전해졌다. 질그릇을 사용한다 하여 아이들의 뱃병이 낫지는 않았다. 하나 병이 잠시라도 치유된 아이들이 정이의 질그릇을 사용한 후로는 기이하게도 뱃병이 재발하지 않았다. 고을 입구 그루터기 나무에 옹기종기 모여 말뚝 박기에 정신없는 아이들을 보던 미진이 손에 든 질그릇을 요모조모 돌려 보며 물었다.

"대체 어떻게 된 거야? 뭐가 다른 거지?"

말간 미소를 머금은 정이가 말했다.

"이 고을 저 고을 할 것 없이 모두들 뱃병에 걸려 난리통이었는데…… 양반가나 있는 집 자식들은 왜 뱃병에 걸리지 않는 것일까 ……. 난 그게 좀처럼 이해되지 않았어."

"왜, 그게 그릇 때문이야?"

정이가 조심스레 고개를 끄덕였다.

"응, 난 그렇게 생각했어. 민초들의 밥그릇…… 표면이 고르지 못하고 흠도 많아 위생에 좋지 않았던 거야. 깨끗이 씻고 삶아 쓴다면 괜찮겠지만 끼니조차 제때 찾아먹기 힘든 민초들에겐 그럴 이유도 여유도 없어. 그러니 뱃병이 나아도 또 도지고 재발했던 거야."

"그래서? 정이 네가 만든 질그릇은 뭐가 다른 건데?"

"좋은 백토, 정제된 수비수, 만 가지 향을 머금은 유약, 화려한 빛깔의 안료…… 민초들은 그리 값비싼 재료로 만든 백자기를 쓸 수 없으니 이를 대신 할 그릇을 만든 것뿐이야. 사실 특별한 건 아니고……. 예전에…… 아버지와 함께 빚었던 그릇…… 대왕 전하께 바쳤던 그릇이랑 같아. 그땐 몰랐었어. 아버지가 빚었던 질그릇이 무엇이 다른지. 왜 이처럼 몽롱한 비파색을 품고 있는지."

정이가 개량한 질그릇은 마을 아이들의 뱃병뿐만이 아니라 문사승에게도 커다란 숙제를 안겨주었다. 분원을 나온 정이가 다시 자기를 빚게 될지, 하여 또 분원에 들어가고 그 고통스러운 가시 밭길을 걸어가게 될지, 오랜 기간 옆에 두고 본 스승임에도 가늠할 수 없었다. 사실 작은 고을의 옹기장이가 된다 해도 대견스레 정이의 등을 토닥여줄 생각이었다. 이제껏 너무 앞만 보고 달렸으니 지금부턴 천천히 걸으며 주변도 살피고 제 삶을 찾으라고. 한데 정이가 눈먼 손으로 빚어낸 질그릇을 보고 깨달았다. 본래 자기란 자기를 소유한 한 사람에게만 의미가 있는 법이다. 그리고 다시 주인이 바뀌면 바뀐 주인에게 가치를 주는 것이다. 한데 정이의 질그릇은 상품 백자가 하지 못한 일을 해내었다. 어쩌면 정이는 질그릇을 통해 답을 찾은 것인지도 모른다. 다시 분원에 돌아갈 것이다, 비단 그러한 뜻을 품지 않았다 해도 정이가 개발한 질그릇은 몹쓸 운명처럼 정이를 분원으로 인도할 것이 확실했다. 그즈음 대궐에서 파발이 당도했다. 몇 글자 되지 않는 글귀가 써져 있었다. '문사승을 사옹원 분원의 변수에 임명하노라.' 보름 전 광해에게 청하였던 것이 생각보다 빨리 이뤄졌다. 깊이 들이쉰 숨을 토해 낸 문사승이 말했다.

"내일 아침…… 분원으로 갈 것이다."

광수와 미진이 화들짝 놀란 얼굴로 되물었다.

"분원에요?"

"하면, 정이도 함께인가요?"

문사승의 시선이 정이를 향했다. 줄곧 침묵으로 일관하던 정이가 조심스레 물었다.

"무슨 연유로 가시려는 것입니까?"

"씨앗을 뿌리러 가는 게다."

"씨앗이요?"

"그래, 씨앗이다. 열매를 맺으려면 씨앗부터 제대로 뿌려야 하는 법 아니겠느냐. 미진이 너와 광수는 나를 따르고, 정이 너는 눈이 완전히 나을 때까지 여기 남아 그릇을 빚고 아이들을 돌보아라."

정이가 나직이 대꾸했다.

"예, 스승님."

회색빛 땅거미가 안개처럼 피어올랐다. 새색시마냥 홍조를 머금은 태양이 굽이치는 한강 너머로 사라지자 빛을 잃은 세상은 삽시간에 침침한 어둠으로 변했다. 멀리선 잔뜩 비를 머금은 먹구름이 몰려오고 있었다. 그럼에도 살랑거리는 칠월의 호수는 색색가지 피어오른 연꽃들의 향연으로 세상사 시름을 잊게 했다. 그 한 폭의 산수화 옆으로 강천이 죽엽주를 놓고 앉아 있었다. 마치 바위를 깎아 놓은 양 감정이라곤 읽히지 않는 표정으로 스멀스멀 사라지는 풍광을 응시하다가 가벼이 술잔을 들어 목구멍으로 털어 넣었다. 지긋한 죽향이 입 안 가득 번지고서야 목석 같은 얼굴에 옅은 미소가 보였다. 그제야 죄지은 사람마냥 강천의 눈치를 살피던 임해가 입을 열었다. 그는 이레 전 강천에게서 받아 간 백자청화대접 다섯 점을 죄다 팔아먹고는 애꿎은 사헌부 관리를 들먹이고 있었다.

"이보게 이 낭청, 오해하지 말게나. 내 진정으로 이조정랑과 좌랑을 설득하는데 거의 구부능선을 넘었었네, 한데, 그 순간 하필 사헌부 관원들이 들이닥친 게 아닌가? 내 그들에게 주려던 청화백자를 허겁지겁 들고 나오느라 그만 와장창 깨트리고 말았네. 그래도 다행인 게 사헌부 관원들에겐 내 잘 둘러대었네. 하…… 그 두 사람만 잘 설득했다면 이제 육조에서는 자네의 종육품 주부 천거에 이의를 제기할 이들이 없었는데…… 참으로 안타깝네. 그래도 걱정 말게, 내 다음번엔 꼭 성공할 테니."

듣는 둥 마는 둥 강천이 피식 옅은 실소를 터트리며 말했다.

"백자청화대접 다섯 점이 모두 깨졌단 말씀이시지요?"

"그, 그렇지! 내 깨진 파편이라도 가져오려 하였으나…… 여의치가 않았네. 사헌부 관원들이 의심을 할 수도 있는지라…… 실로 위태로운 상황이어서 말일세."

한숨을 내쉰 강천의 시선이 민망한 듯 멋쩍게 웃는 임해를 쏘아 봤다. 더듬어보니 임해군과 연을 맺은 것 자체가 패착이었으나 이미 돌이킬 수 없는 시간이었다. 그래도 명색이 일국의 왕자가 아닌가. 강천은 그 일 푼의 기대를 버리지 못하고 있었다. 그런 강천의 맘을 아는 듯 임해가 슬쩍 눈치를 살피며 말했다.

"내 또 이런 말을 하면 자네가 어찌 생각할지 모르겠지만……."

지난 몇 해간 반복된 일이니 뒷말을 듣지 않아도 눈앞에 그려졌다. 이제 곧 종육품 주부와 종사품 첨정의 이야기가 나올 차례이리라.

"이 낭청, 언제까지 그 자리에 있을 건가. 자네 같이 실무에 능한 자가 주부에 오르고 또 첨정이 되어야 하지 않겠나?"

정수리까지 솟아오른 노기를 힘겹게 가라앉힌 강천이 미소로 화답했다.

"지금쯤 마마의 사가에 백자편병 일곱 점이 도착했을 것이옵니다. 부디 요긴하게 쓰시옵소서."

"그래? 허허, 이 낭청 또 쓸데없는 짓을 했구먼. 내 언제 그런 것을 바랐던가?"

현 조정의 신료 중에 강천이 보낸 백자를 받지 않은 이는 손에 꼽을 정도였으나 단 한 번도 아깝다 여겨본 적은 없었다. 하나 오직 임해군만은 예외였다. 차라리 댓푼에 저잣거리에 내다 파는 게 나으리라. 그 순간에 뜻하지도 않은 목소리가 들렸다.

"한데 말일세! 내 심히 자네에게 실망하였네."

이 무슨 돼먹지 못한 자란 말인가! 기가 막힌 임해의 언사에 노한 강천의 시선이 벼락처럼 임해를 향해 쏟아졌으나, 임해는 아랑곳없이 말을 이었다.

"시전 바닥까지 소문이 파다한 마당에…… 진정 모른 척하는 겐가?"

도무지 영문을 모른 표정의 강천이 의아하니 물었다.

"제가 모른 척하다니요? 무엇을 말입니까?"

"흠……! 자색자기 말일세!"

"자, 자색자기요?"

"무언가? 진정 모르는 겐가? 분원에서 자색자기가 나왔단 소문이 구중궁궐까지 퍼졌거늘, 낭청인 자네가 모르고 있다니?"

"……!"

달포 전, 뜻하지도 않게 자색자기를 손에 넣은 심종수는 입이 귀에 걸릴 지경이었다. 강천에겐 보고하지 않았고 지켜본 잡역들의 눈이 있었으나 선심을 쓰듯 푼돈을 쥐여주며 입단속을 시켰다. 자색자기가 아닌가. 연줄만 잘 만나면 남은 인생 모자랄 것 없는 부귀를 영위할 수 있었다. 해서 비밀리에 화령을 찾았다. 심

화령이라면 자색자기를 살 만한 이를 잘 물어다 줄 것이 분명했다. 아니 그리할 것이라 철썩 같이 믿었다. 하지만 화령은 짐짓 헤쳐 나오기 힘든 늪에 빠진 듯 고민이 깊었다. 쉬이 팔릴 물건도 아닐뿐더러 그 이후 삽시간에 퍼져 나갈 소문이 문제였다. 가진 족속들이 희귀한 것을 가지게 되면 자랑을 하고 싶은 것은 본성이라. 그간 몇몇 인사들을 만나 조심스레 얘기를 꺼내 보았으나, 자색자기가 대왕에게 진상될 자기임을 아는 사대부들은 매입을 꺼려했고 어찌됐건 자색자기 풍문은 바람을 타고 북촌이며 시전이며 번져 나간 터였다. 하여 궤짝에 들어간 자색자기는 이후 보름 간 빛을 보지 못한 채 갇혀 있었다. 그리고 자색자기가 다시 세상에 나왔을 땐 뜻하지 않은 이가 그 앞에 서 있었다. 화령에게 있어선 대왕보다, 사대부보다 곱절은 더 두려운 자였다.

"자색자기! 대체…… 이 자색자기가 어디서, 어찌하여 여기에 있는지. 내게 소상히 말하게!"

강천의 매서운 눈빛이 화령을 쏘아봤고, 파르르 떨린 화령의 눈빛은 그저 숨을 곳만 찾고 있었다.

"낭청 어른, 소인은 단지……."

"그만. 내 자네 변명을 듣고자 온 것이 아닐세. 어서 말하시게. 이 자색자기를 가져온 이가 대체 누군가? 내게 이실직고하지 않았다간, 자네의 상단, 두 번 다시 자기는 매매할 수 없게 만들지.

내 이름을 걸고."

두려운 눈빛의 화령이 마른 침을 꿀꺽 삼킨 후 말했다.

"파기장, 심종수입니다."

"……!"

백색의 강이었다. 깨어진 백자의 사금파리가 새하얀 강을 이루어 파기소 한가득 흐르고 있었다. 일각에서 하품을 파기하는 공초군들을 지켜보고 있는데 강천의 목소리가 울려 퍼졌다.

"파기장 심종수!"

노기충천한 강천의 목소리에 순간 심종수와 봉족들은 바늘 위에 선 듯 두려움이 엄습했다. 봉족들이야 낭청 어른이 대체 왜 저리 노한 것인지 알 수 없었으나 심종수는 눈이 번쩍 뜨였고 막막한 두려움이 전신을 휘감았다. 강천 옆으로 화령이 서 있었기에. 급히 다가선 심종수가 예를 갖추자 화령이 나직이 말했다.

"심종수 어른께서 자색자기를 가져와 매매를 청하였고, 저는 거래를 했을 뿐입니다."

매서운 강천의 눈빛이 심종수를 쏘아보자 심종수가 털썩 무릎을 꿇었다.

"나, 낭청 어른! 죽을 죄를 졌습니다. 소인이 그만 재물에 눈이 멀어…… 살려 주십시오, 낭청 어른!"

그저 매달리고 사정하는 것이 본능적인 행동이리라. 한데 강천의 관심사는 심종수가 아니었다. 확인을 하고 싶었다. 자색자기를 빚은 이가 누구인지.

"자네가 살고 죽는 건 중요한 것이 아니지. 중요한 것은 이 자색자기를 누가 만들었느냐다. 말하라. 누구인가? 이 자색자기를 만든 이가."

마른 침을 꿀꺽 삼킨 심종수가 답했다.

"정이…… 그년이 빚었습니다."

순간 잘못 들은 것인가 했다. 귀를 의심할 수밖에 없어 다시 물었다.

"지금 내가 잘못 들은 것인가? 다시 말하게. 자네 지금, 뭐라 했는가?"

"유정……. 그 아이가 빚었습니다."

"……!"

밝지도 않고 어둡지도 않은, 실낱같은 밤과 낮의 경계선이 눈빛 속으로 빨려 들어왔다. 눈이 부신 것도 아니건만 자꾸만 눈을 감아 외면하고 싶었다. 정신도 아찔하고 혼미하여 제대로 걸을 수조차 없었다. 저 멀리 보이는 붉은 태양이 석양인지 아침노을인지도 분간되지 않았다. 겨우 정신을 수습하고 주위를 살펴보니 분원 청사 앞에 걸려 있는 횃불이 제 삶을 마감하여 희뿌연 연기를 뿌리고 있었다. 그것을 보고서야 지금이 새벽이라는 것을 알아차렸다. '대체 어디서부터 잘못된 것일까…….' 제 눈으로 자색자기를 확인했다. 조금 더 정확히 자색자기를 만든 이가 정이라는 사실을 확인했다. 마음 같아선 자기를 들어 바닥에 던져 버리고픈 심경이었다. 하지만 그러지 않았다. 하지 못했다. 언제나 자신의 근본이 사기장임을 잊지 않고 있었다. 사뭇 그것이 후회되는 찰나 터오는 여명과 함께 대궐에서 파발이 당도했다. 뜬금없는 사령장辭令狀이라, 문사승을 변수에 제수한다는 임금 선조의 어명이었다.

사옹원 제조의 빈청이라 각양각색의 자기며 옹기들이 마루 한 편을 가득 채우고 있는데 키순으로 나란히 늘어선 것이 무척이나 정갈해 보였다. 널따란 처마 탓에 늘 그늘져 있는 중앙 마루를 지나면 널찍이 열려 있는 빈청 좌우로 오래된 고서들이 빼곡히 진열되어 있었다. 그 가운데 커다란 원목 서탁이 놓여 있었다. 여기서 도제조, 제조, 부제조 들이 수시로 드나들며 탁상공론을 펼칠 터였다. 그 안에서 이조판서 최충헌의 목소리가 흘러나왔다.

"문사승을 변수에 임명하라. 전하께옵서 분명 그리 말씀하셨단 말일세!"

"……."

강천은 아랫입술을 질끈 깨물었다. 정이가 만든 자색자기를 보고, 문사승의 변수 취임을 알게 되는 것까지 채 이틀이 걸리지 않았으니 실로 폭풍이 휘몰아친 듯했다. 하나 그저 지나칠 폭풍이 아니었다. 그 뒤로 이어진 후폭풍은 더욱더 거대했다.

"아버님, 혹여 정이…… 그 아이에 대한 풍문을 들으셨습니까?"

육도의 물음에 별다른 대꾸를 하지 않았다. 하지만 이미 들어 알고 있었다. 무엇을 묻는 것인지, 그 일이 무엇인지. 분원의 사람이라면, 사기장이라면 모두가 알 일이었다. 한낱 사기장이 질그릇으로 고을의 뱃병을 낫게 했다, 의원이 아닌 사기장이 수많은 이의 생명을 구했다. 바람을 탄 풍문은 강산을 넘어 팔도로 번져나갔고, 질그릇을 만든 이의 이름 또한 함께 묻어갔다. 유정이라. 그 태풍 같은 바람에 돛을 단 것이 또한 자색자기의 풍문이었다. 강천이 사기장들의 입단속을 시도했지만 쉽지 않았다. 절로 한숨이 새어 나왔다. 자색자기와 질그릇에 대한 정이의 풍문을 잡는 것도, 분원의 변수로 들어오는 문사승을 막는 것도, 무엇 하나 막아낼 수 없었다. 이튿날 오후, 문사승의 변수 임명식이 진행되었고 한때 수토감관까지 지낸 터라 약식으로 수위 사기장들만 참석했다. 강천과 육도, 두 부자가 움켜쥐고 있던 거대한 권력에 어쩌면 새로운 바람이 불지도 모른다는 염려와 기대가 사기장들의 눈빛에 담겨 있었다. 어찌 됐건 변화는 올 것이리라. 강천이 슬쩍 비꼬듯 말했다.

"수전증이 있다 들었는데…… 그릇을 빚을 수는 있겠사옵니까?"

멈칫한 문사승이 한껏 쏘아보며 대꾸했다.

"자넨, 요 몇 년간 자기를 빚어 본 적이나 있는가?"

"……."

"변수든 낭청이든, 본분은 그릇을 빚는 것이네. 그것이 사기장의 업이며 운명이고. 아니 그런가?"

없었다. 그러고 보니 육도가 변수가 된 이래로 그릇을 빚어 본 적이 없었다. 대꾸할 말이 생각나지 않는 터에 문사승이 말을 이었다.

"자네도 들었겠지만, 정이 그 아이가 개량한 질그릇이 조선 팔도에 널리 퍼지고 있음이네. 아는가? 그 녀석은 입신양명을 바란 것이 아닐세. 눈먼 손으로, 여린 마음으로, 눈물로, 그저 민초들의 고달픔을 달래고 어루만져 준 게지."

"……."

"사기장이 무언가? 예술혼을 불태워 명작을 만드는 사람인가? 그것이 사기장의 숙명이며 영광이라, 자넨 그리 생각하는가? 그

명작이 우리네 백성들의 목숨보다 귀하다, 진정 그리 여기느냐 말일세!"

망치에 뒤통수를 맞은 듯했고, 말문이 막혀 그 어떤 대꾸도 할 수 없었다. 돌아서는 문사승의 뒷모습이 실로 태산 같았다. 저도 모르게 털썩 주저앉은 강천이 나직이 읊조렸다.

"아닙니다. 혼신을 다한 명작이야 말로 사기장의 꿈이지요. 틀렸습니다. 백성을 살리고 백성의 배를 불리는 것은 대왕의 일이지 사기장의 몫이 아니지요. 사기장은…… 사기장은 그저……."

말끝을 흐린 강천이 깊은 한숨을 토해냈다. 말간 달빛이 창살에 걸려 흐느적거렸고, 밤하늘에 박힌 별빛이 화살마냥 제 품에 쏟아지는 듯했다. 가슴 한편이 알싸하니 욱신거렸다.

인파로 북적거리는 통에 발 디딜 틈이 없었다. 보름에 한 번 열리는 장이라 예곡리 주변의 고을 사람까지 몰려 한양의 운종가만큼이나 번화하였다. 북적이는 주막 옆으로 널따란 오동나무 평자를 깐 사내가 목에 핏대를 세우며 소리치고 있었다. 시끌벅적 요란한 소리에 묻혀 무슨 말을 하는지는 모르나 평자를 가득 채운 것들이 옹기그릇이오, 양손에 든 것은 유기그릇이라, 필시 그릇 장수가 분명하였다. 때마침 그 앞을 지나던 여인이 그릇 장수의 목소리에 소스라치듯 멈춰 섰다. 그릇 장수가 내뱉은 어떤 한 마디가 귀청을 울리듯 떨어지지 않고 맴돌았다. 파르르 떨리는 눈빛의 여인이 물었다.

"이보시오. 지금…… 무어라 했소?"

한창 핏대를 올리며 소리치던 사내가 목이 컬컬한 듯 냉수를 들이키다 말고 의아한 표정으로 되물었다.

"무얼 말이요?"

"방금 무어라 했느냐 물었소!"

다그치는 투에 매섭고 앙칼진 음성이었다. 저도 모르게 주춤한 도기장이 주저리주저리 읊조렸다.

"아니, 내가 무슨 말을 했다고 그러시우? 난 그러니까, 이 질그릇이 저 멀리 고달픈 광주목 민초들의 뱃병을 낫게 한 기적의 막사발이고…… 이 막사발을 만든 이를 논할 것 같으면 가마신의 은총을 받고 태어난 불세출의 호걸로서, 사옹원 분원에서 자색자기를 빚었다……. 내 그렇게 말한 거 같은데……."

그러곤 슬금 여인의 눈치를 살피는데 충격에 잠긴 여인이 부들부들 떨고 있었다.

"자색…… 지금 분명…… 자색자기라했소?"

여린 입속에서 끊임없이 맴돌았다.

"자색자기…… 자색자기……."

국무는 헤어나기 힘든 악몽에 시달리고 있었다. 까마득히 잊

혀져 한 줌도 남지 않은 그 날의 기억이라. 무겁게 짊어지고 있던 업보를 버리고 그저 죽은 듯 살고 있는 터에 전신에 피칠갑을 한 그 여인이 어찌 나타나는 것인지, 몸 속 깊이 칼날이 박힌 듯 고통스러웠다. 살풀이도 해보고 부적도 써봤으나 소용이 없었다. 그 암암한 악몽에 뜬눈으로 밤을 지새운 날이 부지기수라, 참다못하여 불면증에 좋은 약재를 사러 나온 터에 자색자기의 풍문을 듣게 되었다. 운명 같은, 숙명 같은 무언가가 심장에 내리친 듯했다. 충격이 큰 듯 한동안 우두커니 뙤약볕 아래 서 있던 그녀는 곧장 발길을 돌려 집으로 돌아갔다. 홀로 사는 듯 단출한 방에서 간단히 행랑을 챙겨 나온 여인이 다시 집을 나섰다. 자색자기를 빚은 이가 광주목 고을에 산다고 했으니 부지런히 걸으면 이틀 안에 당도할 수 있을 것이었다.

그렇게 길을 떠났다. 오전까지만 해도 죽을 것 같았던 낯빛은 온데간데없이 사라지고 마치 미루어 두었던 마지막 과제를 눈앞에 둔 기대감에 조금은 들뜬 표정이었다. 그리 발길을 재촉해 정확히 하루 반나절 만에 풍문이 시작된 고을에 당도할 수 있었다. 이미 유명인사가 된 사기장의 집을 찾는 것은 어렵지 않았으나, 생각지도 못한 사실을 접할 수 있었다. 여인이라, 자색자기를 빚은 이가, 질그릇을 개량한 이가 방년도 되지 않은 여인이라 했다. 당연 잔잔했던 국무의 심장이 요동쳤다. 떨리는 심장에 손을 얹은 국무의 머릿속으로 과거 한 여인의 얼굴이 스쳐갔다. 심초선, 그녀가 분명하리라. 제 손에 억울하게 죽은 여인이 다시 태어난 것이리라. 그녀의 분신이 기다리고 있을 것이리라!

지난 며칠간 가마 앞에서 밤을 지새우며 풍문을 듣고 찾아온 도기소 사기장들에게 개량 질그릇의 제조법을 가르쳐 준 정이는 꿀맛 같은 휴식을 취하는 중이었다. 따스한 햇살도 좋았고 머릿결을 흔드는 상쾌한 바람도 좋았다. 그늘진 청마루에 누워 눈을 감자 지난 달포간의 시간이 한바탕 꿈처럼 스쳐 지나갔다. 돌이켜보니 눈이 멀고 분원을 뛰쳐나왔을 땐 모든 것이 무너진 듯했다. 분원과 사기장, 이 두 가지는 땔 수 없는 것이라고 여겼으니 더는 사기장이 될 수 없다 생각했었다. '분원으로 돌아갈 수 있을까……. 돌아갈 수 있다면 가는 것이 맞을까?' 잠시 생각한 정이가 말간 미소를 머금었다. '아니, 가지 않을 거야. 이제 분원이 아니라도 상관없으니까.' 질그릇을 만들고 아이들의 뱃병을 낫게 해주며 깨닫게 되었다. 분원에서만 그릇을 빚는 것은 아니었다. 민초를 도울 질그릇을 만든 것도 분원이 아니었기에 가능한 것이었다. 돌아가지 않을 것이다. 돌아갈 이유가 없었다. 그리 생각하며 만면 가득 미소를 머금은 정이가 몸을 일으키는데 낯선 여인이 마당 한편에 서서 자신을 내려다보고 있었다. 화들짝 놀란 정이가 몸을 추스르며 물었다.

"뉘십니까?"

생김이며 복색이며 마을 사람 같지는 않았다. 혹 질그릇을 사러온 이일까 하여 고을 도기소의 위치를 알려 주려다가 이내 고개를 저었다. 사연이 가득한 것이 무언가를 사러온 이의 눈빛이 아니었다. 게다가 한이 맺힌 듯 서럽게 울고 있었다.

"미안하구나…… 미안하구나……."

떨리는 다리를 부여잡았지만 좀처럼 떨림은 멈추지 않았다. 기어이 털썩 주저앉고 말았다. 깜짝 놀란 정이가 국무에게 다가가려 했지만 국무는 손을 내저으며 정이를 저지했다. 정이가 초선의 딸임은 확신치 못했으나, 자신을 쳐다보는 정이의 두 눈망울을 마주본 순간 알 수 있었다. 같았다. 그날, 잔뜩 겁에 질린 초선의 눈망울과 정확히 일치했다. 심장을 죄는 죄책감을 지을 수 없어 바닥에 머리를 조아렸다.

"이보시오……. 어찌 그러십니까?"

실로 당혹스러운 상황이었다. 가타부타 말도 없이 찾아와서는 귀신이라도 본 사람마냥 주저앉은 것으로도 모자라, 지금은 또 차가운 바닥에 머리를 박고 있었다. 도무지 이해할 수 없는 행동에 심신이 불편한 여인이 아닐까 생각도 했지만, 단정히 갖춰 입은 의복이 그리 보이지 않았다. 사대부 규수의 것은 아니어도, 촌부 아낙의 의복도 아니었다.

“어찌 그러십니까, 어디가 불편한 것입니까?”

조심스레 다가 선 정이가 국무의 팔을 잡아 일으켜 세웠다. 눈물로 얼룩진 국무의 눈동자가 바람 앞 갈대마냥 흔들리고 있었다.

“나는…… 성수청의 국무였다.”

“…… 알겠습니다. 알겠으니, 이리 주저앉지 말고 우선은 안으로 드십시오.”

“백정의 자식으로 태어났다……. 그 비참한 삶을 벗어나고 싶어 무녀가 되었고…… 상감 전하의 부름에 국무가 되었지…….”

“예, 알겠습니다. 성수청의 국무였다니 참으로 대단하십니다. 그 이야기는 추후에 듣기로 하고 우선은 안으로 드십시오. 제가 냉수라도 한 사발 떠올 테니…….”

“아니, 지금 이 자리에서, 네가 들어야 한다.”

“…….”

정이의 가녀린 손목을 꽉 움켜쥔 국무가 말을 이었다.

“나로 인해 한 여인이…… 곱디고운 한 여인이 꽃도 피우지 못하고 비참한 죽음을 맞이했다. 그 여인의 이름이 심초선이라 했지. 아느냐? 심초선을…….”

순간 벼락이라도 맞은 듯했다. 어렵사리 찾은 빛이 까마득한 어둠속으로 빨려 들어가 다시 소경이 된 듯도 했다. 불신 가득한 눈빛으로, 가늘게 떨리는 입술로, 정이가 물었다.

"초선? 지금…… 심초선이라 하셨습니까?"

충격어린 정이의 눈빛이 국무에겐 세상 그 무엇보다도 따갑게 느껴졌다. 국무가 눈물을 터트리며 고개를 끄덕였다. 초선이라, 분명 제 어미의 이름이었다. 도저히 이해할 수 없는 말이라 정이가 되물었다.

"한데 어찌하셨다고요? 초선이란 여인을…… 죽였다 하셨습니까?"

"내가 죽였다. 네 어미를…… 내가 죽인 것이다."

"그럴 리가요……. 아닙니다……. 잘못 알고 계신 것입니다. 제 어머닌 역병에 돌아가셨다 들었습니다."

"아니, 아니다. 내가 죽였다. 내가……."

믿고 싶지 않아 조심스레 되물었다.

"혹, 동명이인이 아닐는지요……."

붉게 충혈된 국무의 눈이 오롯한 정이의 눈동자를 응시했다.

"닮았구나……. 네 눈빛과 코와 입, 그 모두 네 어미를 빼닮았어. 네가…… 그 여인의 딸이 분명하다."

"……!"

한번 떨어진 국무의 입은 쉽게 닫히지 않았다. 이십 년간 묻혀 있었던 그날의 진실이 국무의 입에서 흘러나왔고 국무의 말이 이어질수록 정이의 낯빛은 백지장처럼 창백하게 변하였다. 사기장이 되기 위해 노력했을 어미의 눈물과 그것이 끊어졌을 때의 아픔, 그 모든 시련이 온전히 제 심장을 후벼 파고 있었다. '어머니도…… 어머니께서도 나와 같은 길을 가셨구나……. 어머니께서도…….' 저도 모르게 국무의 두 팔을 움켜쥔 정이가 눈물을 쏟아냈다. 이제야 자신에게 닥친 모든 불행의 근원을 찾은 듯했다. 감당하기 힘든 충격과 혼돈의 시간 끝에 자신이 겪은 고통을, 어미가 겪었을 참혹한 삶을 눈앞의 여인도 느꼈으면 좋겠단 악심마저 들었다. 하여 눈물로 소리쳤다.

"어찌……! 어찌 그러셨습니까! 왜, 대체 왜!"

이를 악다문 국무가 무언가 결심한 눈빛으로 단호히 대꾸했다.

"미안하구나. 이승에서 갚지 못한 죄…… 늦게나마 저승에 가서라도 갚을 생각이다."

파르르 떨리는 국무의 손길이 자신의 품을 파고들어 서슬 퍼런 은장도를 꺼내 놓았다. 길을 나서기 전 이미 결심한 바였다. '모든 죄를 고하고 죽을 것이다!' 은장도를 정이 앞에 툭 던져놓곤 말을 이었다.

"살고 싶었다. 내가 살고자 네 어미를 죽음으로 떠밀었다. 신기 없는 국무가 할 수 있는 일은 그것뿐이었다. 네 어미의 목숨을 대가로 살아남는 것이…… 내가 살 수 있는 유일한 길이었다. 하나 이젠 돌이킬 수 없는 일이다. 하니 차라리 날 죽이거라. 해서 네 어미의 원한을 풀 수 있다면, 그리하여라."

차고 넘치던 눈물이 뚝 멈춰버렸고 널뛰던 심장도 한순간 차갑게 식어버렸다. 한 여인이, 자신을 죽여 달라 청하고 있었다. 이 얼마나 어리석은 여인인가. 정이가 단호히 말했다.

"사십시오."

고개를 떨구고 있던 국무의 눈동자가 번쩍 뜨였다.

"제 어미를 대신해서라도 사십시오. 오래도록, 천 년이고 만 년이고 사시란 말입니다. 평생을 속죄하면서 자신의 죗값을 씻어내며 그리 고통스럽게 사십시오. 그것이 당신이 용서받을 수 있는 유일한 길이며, 그것이 당신을 용서할 수 있는 제 마지막 뜻입니다."

"아니, 살 수 없다. 나는 죽어야 한다. 그것이 죄를 용서받을 수 있는 유일한 길이다."

그러곤 은장도를 집어 들어 자신의 목에 붙였다. 덜덜 떨리는 손끝으로 칼날도 춤을 추듯 흔들렸다. 정이가 황급히 소리쳤다.

"무슨 짓입니까! 그만두십시오! 그 칼, 당장 내려놓으시란 말입니다!"

국무의 눈에서 눈물이 주룩 흘러내렸다.

"나는 살 수 없다. 살아선 아니 될 사람이다. 네겐 미안하구나……. 네 어미를 대신해 너에게 사죄하마. 나를 원망해도 좋고

저주를 퍼부어도 좋다. 용서 따위 바라지 않을 테니…… 오로지 내 죽음으로써, 네 어미의 한 맺힌 원한을 풀 것이다!"

가느다란 혈선을 따라 생긴 붉은 핏방울이 칼날을 타고 흘러내리자 국무가 눈을 질끈 감았다. 죽음은 두려웠으나 은장도를 쥔 손은 힘을 풀지 않았다. 날 선 칼날이 목을 파고들 찰나였다. 칼날은 더 움직이지 않고 덜덜 떨며 멈춰 섰다. 정이가 제 손목을 꽉 움켜쥐고 있었다. 눈을 뜨자 핏발선 두 눈에 눈물이 맺힌 정이가 국무를 쏘아보고 있었다. 잔뜩 힘이 들어간 두 팔도 덜덜 떨리고 있었다.

"어찌 그리 어리석단 말입니까! 이리 목숨을 끊는다 하여 제 어머니가 좋아할 것이라 믿는 것입니까? 아닙니다. 이리 죽는다 하여 죄가 사라지지 않고 어머니 또한 기뻐하시지 않을 것입니다."

"……."

"어머니께 사죄하고, 한평생 그 빚을 갚으려 노력하십시오. 꿈을 이루지 못한 여인의 삶을 가슴에 새기고 더 많은 여인, 더 많은 사람들을 위해 사십시오."

"……!"

한 치의 거짓도 보이지 않는 진심이 담긴 눈빛이며 목소리였다. 한순간 힘이 탁 풀려버린 국무의 손에서 단도가 툭 떨어졌다.

거뭇거뭇한 해가 떨어졌고 부엌으로 들어간 정이가 이내 잘 차려진 밥상을 내어 왔다. 김이 모락모락 피어오르는 따듯한 밥에 산채 나물들이 주섬주섬 맛깔나게 준비되어 있었다. 다소곳이 국무 앞에 상을 놓고 앉은 정이가 말했다.

"보아하니 끼니도 거른 듯한데…… 편히 드십시오."

국무의 눈에서 눈물이 툭툭 떨어졌다. 그리고 이내 머리를 숙였다.

"너는…… 원수를 은혜로 갚으려는 것이냐……."

대꾸 없이 한 수저 밥을 떠 국무의 손에 수저를 쥐여주었다. 덜덜 떨리는 손으로 수저를 받아 쥔 국무의 눈에 메마른 눈물이 고였다가 뺨을 타고 툭 떨어졌다.

"고맙구나……. 고맙구나……."

먹물을 뿌려놓은 듯 천지사방에 어둠이 내려앉았다. 작은 호롱불이라도 밝힐 만했건만 그러지 않았다. 세차게 부는 바람에 방문이 덜컹거렸고 제 심장도 그만큼 요동치고 있었다. 지난 세월, 언제 죽어도 아쉽지 않다 생각했다. 손에 쥔 것도 없고, 자신을 보고파하는 이도, 그리운 이도 없었기에. 어쩌면 삶의 이유가 없는 것이 당연하였다. 하지만 지금은 모든 것이 달라졌다. 두려웠다. 방안에 내린 작은 어둠만으로도 두려움을 느낄 수 있었다. 삶에 대한 애착과 욕망이 되살아나 죽음을 밀어 내고 있었다. 그리 생각하니 바람이며 흔들리는 나뭇가지며 죄다 자신을 비웃는 듯 했다. 아수라장이 돼버린 마음과 수습할 수 없는 현실이 나락의 바닥이 무엇인지를 알게 해 주었다.

한데 그 순간에 뉘의 초롱초롱한 눈빛이 보였다. 별빛 같기도 하고 옥정수 같기도 한, 초선이며 정이의 눈빛이었다. 그 말간 눈빛 아래서 어지럽던 마음이 차분히 가라앉았다. 인간의 마음이 어찌 이리도 간사하단 말인가. 대안이 없다 생각한 것에 답을 찾은 순간 불쾌하게 짖어대던 바람소리도 잦아들었고 요동치던 마음도 한순간 평정을 되찾았다. 국무는 그리 떠나갔다. 어디서 무엇을 하며 살지는 모르나, 더는 악몽에 시달리지도, 더는 죽음 따윌 생각하지도 않을 것이다.

다음 날 아침, 동녘으로 해가 떠오르기 무섭게 광해가 산채를 찾아왔다. 정이의 개안에 웃고 울며 기뻐했고, 왕자의 체통 따위 저버리고 정이를 얼싸 끌어안고 춤도 추었다. 그리 한참 동안 눈물을 쏟은 다음에야 먼 길 찾아온 용건을 꺼내놓았다.

"분원에서, 너를 찾고 있느니라."

십리 길을 한달음에 달린 듯 심장이 두방망이질 쳤다.

"예? 정녕 사실이옵니까, 마마?"

믿을 수 없었다. 해서 몇 번이나 되물었는지 모른다.

"그렇다. 내 어찌 네게 농을 하겠느냐? 이제 곧 분원에서 너를 찾을 것이다. 게다가 백성들의 뱃병을 낫게 한 너의 공을 치하하여 전하께서 어식을 하사하라 하셨느니라."

"어식이요? 전하께서 드시는 음식 말씀이옵니까?"

환한 얼굴로 고개를 끄덕이는 광해를 보고서야 꿈이 아닌 생시임을 자각할 수 있었다. 돌아가지 않으리라! 분명 그리 다짐했으나 꿈이라 불리는 달콤한 유혹은 이토록 쉽게 인간의 마음을 흔들어 놓았다. 실로 가뭄에 쩍쩍 갈라진 농토에 단비가 내린 듯했다. 해충에 병들어 죽었던 작물이 살아났다. 앉은뱅이 아이가 자리를 털고 일어났다. 농사를 지은 적도 아이를 키운 적도 없지만, 다르지 않을 것이다. 거절하지도 피하고 싶지도 않은 기쁨이며 행복이리라.

주섬주섬 옷가지가 든 행낭을 들고 근자에 빚은 백자기 하나를 챙겨 들고 나오자 광해가 기다리고 있었다.

"내가 데려다주마."

맘은 당장 분원으로 달려가고 싶었으나 마음에 걸리는 이가 있어 물었다.

"태도 오라버니가 아래 고을에 있습니다."

"이미 만났느니라. 분원에서 너를 찾는 단 소식에 태도는 이미 이곳을 떠났다. 너를 보면, 보내줄 수 없을 것 같다 하더구나."

"……"

"염려 말아라. 어디서 무얼 하던, 그 놈은 내가 지킬 것이니."

"오라버니……"

21장

여인, 꿈을 이루다.

한날 여인이 그릇을 빚고, 한날 여인이 사기장이 되었다.
그녀가 말했다. "저의 꿈에는 요변窯變[4]이 없습니다."

나이도 다르고 성별도 다른, 성향도 다르고 목적도 다른 두 사람이 서탁을 마주하고 있었다. 강천 그리고 정이라. 한동안 말없이 정이를 응시하던 강천의 눈빛에 의구심이 가득했다. 보니 아직 방년도 되지 않은 나이임에도 가진 언행이 차분하였다. 타고난 재능은 뒤로 하더라도 호흡하는 모든 순간에 최선을 다하는 것 또한 몸에 배 있었다. 자태며 눈빛이 또한 흐트러짐이 없었다. 지금 강천의 눈에 비친 정이가 그러했다. 하니 기이했다. 어찌 이리도 저를 긴장하게 만든단 말인가. 문득 오래전 스쳐 지나간 한 여인의 얼굴이 떠올랐다. 자신의 탐욕에 짓밟히고 절망의 나락으

4) 요변 : 도자기를 구울 때 생기는 예기치 못한 변화 현상

로 떨어진 여인이라. 생각이 예기치 못한 방향으로 물꼬를 트자 그 틈으로 수많은 억측이 쏟아져 나왔다. 그러고 보니 생김이며 목소리가 꼭 초선을 닮지 않았는가. 설마, 그럴 리 없다 부정하면서도 끝끝내 의구심을 거두지 못한 강천이 물었다.

"네 올해 나이가 어찌 되느냐?"

정이가 조심스레 아뢰었다.

"열아홉이옵니다."

'열아홉이라!' 그러고 보니 기이하지 않은가. 어찌 장가도 들지 않은 을담에게 여식이 있단 말인가.

"하면……. 어미는 뉘더냐?"

"어머니…… 제 어머니는……."

하마터면 심초선이라 말할 뻔했으나 번뜩 떠오른 국무의 목소리가 정이의 입을 막았다. '네 어미는 분원의 봉족이었다. 반자색 자기를 빚었고, 그로 인해 목숨을 잃었지. 조정이든 분원이든, 뉘 하나 네 어미의 편이 없었을 게다. 네 아비를 제외하곤.' 정이가 말했다.

"어머니는 약초며 나물이며 캐던 아낙이었습니다. 지병이 깊어 오래전에 돌아가셨습니다."

"……."

하나 파르르 떨리는 정이의 눈빛을 놓치지 않았다. '거짓을 말하고 있구나. 어찌 거짓을 말한단 말이냐?' 초롱초롱한 정이의 눈망울이 제 눈동자 속으로 빨려 들어올 듯했다. 의구심을 거두지 못한 강천이 되물었다.

"네 어미의 이름이 혹…… 초선이 아니냐?"

"……!"

순간 정이의 눈동자가 터질 듯 부풀어 올랐다. '아닙니다. 심초선이 아닙니다.' 라고 답하고 싶었으나 거짓으로 둘러댈 이름이 생각나지 않았고, '맞습니다. 심초선입니다. 어찌하여 제 어미를 내치셨습니까.'라고 말하려니 눈앞에 닥쳐올 후폭풍을 감당할 수 없을 것 같았다. 떨림을 감추려 시선을 내리깔았다가 천천히 고개를 들어 조심스레 아뢰었다.

"이름은 저도 모르옵니다……. 저를 낳으신 해에 고을에 돈 역병으로 돌아가시어……."

더는 묻지 않았으나 의구심어린 시선은 거둘 수 없었다. 오랜 세월 사대부 간신들과 부대껴온 강천이 어찌 한낱 어린아이의 거짓을 알아보지 못하겠는가. '내 언젠가, 네가 거짓을 말하는 이유를 알아낼 터!' 싸늘히 시선을 거둔 강천이 사발 하나를 꺼내 서탁 위에 올려놓았다.

"알아보겠느냐?"

정이의 눈동자가 자색자기를 향했다. 그러곤 이내 의아한 빛을 머금었다.

"보기엔 제가 빚은 것 같사온데…… 빛깔이 독특한 것이…… 설마……!"

"자색자기다."

"자색자기……!"

모르지 않았다. 제 어미도 자색의 자기를 빚고 죽임을 당하지 않았던가. 흔들리는 정이의 눈빛을 살핀 강천이 나직이 말을 이었다.

"조선 건국 이래 단 한 번, 나의 고조부께서 만드신 이후 단 한 번도 세상에 나온 적이 없는 자기가 바로 이 자색의 자기니라. 실로 신묘한 것이지. 조선의 개국이래 단 한 번밖에 탄생하지 않았으니……." 하곤 슬쩍 정이의 눈빛을 살피며 말을 이었다.

"아, 하긴 그리 말할 수는 없겠군. 기물이라 흉물이라 하여 대왕전하의 노여움을 산 반자색의 화병이 가마에서 나온 적이 있긴 하지. 20여 년 전 시번 때 봉족이 빚은 것인데…… 네 아비의 봉족으로 있던 심초선이란 여인이 빚었었다."

"……!"

정이의 반응을 살피기 위해 부러 던진 말이었다. 아니나 다를까 정이의 표정이 충격에 잠기어 파르르 떨리고 있었다. 눈썹을 치켜세운 강천이 한껏 부드러운 목소리로 물었다.

"어찌 그러느냐? 네가 초선이 그 아이를 알 리 없을 텐데?"

화들짝 놀란 정이가 급히 시선을 깔고 답했다.

"아, 아닙니다. 저는 그저…… 이토록 귀한 자기를 제가 빚었다는 것이 너무도 신기하여……."

의구심 어린 눈빛으로 정이의 얼굴을 살핀 강천이 말을 이었다.

"내 너를 부른 것이 이 자색자기 때문이다. 전하께서 이 자색자기의 존재를 아시게 된다면 필시 너를 사기장에 임명하라 하명하실 것이다. 하나, 그렇다 하여 진헌자기를 준비하지 못한 네 죄가 사라지지 않고, 사기장으로서의 네 능력 또한 인정받는 것도 아니다. 자색의 자기야 가마의 요변으로 나온 것일 뿐이고, 네가 질그릇을 개량하여 민초들의 삶에 도움을 준 것 또한 분원의 사기장이 되는 것과는 무관한 일이다. 하니 묻겠다. 너는 어찌 증명할 것이냐? 네 실력을."

잠시 생각한 정이가 준비해 온 백자항아리를 꺼내 강천 앞에 내밀었다. 여인의 품에 쏙 들어 안기는 요강 크기였다. 넘실대는 청화 구름 사이로 여의주를 문 청룡이 똬리를 틀고 있는데, 두 가닥 길게 늘어트린 수염하며 전신을 뒤덮은 비늘에 오조五爪 발톱도 선명하여 당장에라도 항아리를 부수고 튀어나올 듯했다. 더욱이 투명한 담청백색의 유약과 청화의 짙은 발색이 묘한 조화를 이루어 화려하지도 그렇다 하여 천박하지도 않았고, 넝쿨무늬를 두른 위아래 주둥이와 굽에 피어오른 청초한 연꽃이 어미의 자궁마냥 청룡을 품고 있으니 실로 명작이라 부를 만한 백자기였다. 날카로운 눈빛으로 자기를 훑어 본 강천이 나쁘지 않은 듯 물었다.

"나쁘지 않구나. 네가 빚은 것이냐?"

고개를 끄덕인 정이가 화답했다.

"예, 도석가루로 빚은 백자항아리 입니다."

말이 떨어지기 무섭게 강천이 비웃음을 날렸다.

"도석자기가 아무짝에도 쓸데없는 하품임은 이미 만천하에 증명되었거늘! 어찌 또다시 이 도석자기를 내놓는단 말이냐? 지금 나를 희롱이라도 하겠다는 것이냐?"

한 치의 흔들림도 없는 정이가 받아쳤다.

"도석가루로 만든 만큼 가벼워 사용하기가 편할 것입니다."

"하나, 가벼운 만큼 잘 깨지는 법이지."

"하오면 낭청 어른께서 다시 한 번 깨어보시지요."

"무어라?"

무엇이 이 아이를 당당하게 만든 것인가, 자색자기인가, 뱃병을 낫게 했다는 질그릇인가, 그도 아니면 문사승에게 기대고 있는 것인가. 실로 황당한 듯 실소를 터트린 강천이 백자기를 들어 말했다.

"오냐. 네 그리 바란다면……."

항아리를 쥐고 있던 손가락에 힘을 빼자 항아리는 곧장 수직으로 하강했다. 한데 기이했다. 당연히 들려야 하는 자기 깨지는 소리가 들리지 않았다. 깨지지 않은 항아리는 데굴데굴 굴러 정이의 발 앞에 멈춰 섰다. 정이가 조심스레 항아리를 들어 올렸다. 충격어린 낯빛의 강천이 백자 항아리와 정이를 번갈아 보았다.

"이전에 만든 자기는 도석가루와 백토의 반반 혼합이었으나, 이 자기는 도석가루를 구할九割로 쓰고, 다만 점성을 높이기 위해 깊은 우물 밑에서 캐낸 정저토井底土를 일할日割 섞어 빚은 것입니다. 하여 더 희고, 더 단단하며, 더 가볍습니다."

"……!"

강천에겐 보였다. 분원에서 내쳐지고 눈이 멀었음에도 좌절하지도 포기하지도 않고 일어섰다. 그것이 순수한 사기장의 열정이라. 창창했던 젊은 시절의 자신이 꼭 그러하지 않았던가. '뛰어넘었구나. 사기장이 될 자격을 갖추었어.' 순수한 사기장으로 정이의 노력에 자신도 모르게 고개를 끄덕이고 말았다. 그때 정이가 아뢰었다.

"낭청 어른, 저 자색자기는 어찌 하실 생각이십니까?"

자색자기와 정이의 얼굴을 번갈아 살핀 강천이 의아하니 물었다.

"관례를 따른다면 당연 주상전하께 진상될 것이다. 어찌 묻는 것이냐?"

"그 관례라는 것이…… 꼭 지켜야만 하는 것이옵니까?"

"그건 아니다. 관례는 그저 관례일 뿐."

"하오면, 소녀가 빚은 그릇이오니…… 제게 돌려주시는 것은 아니 되겠습니까?"

"네가 빚었으니, 네게 돌려 달라? 그럴 순 없다. 이곳 분원에서 나온 자기라면 불에 타버린 종지 하나, 부서진 사금파리 하나도 모두 왕실의 소유며 대왕 전하의 것이다. 한데…… 대체 무엇이냐? 귀한 그릇이라 하니 욕심이라도 생긴 것이냐? 아님, 큰 값에 팔아서 이문이라도 남기려는 것이냐?"

"아, 아닙니다. 그런 뜻은 아니옵고……."

정이가 말끝을 흐리자 내심 그 속이 궁금해졌다. 무엇을 어찌 하려는 것인가, 잠시 생각한 강천이 자색자기를 스윽 정이 앞으로 밀어내며 말했다.

"그리 가지고 싶다면, 가지도록 하여라."

화들짝 놀란 정이가 믿기지 않는 듯 되물었다.

"제게…… 주시는 것이옵니까?"

"내 두말하지 않을 테니, 네 맘대로 하여라."

"하오면……."

침을 꿀꺽 삼킨 정이가 조심스레 자색자기를 집어 들었다. 신기한 듯 잠시 이쪽저쪽 살피고 더듬다가 아기를 안 듯 제 가슴에 꼭 품고 말했다.

"미안하구나……. 다음 세상엔 꼭 좋은 주인을 만나거라……."

하곤 힘껏 바닥으로 내동댕이쳤다. 자색자기는 산산이 부서져 흩어졌고 강천의 낯빛은 충격을 넘어 경악에 물들었다. 잔잔했던 용암이 부글부글 끓어올라 강천의 낯빛을 붉게 만들었고 매섭게 부라린 눈동자가 이글이글 부풀어 터질 듯했다. 강천의 전신에서 뻗어 나온 서기가 정이의 몸을 휘감길 이내 벼락 같은 질책이 쏟아졌다.

"네 이년! 진정 예서 삶을 마감하고 싶은 것이냐!"

정이가 황황히 고개를 숙여 대꾸했다.

"낭청 어른! 이 자색의 사발, 이미 소인에게 주신 것입니다. 분명 그리 말씀하시지 않으셨습니까."

당돌한 정이의 고변에 강천의 노기가 더욱 치솟아 올랐다.

"해서, 그릇을 깨트리건 말건 상관치 말란 뜻이냐! 아님, 네 진정 나를 업신여겨 모멸감을 주려는 것이냐!?"

"아닙니다, 낭청 어른! 그것이 아니오라…… 기대고 싶지 않아서 깨트린 것입니다. 실력이 아닌, 그저 요변으로 나온 이 자색자기에 기대어 사기장이 되고 싶지 않았습니다. 언젠가, 실력으로 이런 자색의 자기를 빚고 싶었습니다. 오로지 제 실력으로써 수십, 수백의 자색자기를 빚고 싶었을 뿐입니다."

"……!"

강천은 할 말을 잃었고 이내 무거운 정적이 감돌았다. 정수리까지 치솟았던 노기도 한순간 차갑게 식어 버렸다. 우연히 빚어낸 기적에 기고만장할 것이라 여겼다. 자색에 기대어 안주할 것이라 여겼고, 제 품에 기적을 안고 더는 튀어 오르지 않을 것이라 여겼다. 하여 그릇을 내어준 것이었거늘, 돌아온 결과는 제 생각과는 온전히 반대였다. 실로 기이했다. 이 어찌 방년도 되지 않은 여아의 언행이란 말인가. 대체 이런 당찬 행동이 어디서 생긴 마음이며, 어디서 터져 나온 용기인 것인가. 얽히고설켜 풀리지 않는 실타래 같은 의구심은 무엇 하나 풀리지 않았으나 질문 따윈 입에 담지 않았다. 다만 오래전 기억 하나가 번득 떠올랐다. 선조대왕 앞에 조아려 눈물로 호소하던 어린 정이리라. 조잡한 막사발을 들이민 그 날, 분명 그리 말하였다. "하오면…… 전하께옵선 용상에 거하실 자격이 없으시옵니다!" 그 한 마디 진언이 제 목숨과 아비의 목숨을 살리지 않았던가. 지금에서야 그날에 선조가 받았을 충격과 감동이 고스란히 제 심장에 전해졌다. 더는 무어라 할 말도 없어 그저 충격어린 눈빛으로 정이의 말간 눈을 바라보다 나직이 말했다.

"문사승 어른께서 기다리고 계실 테니…… 가서 인사 올리거라."

한바탕 벼락 같은 질책을 각오하고 있던 터에 갸웃한 정이가 조심스레 화답했다.

"예……. 낭청 어른."

그러곤 조심스레 예를 갖추어 고개를 돌리는데 끝맺지 않은 강천의 목소리가 이어졌다.

"익일 술시."

정이가 고개를 돌리자 어느새 평정을 되찾아 차분히 내려앉은 강천의 눈빛이 보였다.

"수위 사기장 임명식이 거행될 것이다. 수비장水飛匠 유정."

"……!"

잔뜩 움츠려 있던 제 심장을 터트리고도 남을 언사였다.

"수, 수비장이라 하셨습니까?"

강천은 대꾸 없이 고개를 끄덕였다.

믿기지 않는 듯 정이의 눈동자가 파르르 떨렸다. '내가 사기장이 된다고? 내가……!' 순간 휘몰아친 폭풍에 영혼이 쓸려 간 듯 아찔하였고 전후좌우의 사정이 한데 얽히고설켜 무엇 하나 종잡을 수 없었다. 저도 모르게 눈물이 솟구쳤고 이내 폭포수마냥 쏟아졌다. 그러면서도 힘겹게 입술을 열어 주절주절 읊조렸다.

"감사합니다……, 감사합니다, 낭청 어른…… 감사합니다……."

자색자기라. 꿈이 사라진 자리에 자색자기가 태어났고, 자색자기가 사라진 빈자리엔 그 꿈이 현실이 되어 있었다. 누군가에겐 파멸을 언도한 자색이었고, 누군가에겐 희망을 선사한 자색이었다.

빈청을 빠져나온 정이는 한달음에 공방으로 향했다. 문을 열고 들어서는데 공방은 비어 있었다. 그럼에도 제 주인을 반기듯 공방은 햇살을 가득 머금고 있었다. 얼굴 가득 미소가 피어났다. 깊이 숨을 들이마셔 공방의 흙 내음을 가슴 깊이 밀어 넣었다. '이 분원, 이 공방, 다시는 떠나지 않으리라!' 그리 다짐하는 찰나 공방문이 덜컥 열렸다.

"정아!"

한걸음에 달려온 미진이 정이를 와락 끌어안았다.

"미진아……."

"어찌 지냈어? 눈은? 눈은 완전히 나은 거야?"

정이가 고개를 끄덕이자 광수의 목소리가 들렸다.

"이 공방, 내가 청소한 거야. 정이 너 생각하면서 매일매일 청소했다니깐."

"웃기지 마! 정아, 광수가 아니라 내가 했어. 진짜루."

그때 긴 그림자가 문 앞에 들어섰고 이내 문사승의 컬컬한 목소리가 들렸다.

"어찌 그리들 호들갑인 게야!"

"스승님……."

노년의 스승은 그저 말없이 웃었으나 반가움에 눈물을 글썽이는 정이의 눈망울에 저도 모르게 목이 메었다. 어린 제자들 앞에서 눈시울까지 붉어질 판이라 헛기침을 뱉곤 급히 고개를 돌렸다. 하여도 그 마음만은 온전히 전해졌다. 네 사람이 나란히 미소꽃을 피웠다. 겨우 40여 일 만에 모든 것이 제자리를 찾은 듯했다.

이튿날 묘시에 청아한 나팔소리가 울려 퍼졌다. 나팔소리를 들은 듯 사위에서 몰려든 잿빛 구름이 청사를 휘감는 선풍旋風을 타고 한데 엉켜 뭉쳐지길 이내 청아했던 하늘을 검게 뒤덮었다. 바람개비처럼 분원을 둘둘 휘감는 것이 뱀이 똬리를 트는 듯 기이하기도 하고 물거품마냥 보글보글 넘실대는 것이 흉물스럽기도 한데, 그 아래 청사에 마당에 모여든 사기장들의 낯빛이 꼭 그러했다. 울퉁불퉁 불만어린 얼굴에 연신 가래침을 뱉는 이, 오장육부가 뒤틀려 이를 갈고 있는 이, 메마른 표정으로 마른 흙을 툭툭 차는 이, 그리도 많고 많은 삼백여 사기장들이 운집한 가운데 강천이 있었고 정이가 있었다.

"다들 주목하시게."

나직한 음성으로 좌중의 술렁임을 걷어낸 강천이 말을 이었다.

"금일, 신임 수비장을 소개하려 하네."

놀라는 이는 없었다. 다만 굳어진 얼굴이 더욱 구겨질 뿐이었다.

"선진들께 인사 올리거라."

"유가 정이라 합니다."

한껏 공손한 마음으로 예를 갖추는데 저를 보는 시선이 따가워 제대로 얼굴을 들 수조차 없었다. 수백의 눈동자가 바늘이 되어 제 얼굴을 찌르는 듯했다. 두어 번 더 허리를 숙여 예를 갖추었으나 그럼에도 뉘 하나 고운 시선으로 인사를 받는 이가 없었다. 그저 고깝게 시선을 외면하거나 옅은 비웃음으로 정이의 진심을 밀어냈다. 강천이 말을 이었다.

"사옹원 분원의 수토감관으로서 이 아이를 수비장에 임명할 것이니, 다들 그리 알고 임명식을 준비하라."

"낭청 어른! 이 무슨 말도 안 되는 일입니까요!"

불에 달군 듯 상기된 얼굴의 고덕기가 참지 못하고 소리쳤다.

"이러실 순 없습니다! 암요! 이러실 순 없죠!"

강천이 눈썹을 치켜세우며 반문했다.

"무엇을 말인가?"

서릿발 같은 눈빛에 찔끔하였지만 물러섬 없이 대꾸했다.

"저 새파랗게 어린 것을…… 아니, 어찌 저런 계집년을 수위 사기장에 임명한단 말입니까? 행여 자색자기 때문입니까? 자색자기가 어디 저 년이 원해서 구웠답니까? 하면 한 번 더 굽게 해 보시지요. 두 번 다시 굽지 못하는 것에 내 목을 걸 터이니."

순간 강천이 눈썹을 치켜세웠다. '자색자기?' 애초 자색자기를 만든 공을 높이 사 강천의 선대가 낭청이 되지 않았던가. 서릿발마냥 매서운 강천의 눈빛이 삽시간에 차갑게 내려앉았다.

"자색자기 때문이면…… 안 되는 이유라도 있는가?"

섬뜩한 눈빛이었고 가슴 한구석에서 '아뿔싸!' 허언을 했구나 싶었다.

"그것이 아니라…… 세상이 두 쪽 나지 않고서야 어찌 저런 계집년을……."

순간 강천이 소리쳤다.

"아직도 모르겠는가! 이 아이가 자색자기를 구웠던 그날, 세상은 이미 두 쪽이 난 걸세!"

움찔한 고덕기가 고개를 숙이자 사기장들이 술렁였다. 그때 잠잠코 있던 육도가 나서 어깃장을 놨다. 보아하니 변수며 수위 사기장이며 이미 입을 맞춘 듯한 모양새였다.

"낭청 어른, 여인을 수위 사기장에 임명하는 것은…… 분원의 변수로서도 인정할 수가 없습니다."

"뭐라?"

'안됩니다! 아니됩니다!' 너도나도 이구동성으로 소리쳤고, 보니 문사승과 화청장 양세홍, 오국비 연정 대리를 제외하고는 어느 뉘도 흥분치 않은 이가 없었다. 입맛을 다시는 자도 있었고 흥에 겨워 마치 먹잇감을 눈앞에 둔 이리 떼 같았다. 하나 한 번 떨어진 말은 결코 주워 담지 않는 강천이리라. 보통 사람 같은 결심 따위 필요치 않았고 도덕관 자체가 남다른 사내였다. 피식 미소를 늘어트린 강천이 단호히 말했다.

"시끄럽구나!"

강천의 소맷자락을 빠져나온 냉기에 일순 침묵이 잦아들자 곁눈질로 육도를 살핀 강천이 말을 이었다.

"언제부터 사기장 임명에 변수의 입김이 작용했는지는 모르겠으나, 내 결정에는 번복이 없다. 앞으로 이 아이의 사기장 임명에 반대하는 자가 있다면, 내 그 자리에서 당장 분원 밖으로 내칠 것이니! 다들 그리 알고 임명식을 준비하라!"

그러곤 싸늘히 시선을 거두어 돌아서 버렸다. 냉랭한 분위기 속에 정이만 홀로 발을 동동 굴렀다. 이러지도 저러지도 못하여 그저 허리를 굽히고 머리를 조아렸다.

"잘 부탁드립니다……. 잘 부탁드립니다……."

하지만 어느 뉘도 정이에게 눈길을 주지 않았고 그저 썰물 빠지듯 청사를 나서기 바빴다. 정이가 고개를 축 늘어트리자 껄껄 웃음을 터트린 문사승이 정이의 어깨를 툭툭 두드렸다.

"뭘 그리 기가 죽은 게야? 뭐든 첫술에 배부를 순 없는 법이니, 기운 내거라!"

"……."

진초시가 지나 바삐 일과를 서둘러야 할 시간이었지만 여느 때와 달리 분원은 고요하고 적막했다. 삼삼오오 모여 수군거리는 이들은 보였으나 시끌벅적 활기찬 기운은 온데간데없었다. 터벅터벅 공방 문 앞까지 다가선 육도가 특유의 붉은 입술을 살짝 깨물었다. 무언가 마음에 들지 않을 때 나오는 버릇이었다. 잠시 푸념 섞인 한숨을 내뱉곤 공방으로 들어서자 잡다한 서책이 한 점 빈공간도 없이 빼곡히 들어찬 공방이 눈에 들어왔다. 한데도 햇살이 비추는 어느 곳 하나 흔히 날아다닐 법한 먼지 한 톨 보이지 않았다. 특히나 북쪽으로 진열된 진귀한 자기들과 고서들은 날마다 갈고 닦은 듯 윤이 났다. 힘없이 물레 앞에 앉은 육도가 꼬박 한 덩이를 잡곤 손가락으로 이리저리 주물럭거리길 한순간 힘껏 바닥에 패대기쳤다. 충격에 찌그러진 꼬박보다 제 얼굴이 더 일그러져 있었다. 홍화마냥 붉은 입술을 질끈 깨물었다가 이내 소리를 질렀다. 감당하기 힘든 노여움과 분노가 서려 있었다.

"있을 수 없는 일이다. 결코……!"

불이 들어가면 성난 황소마냥 콧김을 내뿜기도 하고, 불이 식으면 어미의 자궁마냥 천금의 자기를 품기도 하며, 차갑게 식어서는 나락지옥처럼 흉물스럽기도 한 것이 용가마였다. 백여 년 전 이 곳 광주에 사옹원 분원이 처음 들어설 때 당대 최고의 사기장들이 손수 지어올린 상징적인 가마라, 임금의 어기御器는 반드시 용가마에서 구워냈고, 수위 사기장의 임명식도 이 곳 용가마에서 치러졌다. 술시라, 거뭇거뭇하던 빛이 사라지고 어둠이 내려앉자 사기장 임명식을 구경하기 위해 몰려든 구경꾼들이 용가마를 가득 에워쌌다. 제 일처럼 얼굴 가득 웃음꽃을 피운 광수나 미진 같은 공초군도 더러 있었으나 정이의 입신을 시기 질투하는 이들이 대다수였다. 용가마를 중심으로 강천과 두 명의 변수 문사승, 이육도가 마주 보고 섰고, 그 아래로 수위 사기장들이 좌우로 늘어서 있었다. 그들 시선 가운데 수비水飛를 상징하는 홍의紅衣를 걸친 정이가 서 있는데, 봉족이며 공초군들의 의복이 아닌 사기장의 의복을 입고 있었다. 임명식 준비가 끝난 듯 강천이 군중의 술렁임을 걷어내며 말했다.

"지금부터, 신임 수위 사기장, 수비장 유정의 임명식을 거행 할 것이다."

분원의 의례에 따라 화장火匠 고덕기가 조심스레 용가마에서 불씨를 옮겨와 작은 그릇에 담자 이어 파기장破器匠 심종수가 두 손으로 그릇을 받쳐 들었다. 마치 갓 태어난 아기를 다루듯 그릇은 조심스러운 손길아래 이어졌다. 심종수에게서 화청장 양세홍에게로, 다시 정이로 인해 조기장이 된 김주동의 손으로 넘어갔다가 두 명의 변수 이육도와 문사승에게. 불씨는 꺼지지 않고 이어졌고 문사승의 손을 떠난 그릇은 마지막으로 강천의 손에 넘겨졌다가 다소곳이 무릎을 꿇고 있는 정이의 고운 두 손에 떨어졌다. 긴장과 설렘이 섞인 손끝이 가늘게 떨리었다. 이내 강천의 목소리가 들렸다.

"이 그릇은 초대 수토감관을 역임하셨던 선대 낭청께서 만드신 뜻 깊은 자기다. 이 그릇을 받는 자, 그 분의 숭고한 장인정신을 이어 받아야 할 것이다."

결연한 눈빛의 정이가 고개를 끄덕이자 강천이 주자를 들어 그릇에 술을 부었다. 불씨는 사라지고 거뭇한 재만 술과 함께 뒤섞였다. 송절주松節酒라, 소나무 가지의 껍질을 달여 만든 술로 시목으로 사용되는 소나무의 한결 같은 희생정신을 담은 것이었다. 흙과 물과 불이 한데 담긴 이 그릇을 취하는 것이 사기장 임명식의 마지막 의식이었다. 눈을 질끈 감은 정이가 단숨에 술을 들이켰다. 누구는 진심으로, 또 누구는 질시를 담은 박수가 터져 나왔다. 그로써 정이는 분원의 사기장이 되었다. 흙과 물의 수비를 담당하는 수비장이라, 환희의 감격에 눈물이 핑 돌았다.

꿈이 있었다. 하나 여인은 가질 수도 이룰 수도 없다 했다. 꿈이 이루어졌다. 모진 냉대와 멸시를 견뎌내고 편견을 벽을 부수어 이룬 꿈이었다. 꿈이라, 그릇이라, 사기장이라. 한날 여인이 그릇을 빚었고, 한낱 여인이 사기장이 되었다. 정이는 분원 설립 이래 최초의 여 사기장이었고, 조선의 개국 이래 처음 있는 일이었다.

22장

변한다. 사람도, 분원도.

그 여름의 끝자락, 분원에 변화의 바람이 불었다

한양 도성을 수평으로 반듯이 잘라 상하로 나누면 그 중심에 운종가가 있었다. 북촌의 고관대작 정승판서도, 서소문의 소백정 비렁뱅이도 이 운종가에 서면 사농공상의 신분 차 없이 다 같은 인간이었다. 다만 이곳에서 귀천을 나누는 것은 황금이라, 가진 자는 정승이 부럽지 않았고, 없는 자는 개백정보다도 못하였다. 번듯한 무인의 복색을 갖춘 태도가 터벅터벅 저잣거리를 지나쳐 무기점 앞에 서선 화살촉 오십 점을 툭 내려놓았다. 깜짝 놀란 전주가 반색하며 태도를 맞았다.

"어이쿠 자네, 이게 대체 얼마 만인가?"

"오랜만에 뵙습니다."

화살촉을 두루 살핀 전주가 입맛을 다시며 말했다.

"각궁은 만들지 않았나? 자네가 만든 각궁이라면 내 곱절을 쳐 줄 수도 있는데……."

"저도 만들고는 싶으나, 수우각을 구하기가 쉽지가 않습니다."

"그래? 자…… 화살 한 대당 반푼이니…… 도합 두 냥 닷 푼일세!"

거래를 끝낸 태도가 무심히 돌아서는데 전주가 태도를 불러 세웠다.

"자, 잠깐! 자넬 찾는 사람이 있네. 한양 상단의 심 행수라고……."

전주가 말을 끝내기도 전에 태도가 대꾸했다.

"용무 없다 전해주십시오."

태도가 다시 돌아서려는데 전주가 다시 잡았다.

"아, 자네도 수우각이 필요하지 않은가? 한양 땅에서 수우각을 가지고 있을 만한 상단이 또 어딨겠는가? 한양 상단밖에 없을걸세. 심 행수가 여자라 하여 무시하는가 본데…… 한 번 가보게. 먼 곳도 아니고 엎어지면 코 닿을 곳이 아닌가. 아, 자네가 좋은 각궁을 만들어야 나도 좀 묻어가지!"

한양 상단은 멀지 않은 곳에 있었다. 보니 널찍한 상단 마당이 조선팔도를 축약시켜 놓은 듯했다. 북삼도[5]와 하삼도[6] 거기에 제주까지, 조선팔도에서 나는 진귀한 물품들은 죄다 끌어모은 듯 곳곳에 널려 있었다. 처음 보는 이라면 입이 쩍 벌어졌을 것이나 상단의 사람들은 대수롭지 않게 수레에 싣고, 나르고, 창고를 정리하기에 바쁜 움직임이었다. 태도는 살아서 꿈틀거리는 듯한 거대한 호피에 시선을 빼앗겼다. 제법 노련한 사냥꾼에 속한 태도도 아직 이만한 크기의 범을 본 적은 없었다. 그때 옥구슬 같은 여인의 목소리가 들렸다.

"마음에 드십니까?"

화령은 화사한 미소를 가득 머금고 있었다. 태도는 대답 대신 하늘을 쳐다보았다. 한양 상단의 하늘은 다른 곳의 하늘과 달랐다. 이곳에 유독 비둘기가 많았다.

"어찌 저리 비둘기가 많은 것이오?"

화령이 미소를 가득 품고 말했다.

"궁금하시면…… 안으로 드시지요."

화령이 손수 따듯한 국화차를 내어 왔다. 차에는 관심이 없는 듯 우두커니 앉아 있으니 화령이 말했다.

"나리께서 만드신 각궁이 조선 제일이라, 어떻게든 나리와 연

---

5) 북삼도 : 황해도, 평안도, 함경도.

6) 하삼도 : 호남, 호서, 영남.

이 닿아야겠다 생각했지요."

"칭찬이 과하십니다."

"칭찬이라니요? 지난해 무과 별시에도 나리께서 만드신 활을 사용한 지원자들이 대거 합격을 했습니다. 해서 나리께서 만드신 각궁의 인기가 하늘까지 치솟았지요. 한데 어쩝니까. 정작 나리께서는 오리무중 흔적도 없이 사라져 버리셨으니……."

그러곤 차를 음미하니 태도가 말했다.

"수우각을 내주시면, 원하는 만큼 각궁을 만들어 드리지요."

화령이 끄덕이자 이내 사환이 긴 궤짝을 들고 와 탁자 위에 놓았다. 태도가 열어보니 수우각이 가득 차 있었다.

"이 정도 양이면 몇 개나 만들 수 있겠습니까?"

"서른 개쯤 되겠군요."

"하면, 거래를 튼 기념으로 이것은 무상으로 내어드리지요. 그리고 각궁을 만들어 오시면 개당 열 냥씩 쳐 드리겠습니다."

"알겠소."

국화차를 들어 단숨에 들이켠 태도가 일어서려는데 화령이 말했다.

"이곳에 왜 비둘기가 많은지 궁금하다 하시지 않았습니까?"

태도의 시선이 화령을 향했다가 다시 처마 지붕 아래를 향했다. 창살 사이사이로 비둘기 새장이 빼곡한데 서른 마리도 넘는 비둘기가 꽉꽉 들어 차 있었다.

"비둘기는 귀소본능이 뛰어난 새라 전서구로 이용되지요. 조선 팔도는 물론 멀리 명국까지도 가능하답니다. 새끼 비둘기가 다 클 때까지 기다린 다음, 천둥벼락이 치고 폭우가 쏟아지는 날에 모이를 주지 않고 밖으로 보내지요. 지금껏 주인이 주던 모이만 먹던 비둘기는 한참을 헤맨 끝에 결국 다시 돌아온답니다. 그렇게 몇 번을 반복하다 보면 언제 어디서 풀어 놓던 제 집을 찾아오게 되는 법입니다."

모이를 쥔 화령이 손을 뻗자 갈색 비둘기 한 마리가 날아와 화령의 손바닥 위에 앉았다. 비둘기가 모이를 다 먹을 때까지 기다린 화령이 비둘기를 건네며 말했다.

"이 비둘기를 드리지요. 행여나 무언가 감당하기 힘든 일이 닥치면 비둘기를 날려 보내세요. 제가 나리께 도움이 될 수도 있지 않겠습니까?"

하루 종일 대제학을 모시고 강론을 벌인 까닭에 진득한 피곤이 발목을 잡고 있는 저녁이었다. 퇴궐 길에 말을 두고 굳이 군저君邸까지 걸어온 것이 후회가 되었다. 멀리 군저가 보이자 저도 모르게 발걸음이 빨라졌다. 광해는 그저 몸을 뉘이고 싶은 맘뿐이었다. 한데 재촉하던 발길이 한순간 멈춰 섰다. 스멀스멀 감기던 눈빛도 삽시간에 광채를 품었고 어느 때보다 날카로워졌다. 어디선가 터져 나온 예기에 반응한 것이었다.

"누구냐!"

순간 바람을 가르는 파공음과 함께 시퍼런 검날이 뻗어왔다. 간담이 서늘해지는 순간이었다. 허리에 차고 있던 검을 뽑아 날아든 검을 막고는 검을 잡은 주인의 목으로 검을 찔러 들어갔다. 하지만 뻗어가던 검은 이내 멈춰 섰다. 태도였다. 검을 회수한 광해가 피식 미소를 머금고 말했다.

"두 번 다시 나를 찾지 않을 것 같더니…… 어찌 찾았느냐?"

태도는 대답 대신 화령에게서 받은 비둘기를 내밀었다.

"정이에게 전해 주십시오."

"그래, 정이 그 아이가 아니면, 네 놈이 날 찾을 이유가 없지."

"아닙니다. 제가 마마를 찾아온 이유는 따로 있습니다."

"무엇이냐?"

허리춤에서 칼을 풀어낸 태도가 털썩 무릎을 꿇고 말했다.

"마마를 모시고자 합니다."

"뭐라? 갑자기 무슨 연유냐?"

"이유가 중요한 것입니까?"

광해가 미소를 머금었다. 태도도 미소를 머금었다.

청사를 중앙에 두고 남으로는 문루가, 북으로는 광주목 삼림이, 동서로는 사기장들의 공방과 작업소가 자리했고 그 중 동서東西의 최단거리에 두 변수의 공방이 자리하고 있었다. 고요한 밤이라, 구슬픈 소쩍새 울음소리밖에 들리지 않을 때였다. 정이의 여린 손길이 건화소 문을 열어젖혔다. 창살로 새어든 달빛에 자기들이 칠색 무지갯빛을 품고 있었다. 이리 꼬박 하룻밤 동안 달빛이며 바람에 걸러져야 다음 날 가마에 들어갈 수 있었다. 선반 가득한 자기들을 훑은 정이의 발길이 이어 시유소를 향했다. 유약을 담은 항아리며 재유통이 길게 늘어서 있었다. 시유소는 만가지 꽃향기를 머금고 있어 이곳에 들를 때면 마치 꽃들이 만발한 들판 가운데 선 기분이라 절로 기분이 좋았다. 수십 종에 이르는 유약통을 하나하나 살피며 그 안에 머금은 향을 제 몸에 고스란히 담은 후에야 발길을 돌렸다. 문을 나서자 이음이 잘 맞지 않는지 한 바퀴 돌 때마다 기괴한 소리를 내는 수레가 막 정이를 지나쳤다. 수레가 만든 두 가닥의 긴 흔적을 따라 밟자 널따란 파기소가 눈앞에 펼쳐졌다. 사금파리가 만든 파도가 달빛에 일렁이고 있어 꼭 해안절경에 서서 일출을 보는 듯한 기분이 들었다. 피가 흥건한 발바닥으로 파기소를 뒤지던 옛 기억을 떠올리며 발밑에 널브러진 사금파리 하나를 주어 들었다. '너도 다음 생엔 좋은 자기로 태어나거라.' 하곤 멀리 던져 주었다. 환한 미소를 머금은 정이의 발길이 성형소로 향했다. 스무 개의 물레가 오열을 맞추고 있는데, 서로 바라보는 형태가 아니라 등을 보이고 있었다. 성형 중에 한눈을 팔지 못하게 하려는 조기장의 배려이리라. 시목 보관소는 물류창고와 붙어 있었다. 그 크기가 어마어마해 들어서는 순간 입이 쩍 벌어졌다. 좌측으로는 태토胎土가 쌓여 있고 우측으로는 시목들이 쌓여 있었다. 한데 그 양이 놀라울 정도로 방대하여 산을 그대로 옮겨온 듯한 착각이 들 정도였다. 한창 진을 빼고 있는 시목도 있었다. 정이의 여린 손이 시목 하나를 잡았다. '그래, 좋은 시목은 이리 껍질을 벗기고 진을 뺀 다음 한 해 이상을 말리고 묵혀야 돼.' 이어 공초군들의 숙소도 둘러보았다. 볏짚과 왕골을 엮어 이엉을 얹은 초가도 있고 송목을 잘라 만든 너와집도 있었으나, 공간이 좁아 장정 대여섯이 겨우 몸을 뉘일 수 있는 정도였다. 숙소 가운데 드문드문 주방도 있었다. 여인들은 아침에 눈을 뜨자마자 당번대로 이곳 주방으로 달려가 밥을 지어야 했다. 주방 일각으로 풀어 놓고 키우는 닭들은 정확히 세어보진 못했지만 얼추 삼백여 마리쯤은 되었다. 매일 아침 암탉들이 내놓는 달걀은 당연 사기장들의 몫이었다. 가끔 사기장들이 봉족들에게 삶은 계란을 건네줄 때도 있었지만 아주 간헐적이었다. 널찍한 주방의 마당엔 평상 십여 개가 넓게 퍼져 있어 백여 명이 일시에 식사를 해도 충분한 공간이었다. 해서 저녁때면 이곳에서 술판이 벌어지기 일쑤였다. 분원을 고루 둘러보고 나니 이미 여명이 트고 있었다. 피곤할 만도 하였으나 잠은 오지 않았다. 공방으로 들어서 시원한 냉수로 목을 축이자 문득 제 마음을, 진심을 사기장들에게 전하고 싶었다. 마음이 담긴 선물이라, 무엇이 있을까 고민한 끝에 소싯적에 염을 했던 기억을 떠올려 사기장들의 두건을 손수 염해 주겠다 마음먹었다. 하여 곧장 야산에 올라 칠색의 꽃잎을 구해 즙을 내고, 두 손이 시퍼렇게 물들도록 담그고 빼길 수십 차례가 지나 바람이 잘 통하는 그늘에 이틀 동안 말린 후 다시 깨끗한 물에 헹구고 말렸다. 꼬박 이틀이 지난 후에 단정히 갈무리 된 두건을 들고 일일이 수위 사기장들을 찾아 두건을 건네니, 나름 진심이 담긴 선물이라 사기장들도 거절치 않았다. 다만 연정 대리와 화장 고덕기만은 예외였다. 맘의 준비가 필요한 듯 잠시 문 앞에서 심호흡을 하고 문을 두들기자 안쪽에서 싸늘한 여인의 목소리가 흘러나왔다.

"뉘신가."

"수비장, 정이입니다."

잠시간 침묵이 흐른 후에 짤막한 답변이 들렸다.

"들어오너라."

햇볕에 말린 볏짚들이 한 줌씩 묶여 벽에 기대고 있었다. 색을 잃어버린 꽃잎과 약초들이 항아리며 궤짝이며 가득 들어차 있는데 각각의 이름과 캐오고 따온 날짜들이 가지런히 붙어 있었다. 그 시기가 십 년도 훨씬 지난 것들 또한 많았다. 별별 꽃잎들이며 볏짚이며, 약초들의 향내가 뒤섞이며 오국비 연정의 공방은 마치 숲 속을 그대로 들어다 넣은 듯 풀 향내가 늘상 진동하였다. 바싹 말린 꽃잎을 한 움큼 쥐어 향내를 맡던 오국비가 정이 손에 들린 황색 두건을 보고 말했다.

"이 선물을 받는다 하여, 너를 인정하는 것은 아니다."

냉랭한 말에 정이는 그저 고개를 숙였고 오국비는 그런 정이의 오롯한 얼굴을 보고 있었다. 낯익은 얼굴이리라. 초선을 꼭 빼닮은 얼굴에 을담의 여식이라 했다. 그리고 이젠 사기장이 되었다. 자신은 불가능하다 여겼던 곳에 한낱 어린아이가 올라가 있었다. 하니 자책 같은 푸념이 한숨이 되어 새어 나왔다. 그간 마음에 품은 사내 하나 없었다면 거짓이겠으나 유약에 빠져 살다 보니 어느덧 나이 마흔이 되었고, 연정 대리가 되어 있었다. 돌이켜 보니 꼬박 26년의 세월이었다. 분원에 첫발을 내디딘 나이가 열두 살, 어린 나이였지만 매사에 부지런하고 열정적이었다. 처음엔 이름도 모를 꽃과 풀들을 그림만 보고서 찾아야 했으니 고충이 말로 다하지 못했다. 독성이 있는 풀을 먹고 의식을 잃은 적도 있었고, 뱀에 물리는 것도 부지기수였다. 광주리 가득 채워온 유약재가 버려진 일들은 더 허다했다. 그렇게 사계절이 두 번 지나자 여리고 곱던 오국비의 손이 거칠고 뭉툭한 손이 되어 있었다. 그때 즈음이었다. 얼굴 가득 미소를 담고, 곱디고운 두 손을 포개고 사뿐히 분원 안으로 들어서던 초선과 마주한 것이.

국비의 눈에 초선은 이상했다. 공초군들의 시선은 보통 땅바닥에 고정되어 있었다. 산과 들을 쏘다니며 땅바닥에서 쓸 만한 것들은 죄다 캐내야 하니 이따금 허리를 펴려 하늘을 볼 때를 제외하곤 늘 허리를 숙이고 시선은 흙바닥을 향해 있었다. 사기장들의 앞에 설 때면 더욱더 허리를 굽혔다. 한데 초선은 늘 무언가를 갈구하는 눈빛으로 분원 곳곳을 훑고 다녔다. 오국비는 초선의 눈이 무엇을 갈구하는지 단 번에 알 수 있었다. 사기장이었다. 그녀는 사기장이 되고 싶어 했다. 흙 지게보다 물레를 볼 때 더 눈빛을 반짝였고, 여인들은 감히 갈 수도 없는 가마 근처에라도 가기 위해 늘 자진해서 장작을 손수 나르고 옮겼다. 꿈이 있다 했다. 사기장이 되고 싶다 했다. 눈앞에 선 정이가 꼭 그러하지 않은가. 싸늘히 시선을 거둔 오국비가 물었다.

"네 아비가 을담 어른인 건 알겠고…… 어미는 누구더냐?"

정이는 마치 외운 듯 대꾸했다.

"저를 낳은 해에 고을에 역병이 돌아 돌아가셨습니다. 생김도 모르고 이름도 모릅니다."

오국비는 대꾸 없이 싸늘히 시선을 거두었다. 그러곤 돌아섰다.

"그만 돌아가거라."

"예."

문을 닫자마자 힘겹게 참고 있던 숨을 토해냈다. 한 고비 넘긴 듯한 기분으로 고개를 드니 저 멀리 화장 고덕기의 공방이 보였다. 가장 어렵고 두려운 이가 기다리고 있으리라. 종종걸음으로 다가가 문을 두드리자 잔뜩 헛기침을 뱉는 고덕기가 빼꼼히 정이를 쏘아봤다. 정이가 청색 두건을 내밀자 심드렁한 투로 말했다.

"무엇이냐?"

"제가 손수 염한 두건입니다."

고맙단 말은커녕 들어오란 말도 없었다. 되레 따가운 질책만 쏟아졌다.

"자질에 있어 누구에게도 뒤지지 않던 네 아비조차도 이 곳 분원에 들어와 사기장이 되는 데 오 년이 걸린 걸 아느냐? 한데, 네가 무엇이기에 그 모든 걸 뛰어넘느냐 말이다!"

정이가 죄지은 사람마냥 침묵하자 이유 없는 고덕기의 질타가 이어졌다.

"난 네가 계집인 것이 싫다. 네가 이 조용한 분원에 분탕질 치는 것도 싫다. 그리고 무엇보다, 어쭙잖은 재주로 다른 사기장의 피땀 어린 노력을 부서트리는 것도 꼴 보기 싫다. 너처럼 잘난 족속들이 죽도록 싫단 말이다!"

"……."

서슬 퍼런 칼날로 정이의 가슴을 갈가리 헤집어 놓은 고덕기가 싸늘히 시선을 거두곤 밖으로 나가 버렸다. 잡을 수도, 무어라 변명을 할 수도 없어 그저 멍한 눈으로 고덕기의 뒷모습을 바라보다가 고개를 돌렸다. 그제야 주인 없는 텅 빈 공방이 눈에 들어왔다. 여느 사기장들 공방 같지 않았다. 이 변수나 오국비의 공방에 비하면 그저 휑한 것이 창고와 다름없는 공방이었다. 고덕기의 텅 빈 심장 또한 이럴 것이라 미루어 짐작되었다. 그럼에도 고덕기의 마지막 살풀이가 부유물처럼 귓전을 떠다니고 있었다. '너처럼 잘난 족속들이 죽도록 싫단 말이다' 단 한 번도 남보다 뛰어나다 생각한 적은 없었다. 되레 곱절은 더 노력해야 한다 생각했고 해서 뉘보다 더 열심히 달려온 것뿐이었다. 한데 생각지 못했다. 자신의 노력이, 그로 인한 성취가, 어떤 이에겐 상처가 되고 또 어떤 이에겐 좌절을 안겨줄 수 있다는 사실을. 하여도 어쩔 수 없지 않은가. 이제 와 포기할 수도, 되돌릴 수도 없지 않은가. 멈추지 않을 것이다. 멈추고 싶지도 않았다. 시선을 떨어트리자 바닥에 떨어진 두건이 보였다. 두건을 주워 먼지를 툴툴 털어 내 물레 위에 두고 밖으로 나왔다.

별이 촘촘히 박힌 하늘이었다. 숨을 들이쉬고 두 팔을 활짝 펼치니 제 몸에 별이 쏟아지는 듯했다. 한껏 밤바람을 만끽하자 고요한 분원의 전경이 눈에 들어왔다. 문득 고즈넉한 새벽의 정취를 만끽해 보고 싶었다. 해서 발길이 닿은 곳이 자신이 담당한 수비소水飛所였다. 널판을 얹은 우진각 지붕 아래 큼지막한 기둥들이 늘어 서 있었고, 바닥으로는 평평한 대리석을 깔아 물에 으깬 진흙을 밟을 수 있도록 하였다. 시선을 훑는데 백토며 수비수가 담긴 항아리 옆으로 진흙이 가득 담긴 항아리 하나가 보였다. 일과를 채 마무리하지 못하여 남겨 둔 것이었다. 옆으로 신발을 벗어 놓곤 항아리에서 흙 한 덩이를 퍼내 바닥에 펼쳐 놓았다. 그러곤 치마를 들쳐 올려 조심스레 흙 위에 발을 올렸다. 차가웠지만 부드러웠다. 빨래를 밟듯 질끈질끈 내리누르기도 하고 부챗살 모양으로 펼쳐 밟기도 하는데, 늘 해왔던 일임에도 정이에겐 새삼 모든 것이 새롭게 느껴졌다. 가시지 않은 피곤이 몰려들었지만 마음만은 가볍고 상쾌했다. 청아한 하늘도, 달빛도, 별빛도, 바람도, 그리도 좋을 수 없었다.

휘하에 오십여 명의 사기장을 거느렸고 그 아래로 봉족이며 공초군이며 이백여 명이 넘었으니, 그 많은 인력을 관리하는 것만으로도 하루가 다 모자랐다. 한데도 고단한 육체와 달리 마음만은 행복이 차고 넘쳐 정이의 발길이 닿지 않는 곳이 없었다.

"그저 항아리에 물을 담아둔다 하여 수비수가 정제되는 것이 아닙니다." 그리 말하곤 숯과 맥반석, 흙을 한데 섞은 후 물을 정제하는 방법을 알려주었다. "장작은 패기 전에 먼저 껍질을 벗기셔야 합니다. 시목의 크기는 나이테를 살펴 어린 나무는 크게, 노송은 잘게 자르시고요." 그리 말하곤 손수 도끼를 들어 장작을 패고 껍질을 벗기기도 했다. 아낌없이 가르치고 쉼 없이 움직이니 너나 할 것 없이 정이의 열정에 동화되어 갔고, 차갑던 냉대와 멸시의 눈빛들이 동정과 존경의 눈빛으로 변하였으니 삭막했던 분원에 무언가 변화의 물결이 밀려드는 듯했다. 하루살이 공초군들조차 장작을 패고 흙을 밟는데 전에 없던 활기가 넘쳐흘렀다. 그런 중 하루는 태토 담당 공초군들이 옹기종기 모여 있는 걸 보곤 의아하여 다가가 보았다. 세 개의 항아리에 백토가 가득 들어 있는데 종이로 붙여 놓은 표식이 떨어져 도무지 백토의 종류를 알 수 없다 했다. 색도 같고 질감도 같아 공초군들은 같은 흙이라 했지만, 정이가 향도 맡고 맛도 보니 같은 흙이나 다른 흙이었다.

"세 가지 백토 모두 광주 백토이나 첫 번째 것은 강이 범람하여 만든 식토이고, 두 번째와 세 번째 것은 유약재로 쓰이는 부엽토입니다."

공초군들의 탄식에 정이가 말을 이었다.

"한데, 이 부엽토도 다른 흙입니다. 좌측의 백토는 증류수를,

우측의 백토는 흐르는 요수를 배합해 성정을 변화시킨 것이지요."

곳곳에서 공초군들의 감탄이 쏟아진 것은 비단 말할 필요도 없었다. 그 여름의 끝자락, 분원에 변화의 바람이 불고 있었다. 그즈음이었다. 광해가 찾아온 것이.

미초시가 막 지나고 분원의 사기장들이 허기진 생각으로 참으로 무엇을 먹을까를 고민할 때였다. 분원의 입구로 거대한 수레가 들어섰다. 저렇게 거대한 수레가 분원에 들어오는 경우는 흔하지 않았다. 먼 지방의 흙을 일부러 가져오는 경우가 거기에 속했는데, 육도가 알기로 오늘 흙이 들어온다는 소식은 듣지 못했기에, 분원의 입구를 지나는 수레를 보며, 얼굴 가득 의문이 가득했다.

"무엇인가? 어디서 오는 것이야?"

육도의 물음에 수문장은 조금은 얼떨떨한 얼굴로 입을 열었다.

"어…… 어식이랍니다."

"어식?"

"예, 주상전하께서 유 수비장의 공을 치하하여 내리신 어식이랍니다."

수비장이 된 정이를 매일 지켜보면서도 애써 무시했고 거짓되게 침착했다. 한데 더는 부동심을 유지할 수 없었다. '어식이라? 그까짓 작은 공 하나로 어찌 어식을 내린단 말인가!' 임금이 제 앞에 있다면 핏발을 세워 따지고 싶은 심정이었다. 하나 어식을 바라보는 모두의 심정이 육도와 같지는 않았다. 광수는 어식을 보자마자 분원을 떠돌며 소문을 퍼트렸다.

"어식이라고! 정이가, 아니아니, 주상전하께서 유 사기장에게 어식을 내렸다고!"

마치 제 일처럼 기뻐했다. 정이의 복귀를 고깝게 보던 수위 사기장들조차 놀란 토끼눈을 부비며 뛰쳐나왔다. 상차림이 모두 네 개였고, 밥으로는 팥밥인 홍반紅飯에서 비빔밥인 골동반骨董飯, 불린 쌀과 우유를 넣고 끓인 타락죽이 준비되었고, 탕으로는 사태신선로도 있고 무국도 있고 육개장도 있었다. 물론 도미찜이며 너비아니 같은 육류와 죽순채며 송이산적 같은 귀한 채소류도 수를 헤아릴 수 없을 만큼 다양했다. 성인 십여 명이 달려들어도 모자라지 않을 양에 보는 이들의 입이 쩍 벌어지는 건 당연지사. 기대치도 않은 임금의 처우에 정이를 보는 시선 또한 사뭇 달라졌다. 가슴이 뭉클해진 광수는 과거 정이를 처음 봤을 때를 떠올렸다. 문사승의 제자가 되겠다며, 그 추운 겨울날 마당에 무릎 꿇고 앉아 있던 정이, 그 여아가 이리될 줄 상상이나 했겠는가. 눈시울이 붉어지길 이내 눈물이 젖어들었다.

"뭐야? 광수야…… 너 우는 거야?"

미진의 조롱에 광수가 서둘러 눈물을 훔치고 소리쳤다.

"뭐, 뭐! 누가 운다고 그래! 흠흠!"

그때 따뜻한 손길이 느껴졌다. 정이가 제 손을 잡고 미소를 머금고 있었다. 제 일처럼 기뻐해 주는 광수가 고마운 것이다. 그때 저만치서 익숙한 사내의 목소리가 다가왔다.

"벌써 도착한 겐가?"

광해였다. 술렁이던 사기장이며 잡역들이 일순 예를 갖추자 마치 연인마냥 정이 앞으로 다가 선 광해가 입을 열었다.

"백성들의 뱃병을 낫게 한 공로를 치하하여 전하께서 어식을 내리셨다. 하나 어식을 하사하기 전에 내 너에게 몇 가지 다짐부터 받아야겠다."

"다짐이라니요?"

"두 번 다시 울지 말 것, 내 명이 없이는 분원을 떠나지 말 것, 그리고 말없이 도망치지도 말 것. 어떠냐? 다짐할 수 있겠느냐?"

말간 미소를 머금은 정이가 고개를 끄덕이자 광해가 비둘기가 든 새장을 내밀었다.

"이것이…… 무엇입니까?"

"보면 모르겠느냐? 비둘기다."

"비둘기…… 어찌 제게……."

"태도가 보낸 선물이다."

깜짝 놀란 정이가 되물었다.

"오라버니가요?"

"그래. 한데, 오랜만에 봤는데 나를 이리 세워둘 참이냐?"

청사를 나와 장방형 담장을 따라 우측으로 꺾어 들어가면 인적 드문 언덕이 나오고, 이 언덕을 넘어가면 한 때 저수지로 사용했을 법한 작은 연못이 나온다. 백여 년 전 이 고을에 사옹원 분원이 들어서기 전부터 있었던, 분원 설립 당시에도 이 연못을 두고 메울 것인지, 그대로 둘 것인지를 두고 논란이 많았던 연못인데, 사랑하는 정인을 잊지 못한 여인이 그리움으로 땅을 파고 눈물로 속을 채웠다는 전설이 깃든 연못이었다. 오색의 화려한 연꽃 사이사이로 잉어들이 유유히 물결을 가르고 있었다. 그때 작은 돌멩이가 날아와 연못의 가장자리에 파장을 일으켰다. 오방색의 단청문양을 넣은 정자에서 날아온 것이었다. 정자는 연못 중앙에 서 있었다. 뭍에서 정자로 이어지는 다리가 띄엄띄엄 놓인 돌다리라 비가 많은 계절에는 정자에 오를 수 없다가 물이 마르면 비루한 전경은 사라지고 운치에 화려함을 더했다. 광해와 성이가 연못을 보며 나란히 앉아 있었다. 애달픈 사랑의 마음이야 서로 모를 리 없었으나 차마 입에서 떨어지진 않았다. 세상의 편견이, 신분이, 두 사람의 마음을 막고 있었다. 삽시간에 어둠이 내려앉았고 만월이 두둥실 떠올랐다. 옆에 둔 새장에서 구구거리는 비둘기 울음이 들렸다.

"언제든 힘에 부칠 때면…… 이 비둘기를 날려 보내라…… 태도가 그리 전하더구나."

"예……."

첫날은 비둘기를 보는 것만으로도 하루가 어찌 가는지 모를 정도로 즐거웠다. 힘들고 고된 분원의 일과를 비둘기가 풀어주는 듯했다. 한데 날이 지날수록 삼나무 줄기를 꼬아 만든 비둘기 새장이 눈에 거슬렸다. 그 안에서 힘없이 꾸벅꾸벅 조는 비둘기가 안쓰럽고 안타까웠다. 더는 생각하고 자시고 할 것도 없었다. 새장 문을 열어 비둘기를 놓아주었다. 자유를 얻은 비둘기는 곧장 힘찬 날갯짓으로 창공으로 날아올랐다. 한데 채 일각도 되지 않아 정이의 귀에 비둘기의 푸닥거리는 날갯짓 소리가 들렸다. 비둘기가 새장에 돌아와 모이를 먹고 있었다. "왜, 돌아가고 싶지 않은 거야? 아님…… 돌아갈 곳이 없는 거야?" 미소를 머금은 정이가 새장을 열어 두었다. 언제든 날아갈 수 있게. 언제든 어미의 품을 찾아갈 수 있게.

23장

모두가 다르나, 모두가 같다.

가난한 이는 있어도, 천한 이는 없고.
값싼 그릇은 있어도, 천한 그릇은 없다. —백파선

정이가 수비장이 된 지 달포였고 시일로는 백로白露가 지난 사흘 째 되는 날이었다. 오뉴월 장마가 끝난 후 지속된 가뭄에 수라간 장독에 담겨 있던 된장이며 간장이며 장류들이 죄다 부패하고 말았다. 이를 섭취한 궁녀와 금군 병사들이 식중독에 걸린 것은 물론 중전 또한 배를 잡고 쓰러지고 말았다. 대왕 선조의 진노에 구중궁궐이 들썩였고 사옹원 제조를 역임하고 있던 광해에게 생각지도 못한 불똥이 튀고 말았다. 광해는 즉각 내의원으로 하여금 식중독에 걸린 궁녀며 병사들을 치료케 한 후 부패한 장류는 죄다 소각처리 했다. 한데 사안이 정리되는가 싶었던 그즈음 인빈 김씨가 토사에 연이어 몸져눕고 말았다. 상황이 이러하니 어느 뉘도 책임추궁에서 안전할 수 없었다. 따가운 선조의 질책에 광해는 그저 머리를 박고 있었다.

"내 분명 너에게 이번 일에 잘 처신하라 이르지 않았더냐? 대체네 놈은 그간 무얼 한 것이기에 그깟 식중독 하나 잡지 못하여 강건하던 인빈마저 위중케 했단 말이냐! 명명백백히 밝혀내거라. 이번 일에 책임이 있는 자는 뉘라도 그냥 넘어가지 않을 것이다. 알겠느냐!"

내명부의 주인이자 국모인 중전이 쓰러졌을 때는 이처럼 노하지 않으시다가 인빈의 병증엔 저토록 진노하시니 서운한 마음이 없지 않았다. 게다가 인빈의 병증은 그리 위중하지도 않았다. 어의에게서 들은 바 그저 식중독의 증세가 보이나 탕약을 쓸 만한 병증은 아니라 했다. 그럼에도 광해는 단정히 아뢰었다.

"예, 전하. 소신, 사안의 원인을 규명하고 책임자를 엄중히 처벌하겠나이다."

수라간 옆으로 크고 작은 수천 개의 항아리가 길게 늘어서 있는데, 그 가운데 수라간 궁녀 십여 명이 쪼그려 앉아 무언가를 열심히 닦고 있었다. 일각을 지나던 박 상궁이 가까이 다가가 보니 허옇고 붉은빛의 옹기들이라, 상한 속을 비워내고 씻어낸 것이었다. 뒤늦게 박 상궁의 그림자에 화들짝 놀란 궁녀들이 일제히 예를 갖추자 박 상궁이 매서운 눈초리로 물었다.

"문제가 된 장독들인 게냐?"

"예, 마마."

찬찬히 항아리를 훑은 박 상궁이 다시 물었다.

"이 항아리들은 모두 분원에서 들인 것인데…… 분명 이것들이 전부란 말이지?"

"예 마마."

궁녀의 말이 떨어지기도 싸늘히 시선을 거둔 박 상궁이 발길을 옮겼다. 황급히 걸음을 재촉하여 당도한 곳이 사옹원 빈청이라, 예를 갖추어 들어서자 광해며 강천이며 사옹원의 관리들이 두루 모여 있었다. 박 상궁이 잔뜩 독기를 품은 눈빛으로 말했다.

"이번 식중독의 원인은 수라간의 음식이 아닙니다. 오로지 불량 장독의 문제이니, 분원에서 책임을 져야 할 것입니다."

강천이 발끈하며 대꾸했다.

"분원이라니요? 항아리가 문제라면 옹장을 탓할 일인데 어찌 분원에 책임을 떠넘긴단 말이오?"

박 상궁이 기다렸다는 듯 냉랭히 대꾸했다.

"이번에 문제가 된 장독들은 옹장甕匠들이 빚은 항아리가 아닙니다."

"하면……."

"예, 죄다 분원의 사기장들이 빚은 항아리들이지요."

"……!"

본래 수라간에서 사용하는 장독은 분원이 아니라 봉상시奉常寺의 옹장들이 만들었으나, 지난 봄 소만小滿 때 있었던 풍년제를 기념해 분원에서 특별히 제작된 장독이 십여 점 있었다. 한데 박 상궁은 수라간에서 사용하는 수천 여 장독 중에서 오직 이 항아리만을 문제 삼고 있었다. 박 상궁의 주장이 사실이든 아니든, 강천의 입장에선 반박을 하기도, 증명을 하기도 어려웠다. 박 상궁의 발언에 잠시 당황은 하였으나 역시 강천은 강천이라, 매섭게 치켜 뜬 눈썹 아래 실로 사나운 짐승 같은 눈빛을 번득이며 말했다.

"박 상궁, 어찌 그리 자신하는 게요? 만에 하나…… 단 하나라도 다른 항아리에서 문제가 발견된다면, 그땐 어찌할 생각이오? 목숨이라도 내 놓을 수 있다 장담할 수 있겠소?"

"……!"

황금을 손에 쥐고 사대부조차 쥐락펴락 하는 사내가 이강천임을 박 상궁이 모르는 바 아니었으니 강천의 살벌한 음성은 실로 두렵다 느껴졌다. 파르르 떨리는 눈빛을 힘겹게 감춘 박 상궁이 침묵하자 강천이 쐐기를 박듯 말했다.

"말해 보시오. 분원에서 빚은 항아리가 아닌, 옹장이 빚은 항아리에서도 식재료가 부패했다면, 이번 식중독 사태가 분원이 아닌, 수라간의 책임이다, 인정하시겠소?"

박 상궁이 발끈하며 대꾸했다.

"인정하고 말고요. 만에 하나 다른 장독에서도 문제가 발견된다면, 응당 이번 사태에 대한 모든 책임을 우리 수라간이 질 것입니다."

한 치 물러섬도 없는 두 사람의 매서운 눈빛이 허공에서 부딪쳤다가 산산이 흩어지자, 광해가 급히 중재에 나섰다.

"그만들 하게. 분원과 수라간, 둘 중 어느 곳도 확실한 증좌 없이는 서로 험담을 삼가도록. 또한, 오늘부로 이레의 시간을 줄 터이니, 수라간과 분원 모두 각자의 무죄를 증명할 증좌와 사안의 해결책을 찾아오시게."

그로써 사옹원의 거대한 두 기둥이었던 분원과 수라간 사이에 사활을 건 전쟁이 시작되었다. 이제 이들이 해야 할 일은 둘 중 하나뿐이리라. 무죄를 증명하든가, 상대의 유죄를 증명하든가.

발 빠른 수라간의 행보가 분원보다 조금 더 앞섰다. 박 상궁의 지휘 하에 수 천여 장독을 일일이 살펴 분원에서 올라온 장독들을 골라냈고, 여타 다른 장독들은 문제가 없음을 차례차례 검수했다. 하니 발등에 불똥이 떨어진 건 강천이었다. 먼저 수라간에 들러 항아리들을 살펴보았으나 강천으로서는 무엇이 문제인지, 혹은 문제가 있는지 없는지 조차 파악하기가 쉽지 않았다. 오후

내 수라간을 서성이다 답답하고 조급한 마음에 이조판서 최충헌에게 뵙자 청하였다. 살살 부는 늦바람에 고즈넉한 어둠이 몰려든 시간, 좌우로 기생을 낀 최충헌이 한껏 기분 좋게 취기가 올랐음을 확인한 후 미리 준비한 황금 거북 두 쌍을 조심스레 내밀었다. 한데 최충헌의 반응이 뜻밖이었다.

"무엇인가?"

"잘 아시지 않습니까, 대감." 하곤 천천히 술을 드는데, 역시 여우마냥 약삭빠른 인물이 최충헌이었다.

"내 이걸 받을 이유가 없으니, 다시 넣어 두시게."

"……!"

거절의 뜻이리라. 강천이 쥐고 있던 술잔을 상 위에 부서져라 내려놓곤 최충헌을 쏘아 보았다. 최충헌은 잔뜩 불편한 기색으로 강천의 시선을 회피했다.

"대감! 지금껏 대감께 바친 백자기며 황금이면 도성을 통 채 사고도 남을 것입니다. 한데 어찌 제게 이러실 수가 있습니까? 고작 이런 문제 하나 해결해 주실 수 없단 말씀입니까?"

"고작 이런 문제가 아니지 않나! 인빈 마마께서 쓰러지셨네. 내 보기에 이렇든 저렇든 수라간과 분원, 둘 중 하나는 책임에서 자유로울 수 없을 걸세."

"하면 이대로 방관하시겠단 말씀이십니까?"

"자네 심정은 내 백분 이해하네만, 나로서도 방도가 없단 말일세!"

"……."

강천이 기방을 나설 땐 하늘 가득 만월이 걸려 있었다. 파르르 떨리는 눈썹을 치켜세워 뒤를 돌아보았다. 눈빛이 이글거렸다.

'내게 등을 돌렸단 말이지. 감히 내게……!'

바드득 이를 갈았으나 당장 발톱을 세울 수도, 발등에 떨어진 불똥을 몰라라 할 수도 없어 심중으로 삼킬 수밖에 없었다. 그날 밤 거의 뜬눈으로 밤을 지새운 후 아침 일찍 분원에 등원했다. 소문이 이미 일파만파 퍼져 나갔으니 분원의 분위기도 실로 뒤숭숭해 보였다. 수위 사기장들이 오전 나절에 청사로 모여들었으나 뉘 하나 뾰족한 수를 찾지 못한 터에 제 아들 육도만이 홀로 강변을 토해내고 있었다.

"여러분들이 할 수 없다면 저라도 나서지요. 수라간을 모조리 뒤엎고서라도, 분원에 책임이 없음을 증명할 것입니다!"

나이 창창한 젊은이가, 게다가 분원의 책임자인 변수가 손수 나서 사안을 해결해 보겠다니 수위 사기장들로서는 굳이 막을 이유가 없었다. 하여 서로들 눈치만 살피는데 문사승이 혀를 끌끌 차며 이의를 제기했다.

"일개 사기장이 수라간을 들쑤셨다간 되레 화가 될 수 있음이니, 자중하는 게 좋을 것이네.”

문사승의 어깃장에 육도가 더욱 얼굴을 붉히며 강변했다.

“하면, 이대로 가만히 앉아만 계실 생각이십니까? 만에 하나 분원의 책임으로 내몰린다면…… 낭청 어른이나 저나, 여기 계신 수위 사기장들 모두 책임에서 자유로울 수 없을 텐데요?”

그리 말하는 육도의 시선이 문사승의 눈빛과 맞부딪쳤다가 다시 맞은편에 앉은 수비장 정이를 향했다. 육도의 이런 언행이 비단 책임을 면피하기 위한 것만은 아니리라. 변수로서 늘 분원 대소사의 중심에 서 있었던 본인이 문사승이 변수가 되고, 정이가 수비장이 된 후로는 흡사 꿔다 놓은 보릿자루가 된 기분이었다. 실로 자존심이 상하고 불쾌하여 가까스로 버티고 있는 터에 이처럼 단번에 자신의 능력을 입증할 기회가 떨어졌으니 그저 앉아 있을 수만은 없었을 터. 한데 종잡지 못한 시류는 생각지도 못한 방향으로 터져 버렸다.

“지금 수라간에 들어간 십여 점의 옹기들은 휘하의 사기장들이 빚었다 들었는데…… 이 변수, 자넨 옹기를 빚어 본 적이나 있는가?”

“…….”

당당했던 육도의 눈빛이 사그라졌고 강변을 토하던 붉은 입술도 다소곳이 닫혔다.

"옹기를 빚어 보지 못했으니 어떤 옹기가 좋고 나쁜지 모를 것이고, 그렇다면 수라간을 뒤져봐야 자네 손에 남는 것이 무엇 있겠는가?"

참다못한 육도가 발끈하며 되물었다.

"하면, 문 어른께서 빚어보셨는지요?"

"암, 빚다마다. 지난 세월 그 옹기들이 내 밥줄이었거늘. 한데 말일세. 이곳 분원에 나보다 더 옹기에 대해 잘 알고 있는 이가 한 명 있네."

일동의 의아한 시선이 문사승을 향하자, 빙그레 미소를 머금은 문사승의 시선은 다시 정이를 향했다. 당황한 정이가 눈을 동그랗게 뜨고 물었다.

"어찌…… 저를 보십니까?"

"예끼 이놈! 네 아비가 옹기쟁이 아니었느냐? 설마하니 옹기를 빚어 보지 못했다 말하려는 것이냐?"

"하오나 그것은…… 아주 소싯적에……."

재주를 부리기도 전에 품삯을 뺏기고만 꼴이라 주먹을 콱 움켜쥔 육도가 잽싸게 끼어들었다.

"문 변수 어른, 이것이 옹기를 빚어 해결할 사안이 아니지 않습니까? 분원에서 빚은 옹기가 잘못 되지 않았음을 증명하고, 수라간에서 가져올 증좌에 문제가 있음을 증명해야 하는 일입니다."

"내 말이 그 말일세! 하니 옹기를 빚은 이라야 자네가 말한 그 시시비비를 가릴 안목이 있지 않겠는가."

"문 변수 어른!"

"왜, 내 말이 틀렸는가?" 하곤 슬금 고개를 돌려 강천을 향해 말했다.

"이 낭청 자넨 어찌 생각하는가? 자네가 분원의 통솔자이니 어떤 결정을 내리건 자네의 결정에 따를 것이네."

일동의 시선이 일제히 강천을 향했으나 강천의 입은 쉬이 떨어지지 않았다. 보니 두 변수의 의견 모두 틀리지 않았으나 제 아들 육도가 전면에 나서는 건 위험한 선택인 듯하여 조심스레 말했다.

"문 어른의 생각이 옳은 듯합니다."

기대치도 않은 발언에 육도가 발끈했다.

"낭청 어른! 하면 이제 갓 사기장이 된 이 아이에게 이리 큰일을 맡기시겠단 말씀이옵니까?"

제 아들 육도의 심정을 모르는 바 아니었으나, 강천은 단호히 고개를 끄덕였다.

"아버님!"

"너는 분원의 변수다. 네가 나섰다가 행여 일을 수습지 못한다면, 그 뒷감당을 어찌 할 수 있겠느냐?"

"……."

"너무 서운해 말고 편히 생각하여라."

빈청을 나서자마자 한숨을 푹푹 내쉰 정이가 문사승을 앞에 두고 주절주절 떠들었다.

"스승님. 어찌하여 저를 거론하셨습니까. 저를 쏘아보는 이 변수 나리의 눈빛을 보시지 못한 것입니까?"

"허허, 왜? 이 변수가 부담스러운 것이냐?"

"부담스럽습니다. 암, 부담스럽고 말고요. 힘들게 버티고 버텨 여기까지 왔는데…… 이렇게 생각지도 못한 일에 휘말려 다시 내쳐질까…… 두렵기 그지없습니다."

"이놈아, 두려워할 필요 없다. 너는 그저 네가 아는 대로 행하면 될 것이다."

"하오나 스승님! 제가 무얼 어찌할 수 있단 말입니까? 한낱 사기장이 수라간을 뒤질 수도, 옹기를 빚을 수도 없지 않습니까."

문사승이 딱 잘라 말했다.

"왜, 분원이라 하여 옹기를 빚지 말란 법이 있더냐? 창창하게 어린놈이 어찌 머리가 굳어 생각하는 꼴이 그 우라질 고덕기 같은 게야. 소만 때 옹기를 빚은 사기장들을 찾아 흙이며 물이며 유약이며 죄다 캐 보거라. 그 놈들이 답을 가지고 있을 것이다."

정이의 침묵에 막 발길을 뗀 문사승이 다시 고개를 돌려 말했다.

"아느냐? 정이 너는, 여기 머물러 있을 아이가 아니다."

"예? 무슨 말씀이온지……."

"사기장이 됐다 하여 끝이라 생각하는 게냐? 꿈을 이루었다 생각하는 것이냐? 틀렸다. 그것이 네 꿈이라면, 진정 그것이 전부라면, 내 애초에 널 받아들이지도 않았을 터!"

"……."

"시간은 없고, 갈 길은 멀다."

"무슨 말씀이십니까?"

"스승이 그렇다 하면 그런 줄 알 것이지 무얼 따지려 드는 게야. 달려가거라. 부딪치고 깨지고, 네 놈 육신이 산산이 흩어질 때까지. 알겠느냐?"

"예……."

연유를 알 수 없었으나 문사승은 고개를 휙 돌리곤 사라져 버렸다.

이후 나흘이 지난밤이었다. 여름이 분명한데 앙상한 칼바람이 들이닥쳤다. 어디서도 느껴보지 못했던 서슬 추위가 온갖 사방을 얼음장마냥 뒤덮었다. 손가락 하나 옴짝달싹할 수 없었다. 실로 난생 처음 겪는 일이리라. 이렇게 소외되고, 이렇게 무능했던 것은. 취기를 핑계 삼아 온갖 설움을 혼자 떠안은 듯 고래고래 소리를 질렀다. 걸음을 뗄 때마다 휘청거리는 것이 만취한 것이 분명한데 그럼에도 눈빛만은 또렷이 살아 있었다. 도무지 이해되지 않았다. 어찌 이번에도 정이 그 아이가 끼어든단 말인가. 참을 수 없는 울분이 솟구쳐 공방을 뛰쳐나왔다. 목적도 정처도 없이 걷던 육도의 발길이 멈춰 선 곳은 정이의 공방이었다. '왜, 내가 왜 이 곳에 온 것인가.' 잠시 창밖으로 새어 나오는 불빛을 바라보다가 획 몸을 돌렸다. 하나 채 다섯 보도 떨어지기 전에 재차 몸을 돌려 정이의 공방으로 향했다. 궁금했다. 이 늦은 시간에 무엇을 하는지. 하여 낡은 창틀 위로 취기어린 눈동자를 올리자 성형된 자기를 살피는 정이가 보였다. 한데 정이 앞에 선 자기는 무언가가 달랐다. 백토의 색도, 크기도. 그것은 자기가 아닌 옹기였다.

'이 신성한 분원에서…… 감히 옹기 따윌 빚고 있단 말이냐!'

빈청에서 회의가 있은 후 첫째 날에 옹기를 빚었던 사기장들을 만나 흙과 유약에 대해 탐문하였다. 둘째 날엔 그 흙과 유약을 준비해 두 개의 옹기를 빚었고, 소싯적 아비가 사용했던 흙과 재유로 다시 두 개의 옹기를 빚었다. 날씨가 좋아 사흘째 되는 날에 건조되었고, 나흘째 되는 날에 광수에게 부탁해 고덕기 몰래 항아리 네 점을 구워내게 했다. 하여 세상에 나온 옹기가 모두 네

점이라, 물을 담아 놓고 변화도 살펴보고 이쪽저쪽 색과 질감도 비교해 보는 중이었다. 한데 불현듯 공방 문이 열렸고 화들짝 놀란 정이의 시선 끝으로 붉게 상기된 육도가 서 있었다. 한눈에 보아도 취기가 가득한데 무언가에 단단히 화가 난 사람으로 보였다. 급히 자리에서 일어난 정이가 예를 갖추는데 육도가 소리쳤다.

"명색이 사기장이란 년이 어찌 이 따위 옹기를 빚고 있는 것이냐!"

그간 보아온 육도의 언사가 아니었기에 정이에겐 다분히 충격적이었다. 정이가 조심스레 물었다.

"이 변수 나리. 어찌 그러십니까……."

"흥, 옹기? 옹기를 빚는다? 사기장이 옹기를 빚어?"

터벅터벅 다가선 육도가 물레 위에 남은 꼬박 덩이를 집어 들었다. 한순간 주먹을 콱 움켜쥐니 손가락 사이로 삐져나온 진흙들이 툭툭 바닥에 떨어졌다.

"네 년에겐 이 뭉그러진 진흙조차 아깝구나! 분원을 떠나거라! 너는, 이 분원에 남아 있어선 안 될 사람이다!"

"……!"

진심일 리 없었다. 그저 가슴 속에 쌓였던 울분을 토해내는 것이리라. 하여 조심스레 달래 보낼 생각이었는데 불현듯 육도가 옹기 하나를 밀어 깨트려 버렸다. 화들짝 놀란 정이가 소리쳤다.

"나리!"

"왜? 분원의 변수가 옹기 하나 부셨다 하여…… 대체 무슨 문제가 있는 것이냐?"

더는 참지 못하여 대꾸했다.

"어찌 옹기를 자기만 못하다 폄하하십니까. 양반과 천출이 비록 출신 성분이 다르나 다 같은 사람이듯. 자기와 도기 또한 같은 흙으로 빚어낸 그릇이 아닙니까."

"뭐라? 해서, 너와 내가 같은 신분, 같은 사람이다…… 이 뜻이냐? 네 진정 그리 생각한단 게지?"

"가난한 이는 있어도 천한 이는 없고, 값싼 그릇은 있어도 천한 그릇은 없다. 스승님께서 그리 말씀하셨습니다. 제가 보아온 이 변수 나리는 천한 그릇을 귀이 여기는, 그런 마음을 지닌 분인 줄 알았습니다. 한데 어찌……."

순간 육도의 거친 손아귀가 철썩 정이의 뺨을 후려쳤다. 화들짝 놀란 정이가 발갛게 익은 뺨을 어루만지는데 저도 모르게 눈물이 솟구쳤다. 그제야 번득 정신을 차린 듯 초점 없던 육도의 눈빛에 빛이 고여 들었다. 보니 정이의 공방이었고, 보니 제 앞에 깨진 항아리며 눈물을 보이는 정이가 보였다. 순간 전에 없던 후회가 해일처럼 밀려들었다.

"내가 실수를 했구나……. 실수를 하였어. 미안하구나……. 내가…… 오랜만에 술을 과하게 마시는 바람에……. 미안하게 됐구나."

그러곤 발갛게 충혈된 정이의 눈을 보며 처벅처벅 뒷걸음질치다 한순간 몸을 돌렸다. 공방을 빠져나가는 그 짧은 찰나에 정이의 원망어린 눈길이 느껴졌다. 자신의 행동을 떠올리자 더욱 수치스러운 분노가 치솟아 올랐다. 빌어먹을! 외마디 터져 나오는 욕지거리를 속으로 삼키곤 공방을 빠져나갔다.

정이는 서러움에 눈물을 쏟아냈다. 아직도 끝나지 않았음에. 사기장이 된 것으로 모든 것이 끝났다 여겼거늘, 이제 보니 끝이 아니라 시작이었다. '대체 끝은 어딜까, 끝이 있긴 한 것일까.' 털썩 주저앉은 정이의 시선 끝에 항아리가 보였다. 달빛을 받아 반짝이는 것이 마치 미소를 머금은 듯했다. 그리 멍한 눈으로 지켜보다 피곤이 몰려들어 저도 모르게 잠들고 말았다.

새벽녘이었다. 누군가의 손길이 뺨을 쓰다듬는 느낌에 잠에서 깨어보니 찬 바닥에 쪼그려 앉아 있었다. 기름을 죄다 먹어버린 등잔불은 오래전에 꺼져 있었다. 침침한 어둠 속에 다만 달빛만이 창살을 비집고 들어와 사물을 분간할 정도는 되었다. 눈앞에 널브러진 항아리 파편들이 달빛을 받아 반짝이고 있었다. 간밤의 일을 떠올리며 깊은 한숨을 내쉰 후 눈을 부비는데, 그 순간 희미한 정이의 시선 끝으로 믿기지 않는 광경이 들어왔다. 달빛을 머금은 옹기 중 하나에서 미세한 증기가 피어오르고 있었다. 눈빛을 번득인 정이가 급히 다가가 옹기를 살펴보았다. 보니 아비의 방식대로 만든 옹기였다. 소싯적 을담이 구웠던 옹기라, 숨을 쉬는 옹기였다.

이레의 시간이 모두 지난 진초시였다. 정이의 공방을 황급히 빠져나온 그날 밤 이후 육도는 줄곧 곡기도 끊고 물 한 모금 마시지 않고 있었다. 시기와 질투라, 난생 처음 겪어 본 감정이었다. 파르르 떨리는 손으로 제 심장을 옥죄고 있는 격분을 움켜쥐었다. 그래도 이곳저곳에서 형언할 수 없는 분노가 끊임없이 스멀스멀 기어올랐다. 다른 뉘가 아니라, 오로지 자신을 향한 분노였다. 한순간 정신을 다잡고 떨쳐내려 손끝을 탁하니 털어 보아도 떨림만 잦아들 뿐 목 끝까지 타고 오른 분노는 쉬이 가시지 않았다. 분노는 재빠르게 전신의 피를 달구었다. 불덩이에 넣다 뺀 황동을 집어삼킨 듯 심장까지 파고든 화기가 온몸을 찢기고 불태우는 듯 고통스러웠다. 한참을 화기에 내준 심장은 너덜거리다 못해 타다 남은 숯검정이 되어 먼지만 풀풀 날리었다. 그리 제 방구석에 박혀 흐느적거리는데 강천이 덜컥 문을 열고 들어섰다.

"못난 놈. 어찌 이러고 있는 것이냐?"

고뿔을 핑계로 분원에 등원하지 않는 데 대한 질문이었다. 등지고 돌아누운 육도는 아무런 대답이 없었다. 마치 갈가리 찢긴 육도의 심정을 꿰뚫어 본 듯 잠시 제 아들을 살핀 강천이 한껏 따스한 음성을 풀어 놓았다.

"유을담, 그 친구는 내 자존심을 짓밟았고, 좌절감을 안겨주었으며, 인생 최대의 시련이며 또한 경쟁자였다. 한데, 그 친구의 죽음을 알았을 때 어떠했을 것 같으냐?"

"……."

"내 몸을 옥죄던 가쇄枷鎖가 풀린 기분이었다. 하나, 채 하루도 지나지 않아 그것이 아님을 또한 깨달았다."

"……."

"그 날 이후, 나 이강천이 조선제일의 사기장이 된 것이 아니라, 조선제일의 사기장이 될 수 있는…… 그 기회를 영원히 잃어버린 것이다."

"……!"

미동치 않던 육도의 전신이 움찔거렸다. 하나 고개를 돌리지도 몸을 일으켜 세우지도 않았다.

"너 또한 나와 다르지 않을 터. 여태 부족한 것이 없었던 네게는 분명 낯설고 두려운 일일 것이다. 하나, 극복해야 할 일이다.

그것이 너를 성장시키고 지금의 내게 이르게 할 것이다. 하니 이 아비는 관여치 않을 것이다. 네 스스로 극복하고 일어설 때까지."

잠시 후 문이 닫히고서야 육도가 눈을 떴다. 솟아오른 눈물에 베개가 축축이 젖어 있었다. 그러기를 잠시 벌떡 자리를 털고 일어나 밖으로 뛰쳐나갔다. 그러곤 막 마당을 나서는 강천 앞으로 달려가 다짜고짜 무릎을 꿇었다.

"아버님, 모자란 소자를 용서하십시오."

고개는 돌리지 않았다. 그저 곁눈질로 슬쩍 육도의 눈빛을 살폈다. 울고 있었다. 서럽게.

"일어설 것입니다……. 뛰어넘을 것입니다……. 소자, 보란 듯이 해내어 당당히 아버님 앞에 설 것입니다."

처연히 고개를 끄덕인 강천이 발길을 뗐다. 마치 태산 같은 아비의 뒤로 목소리가 들리는 듯했다.

'그리해야지. 암, 내 아들이라면…… 반드시 그리해야 한다.'

·

사옹원 빈청에 팽팽한 긴장감이 흐르고 있었다. 실로 민감한 사안이라, 오늘부로 수라간과 분원, 둘 중 하나는 역사에서 사라질지도 모를 위기에 당면해 있었다. 광해 앞에선 수라간의 박 상궁과 분원의 강천이 대치한 가운데 어느 뉘도 먼저 입을 열지 않고 있었다. 강천은 피식 미소를 머금었다. 박 상궁이 말이 없다는 것은 준비된 일이 차질 없이 진행되었단 뜻이었다. 나흘 전이었다. 고심에 고심을 거듭하여도 해결책을 찾지 못하고 있는 터에 묘수가 떠오른 것이.

기실 조정의 어느 뉘 하나 강천이 내민 황금의 도움을 받지 않은 이가 없었으나 좀처럼 믿을 만한 이는 없었다. 최충헌조차 등을 돌린 마당에 뉘를 신뢰할 수 있단 말인가. 적어도 자신이 안배한 중한 일을 맡길 사람은 두 가지 조건을 충족해야 했다. 첫째, 온전히 약점을 잡혀 목이라도 내놓을 수 있는 자. 둘째, 사옹원에도 연줄이 있어 수라간을 맘대로 드나들 수 있는 자. 그리 따져보니 도성 바닥을 통 털어 단 한 명, 한양 상단의 행수 심화령밖에 없었다. 강천은 급히 화장 고덕기를 불러 최근에 나온 불량자기 중 화기火氣에 안료가 새카맣게 타버린 자기를 죄다 모아오라 명했다. 하여 서탁 위에 불량자기들을 죄다 늘어놓곤 심화령을 불러들였다. 새카맣게 타버린 안료를 본 화령의 낯빛이 흙빛으로 물든 건 당연지사, 화령의 낯빛을 살핀 강천이 미소를 머금길 이내 불같은 노기가 쏟아졌다.

"대체 이 사태를 어찌 책임질 텐가!"

"오해이십니다, 낭청 어른. 저희 상단에서 납품한 안료에는 아

7) 토청土靑 : 조선의 청화 안료.

무런 문제가 없습니다. 의심할 것 없는 최고의 토청[6]입니다."

"흥! 자네 눈에는 이리 새카맣게 타버린 자기들이 보이지 않는 것인가?"

불량자기들은 요변의 변색이 무색하리만큼 새카맣게 탔고, 죄다 껍질이 일고 문양이 일그러져 있었다. 도저히 이해할 수 없었으나 변명할 여지도 없었다.

"의심할 것 없다는 자네 상단의 토청을 사용한 자기들이네. 저리 껍질이 일고 형태가 틀어지는 안료를 어찌 사용한단 말인가? 안료의 양을 늘리기 위해 농도를 줄인 것이 아닌가!"

"……"

화령이 보니 그저 생트집으로 안료의 납품가를 낮추고자 하는 의도로는 보이지 않았다. 무엇인가 이유는 알 수 없었으나 까딱했다간 안료의 납품이 끊기는 것은 물론, 두 번 다시 왕실 자기를 받을 수 없을 듯하여 한 걸음 물러섰다.

"최고의 토청 안료를 납품하기로 약조하였으나, 그것이 지켜지지 않았다면 상단의 영수인 저의 잘못입니다. 말미를 주신다면 최상품의 토청, 아니, 최근에 명국에서 들여온 회회청回回靑으로 다시 마련하겠습니다."

"회회청이라?"

"예, 낭청 어른. 양이 많지는 않으나 도화서에 납품할 분량을 빼내 모두 분원으로 들이겠습니다."

피식 미소를 머금은 강천이 말했다.

"하면, 안료의 차질로 백자 생산에 지장을 준 것은 어찌하겠는가? 보름 안에 어기를 납품해야 했거늘, 자네의 불량 안료 때문에 시일을 맞추지 못하게 되었는데."

"차질을 빚은 백자의 수량을 알려주시면, 어떻게든 상품의 백자를 구해 채워드리겠습니다."

"흥, 이것이 비단 수량의 문제는 아니지 않나?"

"낭청 어른의 심기를 불편하게 해드렸으니, 그 또한 당연히 보상을 할 것입니다."

"그래? 하면, 내 이번 일은 그렇게 마무리를 하도록 하지. 하나, 더는 자네 상단과 거래하지 않을 것이니, 그리 알게."

강천이 싸늘히 시선을 거두고 돌아서자 화들짝 놀란 화령이 다급히 앞을 막아섰다.

"낭청 어른! 어찌 그러십니까? 대체 무엇이 문제입니까?"

"무엇을 말인가?"

"연유를 말씀해 주십시오. 분명, 제게 이러시는 연유가 있을 것입니다. 소인이 비록 장사치이긴 하나 낭청 어른께서 이리 나오시는 데는 응당 이유가 있을 것이라 짐작되옵니다. 하니, 그만 말씀을 내려주십시오."

만면에 미소를 머금은 강천이 말했다.

"하면…… 이리 하지. 자네가 내 청을 하나 들어주면…… 이 불량 안료 건은 없었던 일로 해 주겠네. 물론, 자네의 상단과도 계속 거래를 할 터이고."

도무지 이해할 수 없는 듯 화령이 의아하니 물었다.

"낭청 어른…… 대체 무엇입니까?"

"장독일세!"

"장독이요?

그러곤 이리 말했다. "많이도 필요 없네. 옹장들이 만든 항아리 두 개에 부패한 장을 넣어두기만 하면 될 것이야." 만면에 미소를 머금은 강천이 발갛게 달아오른 박 상궁의 얼굴을 뚫어져라 주시했다. '옳거니! 일이 성공했음이라!' 그리 생각하는데 광해가 입을 열었다.

"어찌 말들이 없는 겐가? 박 상궁, 이 낭청, 어서 고하시게. 식중독의 원인이 무엇인가?"

박 상궁이 차마 입을 열지 못하여 머뭇거리자 미소를 머금은 강천이 한 발 나서 화답했다.

"마마, 옹기란 것이 무릇 자기에 비하면 조잡하기 그지없는 것이옵니다. 하니 사기장이 아닌 시골 촌부라하여도 빚어낼 수 있는 것이 옹기지요. 한데 분원의 사기장이 빚어낸 옹기가 어찌 문제가 있을 수 있겠사옵니까. 아니 그렇소, 박 상궁? 내 수소문해 보니 박 상궁이 주장했던 바와 다른 소문이 들리던데……."

비린 미소를 머금은 강천의 눈빛에 박 상궁의 얼굴이 가을대추마냥 발갛게 달아올랐으나 이내 결심한 듯 마른 침을 꿀꺽 삼키고 대꾸했다.

"마마, 문제가 된 옹기들은 모두 열두 점이었사옵니다. 하온데 그 중 열 개가 분원에서 만든 옹기이옵고, 다른 두 개는…… 옹장이 빚은 옹기였습니다."

조심스레 꺼낸 박 상궁의 변명에 광해가 갸웃한 표정으로 물었다.

"하면, 분원에서 만든 옹기의 문제라곤 할 수 없겠군. 결국 수라간에서 식재료를 잘못 관리한 것이 아닌가?"

"하, 하오나 그것만은 아닐 것입니다. 천 개가 넘는 장독 중에 분원에서 빚은 십여 개의 장독이 모두 문제를 일으키지 않았사옵니까. 이는 결코…… 간과하시면 아니 될 사안입니다."

수긍이 가는 듯 광해가 고개를 끄덕이자 눈치를 살피던 강천이 나섰다.

"마마. 박 상궁의 주장에는 어폐가 있음입니다. 분원의 사기장들에게 책임을 물으신다면 응당 봉상시의 옹장들에게도 책임을 물으셔야 할 것이며, 그리 할 것이 아니라면 이 모두 식재료를 잘못 관리한 수라간의 책임이 아니겠습니까?"

"……."

이도저도 책임을 묻기가 애매한 상황이라 실로 답답한 형국이었다. 광해가 물었다.

"하면, 해결책은? 내 분명 두 사람에게 해결책을 가져오라 일렀을 터인데?"

해결책이 있을 리 만무했다. 박 상궁과 강천이 침묵하자 광해가 목소리를 높였다.

"원인 규명을 하지 못한 터에 자네들의 책임을 무마시키려면 최소한 해결책이라도 제시해야 될 것이 아닌가! 진노하신 아바마마께 내 무어라 고한단 말인가? 그저 수라간도 분원도 책임이 없다. 그리 고한다 하여 해결될 성 싶은가?"

하니 기다린 듯 강천이 아뢰었다.

"마마, 제가 해결책을 내어드릴 수 있사옵니다. 하온데……. 그 전에 책임소재는 확실히 하여 주셨으면 합니다."

"해결책이 있다?"

"예 마마, 분원에서는 오랜 기간 옹기를 연구하였고 또 식재료를 보관하는데 가장 좋은 옹기를 이미 준비하였습니다. 이 기술을 봉상시 옹장들과 교류하여 두 번 다시 이런 일이 없도록 할 것입니다. 하오니 마마께옵서 분원에 책임을 묻지 않으신다면 소신

해결책을 내어드리겠습니다."

"하면, 결국 수라간에 책임을 물으라…… 이 말인가?"

"그것은……."

여유만만한 표정의 강천이 입을 열자 박 상궁이 급히 소리쳤다.

"마, 마마! 그것은 아니 됩니다! 해결책을 내놓은 것과 책임을 추궁하는 것은, 별개의 문제가 아니옵니까!"

"어찌 자중하지 못하는 것인가! 아직 이 낭청이 답하지 않았네."

그러곤 강천의 표정을 살피며 물었다.

"자네가 말해 보게."

깍듯이 예를 갖춘 강천이 화답했다.

"마마, 식중독이란 것이 비단 한 가지가 원인이라 볼 수는 없사옵니다. 굳이 따지자면 유례없는 긴 장마와 그 끝에 찾아온 삼복더위가 첫 번째 원인이며, 장독이며 장류며 인간의 손을 탄 것들이 두 번째 원인이고, 또한 사후 조치를 제대로 취하지 못하여 식중독을 키운 내의원의 잘못도 없다 할 수 없사옵니다. 하여 소신은, 수라간에도 책임을 물을 수 없다 생각하옵니다."

강천의 말이 끝나기 무섭게 한껏 드셌던 박 상궁의 눈빛이 차갑게 내려앉았다. 잠시 고민한 광해가 고개를 끄덕이곤 말했다.

"좋네. 적절한 해결책이 나온다면 내 이번 사안의 책임을 자네들에게 묻지 않을 것이네. 또한 전하께도 그리 고할 것이고. 물론 사옹원 제조로서 그 후폭풍 또한 책임질 터. 이제 해결책을 내놓게."

허언 따위 입에 담을 왕자가 아니기에 강천이 화답했다.

"하오면, 마마를 믿고 해결책을 보여 드리겠습니다."

강천이 고개를 돌려 말했다.

"들어오거라."

일동의 시선 끝으로 품 안 가득 항아리를 안은 정이가 조심스레 들어섰다. 을담의 항아리였다. 깍듯이 예를 갖춘 후 항아리를 광해 앞에 내려다 놓자 광해가 물었다.

"정이가 아니냐? 그 옹기는 또 무엇이고?"

"숨 쉬는 옹기이옵니다."

"옹기가…… 숨을 쉰다?"

"예 마마. 소싯적 아비가 빚던 방법을 재현하였사온데, 기존의 항아리보다 훨씬 오랜 시간 음식을 보관할 수 있사옵니다."

"그래?"

"예, 낙엽이 썩어 만들어진 검은 부엽토와 불에 태운 소나무재를 반반씩 섞어 체에 걸러내면 좋은 옹기 잿물이 나옵니다. 이 잿물을 사용해 시유하면 숨 쉬는 옹기를 만들 수 있사옵니다."

단아한 자태로 아뢰는 정이를 보며 강천은 미소를 머금었다. 수단과 방법을 가리지 말라, 오늘의 친구가 내일의 적이 되고, 칼을 맞댄 원수도 하룻밤에 친구가 되기도 하지 않는가. 전날 밤 정이가 새로운 옹기를 만들었다는 소식을 접한 직후 강천이 정이를 불러 들여 이리 말하였다.

"옹기를 만들었다? 이쪽은 예전 방식대로 빚은 항아리, 이쪽은 을담의 방식대로 빚은 항아리, 한데 이쪽은 숨구멍이 있다…… 해서 음식을 보관하기에 더욱 용이하다…… 이 말이냐?"

"예, 낭청 어른."

"흥, 하나 이 옹기는 아무짝에도 쓸데가 없다. 또한 궐에 보이지도 않을 것이다."

"예?"

"이를 보이면 분원의 죄를 이실직고하는 것이 아니냐? 대체 그 사태를 누가 책임진단 말이냐. 모두 깨트려 없애버릴 것이니 그리 알거라!"

"……!"

손수 깨트릴 작정인 듯 강천이 항아리를 움켜쥐는데 정이가 급히 소리쳤다.

"낭청 어른! 마마께서 해결책을 가져오라 하시지 않았습니까?"

"그리 말씀하셨지."

"하오면, 이 숨 쉬는 옹기만 보여주십시오. 그리하면 될 것이 아닙니까."

잠시 항아리와 정이의 표정을 살핀 강천이 고개를 끄덕였다.

"하나…… 조건이 있다. 너는 절대, 이 사실을 발설해서는 아니 될 것이다. 약속할 수 있겠느냐?"

진실을 덮는 것이 옳지 않아 마음에 걸렸으나, 그것이 분원을 살리는 길이며 광해군을 돕는 일이었다.

"그리하겠습니다……. 낭청 어른."

그로써 강천은 손에 피 한 방울 묻히지 않고 난제를 해결하였다. 만면에 미소를 머금은 강천의 시선 끝으로 막 자리를 털고 일어난 광해가 말했다.

"이 숨 쉬는 옹기는 봉상시 옹장에게 전하고, 자네들에겐 더 이상 사안의 책임을 묻지 않을 것이네. 다들 물러가게."

햇살은 뜨거웠으나 바람은 선선하여 상쾌하였다. 살짝 시선을 돌리니 정이의 옆모습이 눈에 들어왔다. 살짝 미소를 올린 광해가 입을 열었다.

"수고하였다."

"무엇을 바라고자 한 일은 아닙니다. 다만 마마께 조금이나마 도움이 되었다면, 그것으로 족하옵니다."

"한데, 고개를 좀 들어 보아라."

"예?"

"어찌 그리 발밑만 보고 걷는 게냐? 가끔은 풍광도 보고, 내 얼굴도 좀 보란 말이다."

순간 부끄러운 듯 발갛게 달아오른 정이가 황급히 고개를 떨어트렸다. 그러곤 총총히 걸음을 옮겨 광화문에 다다라서야 조심스레 고개를 들었다. 광해 곁에서 떨리는 심장을 주체하지 못할까 내내 가슴 졸이며 궐 앞까지 걸어온 터라 마음 같아선 당장에라도 뛰어 나가고 싶었으나, 우선은 백성된 자의 도리를 다해야 했다.

"그만 들어가십시오. 제가 괜히 마마님 시간을 뺏은 듯합니다."

"내가 하고 싶어 한 일이다."

정이가 한가득 미소를 머금고 예를 갖추자 광해가 고개를 끄덕였다.

"조심히 돌아가거라. 내 당분간은 궐내 대소사가 많아 분원을 찾지 않을 것이니, 기다리지도 말고."

"예? 예, 마마."

그날 밤이었다. 천고마비의 계절이라 밤이라 해도 가을 하늘은 맑고 청아했다. 광해를 뒤로한 정이가 발길을 재촉했다. 일이 바쁘다는 핑계로 요 며칠 문사승과 끼니 한 번 함께 하지 못한 듯하여 분원에 당도하자마자 죽청주 한 병과 호박전, 손수 빚은 술잔을 들고 문사승의 공방을 찾았다. 오늘 따라 낡고 헤진 문짝이 정이의 눈에 밟혔다. 당장 내일이라도 장작으로 쓸 금강송을 맞춰 문짝을 다시 만들어 주고 싶었다. 몇 번 헛기침을 하고 목소리를 가다듬은 후 문을 두들겼다.

"스승님, 정입니다."

안에선 아무런 소리가 들리지 않았다. 듣지 못하였나 싶어 다시 문을 두들기려는데 힘이 없고 무심한 목소리가 들렸다.

"들어오너라."

문을 열고 들어서자 물레를 돌리는 문사승의 뒷모습이 눈에 들어왔다. 지금 보니 태산 같던 스승의 체구가 참으로 왜소해 보였다.

"무엇을 만드십니까? 날도 저물었는데…… 그만 쉬시지 않고요?"

그럼에도 문사승은 물레질을 멈추지 않았다. 등 뒤로 푸념 섞인 목소리가 흘러나왔다.

"죽으면 썩어 문드러질 몸, 쉬어서 무엇 하느냐."

"스승님두. 어찌 그리 무서운 말씀을 하십니까? 제가 스승님께서 좋아하시는 죽청주를 가져 왔습니다. 그릇은 그만 빚으시고 어서 이쪽으로 오세요. 제자가 한 잔 올리겠습니다."

문사승이 고개를 돌리지 않고 말했다.

"네 하는 짓거릴 보니 요즘 분원이 한가한가 보구나. 술도 좋다만 오늘은 그만 가 보거라. 내 이 놈을 온전히 빚어야 맘이 편할 것 같으니."

조금 서운한 맘이 들었는데 그때 문사승 기침을 했다. 몸이 휘청거릴 정도로 심한 기침이었다. 한참을 참고 있었던 듯 기침소리는 끊이지 않았고 정이가 급히 다가가니 문사승이 벌떡 일어났다.

"고뿔이라도 걸리신 것입니까?"

"고뿔은 무슨!"

그러면서도 또 기침을 했다. 그러곤 헛기침으로 입을 다신 후 소리쳤다.

"무엇하느냐? 어여 가지 않고!"

"예? 예……."

싸늘한 스승의 반응에 정이는 시무룩한 얼굴로 돌아섰다. 문이 닫히는 걸 확인한 후에야 사승은 꽉 움켜쥐고 있던 주먹을 펼쳤다. 붉은 선혈이 손바닥 가득했다. 옆에 둔 헝겊으로 피를 훔쳐내는데 각혈이 이미 오래된 일인 듯 헝겊도 붉게 물들어 있었다. 더듬어 보니 초가을 찬바람에 든 고뿔이라 여기고 약방을 찾은 것이 벌써 열흘 전이었다. 안타까움에 혀를 끌끌 찬 의원의 목소리가 귓전에 맴돌았다.

"허허…… 각혈에 호흡조차 힘들었을 터인데……. 그 참 인내심이 많은 건지 아둔한 건지 모르겠소……. 폐옹肺癰[8]이올시다! 어찌 이리될 때 까지 참고 있었소?"

폐옹이라, 한평생을 가마를 끼고 산 늙은 사기장에게 찾아오는 반갑지 않은 손님이었다. 물레 앞에 앉은 문사승이 넋 나간 사람마냥 초점 없는 눈동자를 떨어트렸다. 부모를 여윈 후로도 반백년을 더 살았으니 삶에 대한 애착은 없었다. 한데 홀로 남겨질 정이가 마음에 걸렸다. 처자식 없이 보낸 반평생 끝에 생긴 손녀 딸 같은 아이가 아닌가. 여리디여린 정이가 제 죽음 앞에 얼마나 슬퍼할지 가늠조차 되지 않았다. 아비를 보내고, 스승을 보내고, 그것이 당연한 자연의 법칙이나 정이에게 만큼은 감당하기 힘든 시련이 될 터였다. 문득 사승의 시선이 정이가 가져다 놓은 술병을 향했다. 술, 제 죽음을 가속화시킨 것일 수도 있으나, 다시 시간을 되돌린다 해도 손에서 술병을 놓진 않았을 것이다. 정이가 빚은 듯 보이는 작은 술잔에 술을 따른 후 천천히 음미했다. 이 와중에도 술을 입에 대는 제 모습에 절로 헛웃음이 터져 나왔다. 어쩌면 그저 죽음이 두려워 죽지 말아야 할 이유를 찾는 것일 수도 있었다. 돌이켜 보니 정이는 저를 만나지 않았어도 분명 훌륭한

8) 폐옹 : 폐렴

사기장이 됐을 것이리라. 재능이란 것이 숨긴다고 숨겨지는 것이 아니며, 정이가 가진 재능은 하늘이 내린 것이라, 뉘가 되더라도 정이를 훌륭한 사기장의 길로 인도했을 것이다. 한데 자신이 그 자리를 차지한 것이니 그저 뿌듯한 마음뿐이었다. 가슴 저편에서 먹먹한 눈물이 솟구쳤다.

한참을 걸어가던 정이가 갸웃 고개를 돌렸다. '대체 왜 저러시는 거지?' 그때 눈치를 챘어야 했다. 어찌하여 공방 안에 널브러진 술병 하나 보이지 않았는지, 제자의 눈을 피해 등을 돌리고 있었는지. 후회가 되었다. 천추의 한이리라.

24장

고개를 드는 위협.

이 그릇을 빚은 여인이……
한 때 분원의 변수였던 유을담의 여식입니다

백로가 노니는 나루터라 노량진이라 불렸다. 도성과 한양 이남을 잇는 중요한 길목이기도 하고, 서해를 출발한 어염상선漁鹽商船은 물론 진상품을 싣고 남해를 출발한 군선軍船, 심지어 왜국이나 명국의 사절단을 싣고 온 거대 선단船團의 종착지이기도 했다. 전날 밤까지 횡포를 부린 늦가을 태풍 탓에 불어난 한강물이 강변을 삼킨 채 넘실거렸다. 텅 빈 나루터에 배 한 척 보이지 않다가 자시가 넘은 시각에 서해 바다 쪽에서 작은 나룻배 하나가 바람을 타고 올라와 노량진에 안착했다. 때맞춰 비가 그치고 축축이 젖은 하늘은 연신 시퍼런 벼락만 뿌려대고 있었다. 콰르릉! 귀청을 울리는 뇌성이 칠흑 같은 밤하늘을 찢자 작렬하는 섬광에 부지런히 궤짝을 들고 나르는 크고 작은 인영들이 보였다.

"기다린 보람이 있구나."

강변 언덕 위에 사내들의 눈빛이 번득이고 있었다. 들릴 듯 말 듯 나직이 읊조린 광해가 빠끔히 얼굴을 내밀어 나루터를 내려다보았다. 그 뒤로 기십의 관군들이 몸을 낮춰 숨을 죽이고 있었다. 시선은 하나 같이 나루터에 정박한 작은 나룻배를 향해 있었다.

"마마, 잠시 후면 동이 틀 것이옵니다."

옆으로 다가선 태도의 목소리였다. 날렵한 복장에 허리에는 검을 차고 있었다. 고개를 끄덕인 광해가 천천히 검을 뽑아들자 이윽고 무겁게 닫혀 있던 입술이 열리며 짧은 음성이 흘러나왔다.

"가자!"

목소리가 채 떨어지기도 전에 우포청의 관군들이 언덕을 뛰어내려갔다. 무리의 선두에 태도가 있었다. 서둘러 일을 마무리하고 기방에서 몸 녹일 생각을 하던 밀무역꾼들이 화들짝 놀라 고개를 돌렸다. 기십의 관군들이 사위를 포위하며 쏟아져 들어오고 있었다. 누군가가 외쳤다.

"관군이다!"

밀무역꾼들 중 일부가 황급히 숨겨둔 창검을 꺼내 들었으나 대부분은 혼비백산 도주하는데 정신이 없었다. 그럼에도 밀무역꾼들을 진두지휘하던 수령이 소리쳤다. 짙은 미간에 긴 칼자국이 있는 사내였다.

"물건들을 버려라! 모두 강물에 버려라! 어서!"

목소리가 떨어지기도 전에 밀무역꾼들이 궤짝을 부수고 한강수에 내던졌다. 궤짝들이 하나둘 강물에 던져지는 것을 확인한 수령은 잽싸게 준비한 말을 타고 도주했다. 다행히 늦지 않게 태도를 위시한 관군들이 밀무역꾼들을 제압했지만, 수령도 없고 남은 궤짝도 두 개가 전부였다. 관군들은 포승줄을 꺼내 밀무역꾼들을 묶어 꿇어 앉혔다. 모두 아홉 명이었다. 한데 며칠 배를 주린 사람마냥 볼살은 움푹 팼고, 눈동자도 먹먹한 것이 생기가 없어 보였다. 밀무역은커녕 호미를 쥐여 줘도 이랑을 멜 기운도 없는 이들이라 한숨을 푹 내쉰 광해가 말했다.

"물건들을 가져오너라"

명이 떨어지기도 전에 태도가 큼지막한 궤짝 하나를 가져와 광해 앞에 툭 내려놓았다. 익숙한 솜씨로 칼 손잡이로 걸쇠를 부수고 뚜껑을 열어젖혔다. 한데 기대하였던 자기는 온데간데없고 주둥이를 꽁꽁 묶어놓은 쌀자루가 들어 있었다. 칼로 매듭을 끊어 자루를 펼치자 소금 같기도 하고 쌀가루 같기도 한 흰색 가루가 보였다. 한 움큼 쥐어 문질러보고 맛도 보았으나 도무지 정체를 알 수 없는 가루였다.

"대체 이것들이 무엇이냐?"

영문을 모른 군관들이 남아 있는 다른 궤짝 하나를 확인하였으나 역시 정체 모를 백색 가루가 들어 있었다. 그때 잠시 그쳤던 빗방울이 툭툭 떨어졌다. 동녘 끝으로 여명이 터오는 것이 오래 갈 비는 아닌 듯 했으나 광해가 서둘렀다.

"모두 포청으로 압송하라!"

그로부터 이틀이 지난밤, 인시寅時였다. 초저녁에 시작한 번조가 마무리되어 가마의 봉통을 열고 자기를 꺼낼 터인데, 어찌 된 일인지 변수 이육도를 비롯하여 수비장 정이까지, 분원의 수위 사기장들이 전원 모여 있었다. 종묘제 자기는 물론 대왕의 탄신일을 기념하여 빚은 어기를 꺼낼 때도 이처럼 모든 사기장들이 모여 있는 경우는 없었다. 게다가 인시가 아닌가, 곧 여명이 틀 시간이었다. 고덕기 화장의 봉족으로 있는 광수가 망치로 봉통을 부수자 바싹 마른 진흙더미가 쏟아지며 시커먼 먼지가 피어올랐다. 꿀꺽 침을 삼킨 고덕기가 훠이훠이 흙먼지를 걷어내곤 조심스레 팔을 뻗어 그릇 하나를 끄집어냈다. 길게 늘어선 횃불 아래로 첫 번째 자기가 세상에 나왔다. 술호리병이었다. 그러곤 이내 바닥에 떨어져 와장창 부서졌다. 뒤이어 두 번째 자기가 나왔다. 제향 때 쓰는 단지였다. 역시 밖으로 나오자마자 고덕기의 손에서 와장창 부서졌다. 세 번째 나온 자기는 한 손에 들어오는 작은 종지였다. 하나 역시 한 호흡을 넘기지 못하고 부서졌다.

"대체…… 대체 어찌 이런 게야!"

고덕기의 표정이 잔뜩 일그러졌고 육도의 표정 또한 다르지 않았다. 조심스레 다가간 정이가 사금파리 하나를 집어 들었다. 단정하고 매끄러워야 할 자기의 표면이 피부병에 걸린 마냥 부풀어 일어나 있었다. 껍질이 통 채 벗겨진 것도 있어 참으로 흉한 몰골이었다. '대체 어찌 된 거지?' 이유를 알 수 없었다. 보름이 넘는 동안 열두 동의 가마가 번갈아 한 번씩은 가동되었는데, 그 모든 가마에서 이 처럼 불량품이 생산되었다. 처음 한두 번은 실수가 있었거니 했지만 이젠 단순한 실수 따위가 아님이 확실해졌다. 흙, 물, 나무, 금, 불, 그 중 하나에 치명적 문제가 있음이라.

서탁 가득 불량자기며 사금파리가 널려 있었다. 수위 사기장 전원이 둘러앉아 있었으나 뉘 하나 연유를 아는 이도, 짐작하는 이도 없었다. 지금껏 이런 불량자기를 본 것도, 이처럼 많은 불량자기가 쏟아진 것도 처음이리라.

"어찌 가마에만 들어가면 죄다 불량품이 돼서 나오는 것인지……. 내 반평생을 가마 앞에 살았어도 이런 황당한 경우는 또 처음일세! 이 변수. 당장 중추절仲秋節[9] 사직대제社稷大祭가 코앞

9) 중추절 : 추석

이 아닌가? 낭청 어른께서는 대체 언제쯤 오신다든가?"

한숨을 푹 내쉰 육도가 대꾸했다.

"떠나실 때 중추절에 맞춰 오신다 하셨습니다. 사안이 사안이다 보니 급히 올라오시라 연통을 넣긴 하였습니다만……."

"중추절? 허허…… 전하의 불호령이 떨어지고 나서야 오시겠구먼! 대체 어쩌다가 이리……."

열흘 후 사직대제가 예정 돼 있었고 가늠하여 천 점의 자기를 생산해야 할 때였다. 지금 같아선 사직대제에 맞춰 그릇을 준비하기는커녕 두 번 다시 가마에 불을 넣지 못할 것 같았다. 한데 설상가상으로 강천도 지방에서 올릴 진상품을 검수하기 위해 분원을 떠나 있었다. 그저 답답한 마음에 자기들을 두루 살피던 육도가 조심스레 정이에게 물었다.

"문사승 어른께서는? 아직도 누워계시느냐?"

근심 가득한 정이가 고개를 끄덕였다.

"예, 고뿔이 심하시어 거동도 못 하고 계십니다."

기댈 만한 이라곤 강천과 문사승이 전부였으나 때가 좋지 않았다. 어찌하건 제 손에서 해결하고픈 마음도 없지 않았다. 육도가 단호히 말했다.

"시간이 없습니다. 무슨 수를 쓰더라도 알아내야 합니다. 지금부터 모든 작업을 중단하시고 불량의 원인을 찾는 데 주력하십시오. 수비장은 태토와 수비수를 다시 한 번 확인하고, 화장 어른께서는 한 번 더 가마를 살펴 주시고, 조금이라도 빈틈이 보이면 진흙으로 메워 주십시오. 당분간은 번조가 없을 테니 파기장께서는 상단에서 들어오는 안료를 확인해 주시고요. 저는 오국비 연정과 함께 유약을 살피겠습니다. 낭청 어른께서 오시기 전에, 아니, 사직대제 때 쓸 그릇을 맞추려면 늦어도 사흘 안에 답을 찾으셔야 합니다. 다들 아시겠습니까?"

사기장들은 대꾸가 없었다. 지난 보름간 놀고먹은 것이 아니었고, 저마다 원인을 찾기 위해 발 벗고 나서고서도 이리 참혹한 결과를 마주한 것이 아닌가. 육도가 소리쳤다.

"어찌 답이 없으십니까?"

오국비가 조심스레 아뢰었다.

"이 변수 나리, 소인의 생각엔 껍질이 부풀고 이는 것은 필시 유약이 잘못된 것입니다. 허락해 주시면 지금까지 준비한 모든 유약과 재료를 폐기한 후 처음부터 다시 준비하겠습니다."

가장 확률이 높은 것이 두 가지였다. 가마와 유약, 한데 크기도 모양도 다른 열두 동의 가마가 일시에 똑같은 문제를 일으킬 가능성은 희박했다. 하니 남은 것이 유약이었다. 한데 문제는 유약을 만드는 것이 하루 이틀에 될 일이 아니었고, 준비해 둔 유약과 유약재를 모두 버렸다간 뒤를 감당하기가 쉽지 않았다.

"사직대제를 끝으로 그릇을 빚지 않을 것도 아니고, 그럴 수는 없네."

"하오나……."

"내 자네와 함께 다시 살필 것이니…… 유약의 문제라면 밝혀낼 수 있을 걸세."

"예……."

정이는 사금파리를 무섭게 노려보고 있었다. '어찌해서 넌 겉면이 그 모양인 것이야?' 마치 자기를 향해 묻는 듯했다. 처음엔 그저 번조의 잘못이라 생각했다. 여름 끝에 크고 작은 비가 몇 차례 이어졌고, 맑은 날인지 흐린 날인지 분간되지 않는 나날 끝에 태풍까지 휘몰아쳐 번조의 사기장들이 실수를 한 것이라 여겼었다. 하지만 아니었다. 건조된 자기 몇 점을 아궁이에서 구워 보았으나 결과는 매한가지였다. 모두 불량이라. 원인은 알 수 없었으나 기물자체에 문제가 있는 것이었다. 그리고 그것은 세 가지 중 하나를 의미하는 것이었다. 흙, 물 그리고 유약. 이 세 가지밖에 남지 않았다.

불량자기가 나오는 시점으로 분원에 들여오는 모든 태토와 수비수를 점검하고 꼬박과 건조장의 습도까지 수위 사기장들이 하나하나 살펴보았으나 역시 문제가 될 만한 것은 없었다. 역시 문제는 유약인 듯했다. 하나 육도조차도 무엇이 문제인지 찾지 못하고 있었다. 본디 유약이란 것이 재료가 한두 가지가 아니었다. 수종의 흙과 수종의 물, 게다가 기십 종의 나무며 뿌리며 꽃잎들이 한데 섞인 것이 유약이었다. 게다가 빛에도 변질되고, 찬 서리에도 성격이 변하니 도무지 원인을 찾아낼 방도가 없었다.

이튿 날 아궁이에서 자기 몇 점이 나왔다. 잠시 자기들을 살피던 정이의 눈빛이 반짝였다. 가만히 보니 불량 자기들에게서 공통점이 하나 있었다. 정이는 곧장 문사승을 찾았다.

"스승님! 정입니다!"

문을 박차고 들어서는데 한창 기침을 하던 사승이 수건으로 입을 닦은 후 고개를 돌렸다. 보니 너무도 야위어 있었다.

"스승님…… 많이 불편하십니까?"

"예끼 이놈! 고뿔 따위에 쓰러질 내가 아니니라. 한데, 뭔 일이기에 다 큰 처자가 이리 호들갑이냐?"

정이가 양 손에 든 자기를 내밀었다. 하나는 표면이 깨끗한 것이 불길을 잘 받아 나온 약탕기였고, 다른 하나는 껍질이 일어난 백자 사발이었다.

"무엇이냐?"

"스승님께서도 들어 아시지 않습니까? 근자에 가마에서 나온 자기들이 죄다 이렇게 껍질이 일었는데, 보시다시피 이 좌측의 약탕기는 같은 가마에서 나왔음에도 멀쩡합니다."

"해서?"

"해서 제 생각엔……."

정이가 머뭇거리자 사승이 재촉했다.

"어여 말하여라. 네 언제 할 말을 하지 않는 놈이였더냐?"

"역시 유약이 문제였던 것 같습니다."

"근거는 있느냐?"

"확인은 못하였고…… 추측입니다."

"어허! 어서 말하여라! 대체 무엇이기에 자꾸 말을 돌리는 것이냐?" 하곤 다시 약탕기와 사발을 살피는 문사승의 눈이 번쩍 뜨였다. 그러곤 약탕기를 잡아 만져보고 또 사발을 들고 문질러 보고 말했다.

"소 뼛가루…… 뼛가루가 문제란 말이냐?"

정이가 조심스레 고개를 끄덕였다.

"예, 이쪽의 상품 어기의 유약에는 소의 뼛가루가 유약재로 들어가나…… 약탕기를 만드는 유약에는 뼛가루가 들어가지 않습니다. 하니……."

"무슨 뜻인지 알겠다. 네 놈이…… 지금 늙은 스승을 걱정하는 것이냐?"

"……."

잠시 생각한 문사승이 자리를 털고 일어났다.

"따르거라!"

성큼성큼 걸어간 문사승이 시유소 문을 활짝 열어젖혔다. 길게 늘어선 유약 항아리 수십 개가 늘어서 있었고 시유소의 끝단에 큼지막한 궤짝이 놓여 있었다. 문사승이 열쇠로 궤짝을 열어젖히자 하얀 백색가루가 보였다. 가루를 한 움큼 쥔 문사승이 향과 맛을 보다가 정이에게 내어주며 말했다.

"내 고뿔에 걸려 입맛이 죄다 사라져버렸다. 네가 살펴보거라."

조심스레 가루를 받아 향을 보고 맛을 보았다. 뼛가루는 맞는 듯했으나 무언가 미묘한 차이가 있었다. 한참을 생각하다 말했다.

"조금 푸석하기도 하고…… 전반적으로 거칠고 밋밋한 맛입니다."

"거칠고 밋밋하다……."

잠시 생각하던 문사승의 미간이 일그러졌다.

"혹…… 돼지 뼛가루가 아니냐?"

눈을 번뜩인 정이가 황급히 대꾸했다.

"맞습니다. 돼지 뼛가루입니다! 게다가……."

잠시 망설이던 정이가 말을 이었다.

"신선한 돼지 뼈를 말리고 빻은 가루가 아니라…… 푹 삶아서진이 빠진 푸석푸석한 뼛가루입니다."

"……!"

분원에서 사용하는 재료들 중 가장 값비싼 네 가지 재료가 회회청과 토청, 양구백토와 소 뼛가루였다. 회회청은 명국에서 수입해 와야 하는 안료였고, 토청은 비교적 값이 싸나 역시 산천에서 모든 재료를 자급하는 분원으로선 비용이 지급되는 재료 중 하나였다. 양구백토는 최고 품질의 백토이나 이송하는 데 비용이 들어 또한 가격이 비싼 편이었고, 마지막이 소 뼛가루라. 근자에 우금령[10]이 떨어진 후로 가격이 세 곱절은 뛰어 있는 터였다. 안료의 최종 검수는 화청장 양세홍의 몫이었고, 양구백토의 검수는 이육도 변수, 소 뼛가루의 검수는 문사승의 몫이었다. 한데 폐옹에 걸린 이후 급격하게 시력이 떨어지고 입맛도 사라져버려 뼛가루를 분간할 수 없었던 것이다. 벼락이라도 맞은 듯 사승의 눈동자가 요동쳤고 수전증에 떨리던 손이 바람에 흔들리는 가지마냥 흔들렸다. 급히 손을 뻗어 벽을 짚지 않았다면 보기 흉하게 털썩 주저앉고 말았을 것이다.

"고아 먹고 남은 돼지 뼈를 갈아 만든 게로구나! 내가…… 실수를 했구나! 어찌 이런 실수를……! 관에 들어 누워도 모자랄

10) 우금령 : 소의 도축금지하는 법령.

늙은 몸뚱이가…… 쿨럭!"

"스, 스승님……."

한번 물꼬를 튼 기침은 한동안 이어졌다. 입을 막고 있던 사승의 손에도 넘쳐흐른 핏물이 툭툭 떨어졌다. 깜짝 놀란 정이가 소매로 피를 훔쳐냈다. 눈망울에 충격의 파문이 번졌다.

"스승님! 어찌…… 어찌 각혈을 하십니까? 고뿔이 아닌 것입니까?"

저도 모르게 눈물이 그렁거렸다.

"괜찮으니 걱정 말거라. 나는 상관 말고…… 너는 다만 사실을 사실대로, 네가 본대로 이실직고하면 될 것이다. 나는 두려울 것이 없느니라. 기껏해야 분원에서 내쳐지기밖에 더하겠느냐?"

"스승님……."

"무얼 고민해! 잘못한 것이 있다면 응당 벌을 받아야지! 쿨럭!"

"안 되겠습니다. 당장 의원부터 찾아야겠습니다."

정이가 사승을 잡아끌자 사승이 정이의 손을 뿌리치고 말했다.

"어허! 고뿔이라지 않느냐? 네 눈에 그리도 안쓰러우면 보약이나 한재 지어오면 될 것을! 어찌 호들갑인 게야!"

"……."

고뿔이 아닌 듯했다. 무엇인가 거대한 두려움이 썰물처럼 밀려

들었다. 하나 그것이 무엇인지는 알 수 없었다. 그저 눈앞에 떨어진 숙제만으로도 정신이 혼미할 지경이었다. 제 결정에, 제 입에, 문사승의 거취가 결정될 터였다. 진실을 고하면 어찌 됐건 이별할 수밖에 없고, 스승을 위해 진실을 덮자니 저로 인해 분원에 닥칠 혼란이 염려되었다. 사직대제는 코앞에 다가왔고 분원에서는 아직 단 한 점의 자기도 빚지 못하고 있었다.

광해와 태도가 한양 상단을 찾은 것이 그즈음이었다. 포청에 잡아들인 밀무역꾼들은 죄다 노잣돈 몇 푼에 일을 한 이들이라 아무런 정보도 캐낼 수 없었고, 다만 백색 가루의 정체만 파악한 터였다. 백색 가루를 손에 놓고 문지르던 화령이 조심스레 아뢰었다.

"설마하니 이 뼛가루가 저희 상단의 물건이라 주장하시는 것입니까?"

광해가 삐딱한 시선으로 되물었다.

"아닌가? 시전 바닥에서 이만한 물건을 취급할 만한 곳이 자네 상단 말고 또 어딨겠는가?"

"마마, 저희 상단이라 하여 대체 이 뼛가루를 어디다 쓰겠습니까? 소뼈인지 돼지 뼈인지, 생선의 뼈인지 인간의 뼈인지, 저로서는 대체 이 뼛가루가 무엇인지, 아니, 어디에 무슨 용도로 쓰이는

지조차 모르겠습니다. 말씀해 보시지요. 이것이 대체 어떤 짐승의 뼛가루입니까?"

"소의 뼛가루네."

"소? 소의 뼛가루라고요? 하면…… 약재로 쓰이는 것입니까?"

표정을 보니 화령은 진정 모르는 듯했다. 옆에서 지켜보던 태도가 말했다.

"이만한 양의 뼛가루를 만들 만한 도축장은 아시겠소?"

"양이 얼마나 됩니까?"

"밀무역꾼들을 추포하는 도중 대부분 소실하였으나…… 대략 쌀자루로 서른 포대는 되었을 게요."

순간 화령이 실소를 터트렸다. 광해가 의아하니 보자 웃음을 거둔 화령이 말했다.

"마마, 농자천하지대본農者天下地大本이라하여 소는 농사의 근간이 되는 동물입니다. 한데 근자에 소의 도축이 성행하여 조정에서 우금령牛禁令을 내리지 않았습니까? 해서 백정이 소 한 마리를 도축하고자 해도 한성부漢城府의 허가가 있어야 합니다. 하니 지금 같은 때에 누군가가 소의 뼛가루를 대량으로 매입하려 했다면 백정이나 관청의 눈을 피할 수 없었을 테지요."

화령의 얼굴을 지그시 살핀 광해가 물었다.

"하니 대량의 소 뼛가루를 구하는 것은 결코 쉽지 않다? 이 말인가?"

"예, 마마. 게다가 소라는 것이 영물이라 도축을 하고 나면 살코기는 물론 내장에 피, 쇠뿔에 뼈까지, 무엇하나 버릴 것이 없습니다. 하니 그만한 양의 뼛가루를 구하려면 도성의 소를 죄다 잡아들여야 할 겁니다. 소인의 생각엔…… 둘 중 하나이옵니다."

"무엇인가?"

"명나라에서 밀수를 해왔거나, 마마께서 계신 대궐이지요."

"대궐?"

"예, 결국 뼈라는 것이 고기를 먹고 남은 것인데, 조선 팔도에 그 많은 고기를 소모하는 곳이 대궐이 아니면 또 어디 있겠습니까?"

"조정이라면……."

"관영목장을 경영하는 사복시司僕寺, 혹은 축산과 도축을 관장하는 호조戶曹, 저보다는 그쪽을 훑어보시는 것이 더 빠를 것입니다."

수궁이 가는 이야기라 고개를 끄덕인 광해가 자리를 털고 일어나려는데, 가만히 듣고 있던 태도가 입을 열었다.

"한데 이상한 것이 있습니다."

"무엇이 말이냐?"

"그 궤짝들은 나루터에서 배로 옮겨진 것이 아니라, 배에서 나루터로 옮겨진 것입니다."

"무슨 뜻이냐?"

"사복시나 호조가 관여됐다면 어떤 이유에서건 간에 응당 도성에서 외부로 반출된 것일 텐데, 아시다시피 저희가 배를 덮쳤을 때는 그 반대였습니다. 즉, 누군가가 외부에서 도성으로 뼛가루를 가져온 것이지요."

"하긴…… 그것이 이상하구나. 한데 그렇다면 더더욱 이해할 수가 없다. 대체 그 많은 양의 뼛가루를 어디다 쓴단 말이냐?"

그러곤 스윽 화령의 표정을 살피니 화령은 그저 메마른 미소를 머금고 있었다. 태도가 물었다.

"심 행수께선 혹 짚이는 데가 없으시오?"

"없습니다. 우금령이 떨어진 이후 소고깃값이 천정부지로 치솟은 건 저 또한 알고 있으나, 그 많은 양의 뼛가루가 어디에 쓰일지는…… 짐작조차 어렵습니다."

"……."

짧은 대화가 끝나고 광해와 태도가 물러가자 화령이 이를 바드득 갈며 소리쳤다.

"대체 일을 어찌 처리한 게야!"

급히 달려온 사환이 머리를 조아렸다. 그의 미간에 긴 칼자국 상흔이 있었다.

"당장 왜국과의 모든 거래선을 끊고 흔적을 지우거라."

"예, 행수 어른."

"또한 포청에 심어둔 자에게 은밀히 전하여 압수된 소 뼛가루를 죄다 태워버리라 전하거라. 반드시 태워 없애야 하느니라!"

"하오나……."

"이미 내 손을 떠난 물건이다. 내가 아니면 뉘도 가져서는 안 될 물건이기도 하고."

"예, 알겠습니다."

사환이 돌아서려는데 다시 불러 세운 화령이 물었다.

"잠깐, 분원에서는 아직 소식이 없느냐?"

"예, 아직은……."

"지금쯤이면 통이 왔어야 할 터인데……. 안 되겠구나. 일이 틀어진 이상 이리 앉아서 기다리고 있을 수만은 없음이다. 당장 시중에 도는 소뼈란 소뼈는 죄다 거둬들이거라. 곱절에 값을 치르더라도 반드시 수거해야 한다. 알겠느냐?"

"예, 행수 어른."

화령이 입술을 잘근 베어 물었다. 지난 한 해간 상단에 쌓인 누적 적자가 이루 말할 수 없었다. 그리고 그 적자의 대부분은 분원으로 인한 것이었다. 육도와 교환한 오백 점의 상품 자기로 인해 큰 출혈이 있던 터에 강천의 협박에 못 이겨 값비싼 회회청을 헐

값에 납품하며 적자가 더욱 불어나지 않았던가. 그런 차에 우금령이 내려졌다. 우금령이란 것이 한 번 내려지면 최소 한 해 동안은 지속되는 것이라, 우금령이 풀릴 때 까지 소고기는 물론 가죽에 뼈까지 가격이 치솟는 것이 당연했다. 한데 그 순간 화령에게 묘안이 떠올랐다. 줄곧 분원에 납품하던 소 뼛가루가 없다 하곤 뒤로 신생 상단을 만들어 대신 뼛가루를 납품케 했다. 물론 소 뼛가루가 아닌 돼지 뼛가루였다. 하면 이후 분원에서 생산되는 상품자기는 죄다 불량이 되어 나올 것이고, 그 책임은 고스란히 신생 상단으로 돌아갈 것이다. 하나 존재하지도 않는 서류상의 상단이니 문제 될 것이 없었다. 그리되면 사직대제를 앞두고 다급해진 분원에서 소 뼛가루를 구하려 안달이 나겠지만 우금령이 떨어진 마당에 한양 바닥에서 그 많은 양의 소 뼛가루를 구하는 것이 어디 쉬운 일인가. 값은 천정부지로 치솟을 것이며, 그때 자신이 나설 요량이었다. 그간 분원에 저자세로 임하며 가진 수모를 겪지 않았는가. 그 괄시와 모멸을 설욕할 기회였고, 목 끝까지 차오른 상단의 적자를 단번에 만회할 호기였다. 하나 혹여라도 계획이 수포로 돌아가는 날엔, 아니, 그것은 생각할 수도 없었다. '그럴 수 없지. 그리되도록 가만히 내버려둘 수도 없고.' 그러곤 싸늘하게 식어버린 차를 단번에 들이켰다. 목젖을 타고 넘치는 귤피차의 향긋한 향내가 기이하게도 쓰게 느껴졌다. 역류하는 쓴

물을 되넘겨 삼킨 맛이었다. 우선은 셈을 확실히 따져봐야 했다. 사령을 시켜 그동안 분원과의 거래 장부를 죄다 꺼내오라 시키곤 한나절이 넘도록 장부를 살폈다. 적자는 제 예상보다 많았고 감당하기 힘든 손실이었다. 순간 분노가 치밀어 올랐다. 기실 이 모두가 분원 때문이며, 이강천 때문이었다. 힘껏 장부를 움켜쥔 손이 벼락처럼 탁자를 내리쳤다.

"이강천! 내 언젠가 네 놈을 그 자리에서 끌어내릴 것이다. 반드시!"

사직대제를 이레 앞둔 날 정오, 전라 광주에서 육도의 연통을 받은 강천이 급히 분원에 당도한 날이었다. 노발대발 진노가 하늘에 닿았고 해답을 찾지 못한 사기장들은 진땀을 빼야 했다. 몇 번이고 탁자를 내리치며 노기를 분출하던 강천이 한순간 싸늘한 시선으로 물었다.

"한데, 문 어른과 수비장은 어찌 보이지 않는 겐가?"

육도가 조심스레 아뢰었다.

"문사승 어른께서는 고뿔에 걸리시어 몸져누워 계시고…… 수비장 유정은 알아볼 것이 있다 하여 아침 일찍 분원을 나섰습니다."

"이 시국에 무엇을 알아본단 말이냐?"

"그것까진 묻지 않았습니다."

잠시 생각한 강천이 자리를 털고 일어섰다.

"이리 껍질이 일어난 것은 필시 유약이 원인일 터! 내 직접 유약재를 살필 것이니 준비하거라!"

그때 문이 벌컥 열리며 문사승이 들어섰다. 일동이 예를 갖추는데 문사승이 터벅터벅 다가가 말했다.

"자네까지 나설 필요 없네."

일동의 의아한 시선이 문사승에게 모아졌다.

"무슨 뜻입니까? 혹여……."

"유약에 들어갈 재료 중 하나가 문제였네."

깜짝 놀란 육도가 물었다.

"그것이 무엇입니까?"

"소의 뼛가루일세."

"……!"

뼛가루는 생각지도 못한 재료였다. 애초에 공초군들이 구해오는 재료가 아니니 잘못될 일도 없었고, 변수가 직접 검수하는 품목이라 검증에서도 제외한 터였다. 문사승이 말했다.

"달포 전, 우금령이 떨어진 후 한양 상단에서 소의 뼛가루가 없다 하여 신생 상난에서 대신 물건을 받았었네. 이유야 어찌 됐건 간에, 내가 검수하였으니 내가 책임질 걸세. 이 모두, 내 잘못이란 말일세!"

"……."

정이는 종종걸음으로 달려갔다. 사실을 밝히기 전에 어떻게든 해결책을 마련하여 문사승이 지게 될 책임을 조금이나마 덜어주고 싶었다. 하면 우선 뼛가루를 납품한 신생 상단부터 확인해야 했다. 상호가 태평 상단이라 했으니 찾는 것은 어렵지 않았으나, 제 몸이 분원에 매여 있었고 도성은 여인이 홀로 가기엔 너무도 먼 거리였다. 한데 그 순간에 번뜩 떠오르는 것이 있어 급히 공방으로 들어섰다. 공방 창틀에 비둘기가 앉아 있었다. 천자락을 찢어 몇 글자 적은 후 손바닥에 모이를 쥐고 팔을 뻗자 파드득 날아든 비둘기가 손바닥 위에 앉았다. 비둘기가 모이를 모두 먹을 때까지 기다렸다가 조심스레 감싸 쥐었다. 그리고 발목에 쪽지를 묶은 후 밖으로 나갔다.

'오라버니에게 전해 줘. 제발…….'

간절한 마음을 담아 비둘기를 날려 보냈다. 한데 채 몇 호흡도 되지 않아 비둘기가 되돌아왔다. 모이도 없는 정이의 손 위에 내려앉자 정이가 근심어린 얼굴로 말했다.

"안 돼, 이리 오면 안 된다고."

그리 말하곤 다시 날려 보냈다. 한데 날아가는가 싶더니 다시 되돌아왔다.

"그새 이곳에 정이 든 거야? 알았어. 나랑 같이 가자."

비둘기를 품에 안고 이 변수에게 허락을 구한 후 문루를 나섰다. 꼬박 두 시진이 걸리는 동안 산을 두 번 넘고 굽이치는 한강을 마주하고 섰다. 청아한 하늘 아래 푸른 한강을 마주하니 답답했던 가슴이 뻥 뚫리는 듯 시원했다. 조심스레 품에서 비둘기를 꺼내 말했다.

"비둘기야…… 분원으로 돌아오면 안 돼. 이 편지, 꼭 오라버니께 전해줘. 알았지? 꼭……."

그러곤 멀리 비둘기를 던져 날렸다. 잠시 정이의 머리 위를 휘이 돌던 비둘기가 서남쪽으로 방향을 트는 것이 보였다.

"안 돼! 그 쪽이 아니야!"

정이가 소리쳤고, 마치 그 애절한 목소리를 들은 듯 비둘기가 방향을 선회해 북쪽으로 향했다. 그제야 한숨을 놓았다. 간절히 빌고 또 빌었다. 도성 어딘가에 있을 오라비에게 닿기를.

빈청에 정적이 감돌고 있었다. 지금껏 나온 불량자기가 수백 점에 이르니 금전적 피해는 둘째 치고서라도 당장 눈앞에 닥친 사직대제를 준비하지 못한 책임도 피해 갈 수 없었다. 강천이 무거운 입을 열었다.

"지금 그 말씀이 가져올 결과를 알고 계시겠지요? 원인은 알아냈다하나…… 만에 하나 소 뼛가루를 구하지 못한다면…….”

문사승이 단호히 말을 잘랐다.

“알고 있네. 하여 내 이 길로 도제조로 계신 광해군 마마를 찾아 뵐 것이네. 이 모든 사태가 전적으로 내 책임이며……. 쿨럭!”

말을 끝맺지 못하고 기침을 했다. 토악질에 가까운 기침이었고 시커먼 핏물이 쏟아졌다. 손은 덜덜 떨고 있었다. 한 눈에 봐도 정상은 아닌 듯하여 강천이 조심스레 물었다.

“고뿔이라 들었는데…… 아닌 것입니까? 각혈까지 하시다니…… 설마……?”

겨우 기침을 되삼킨 사승이 고개를 끄덕였다.

“폐옹일세!”

“……!”

충격을 머금은 일동의 시선 끝에 문사승이 소매로 피를 훔쳐냈다. 그러곤 대수롭지 않게 껄껄 웃으며 사기장들을 두루 훑다가 시선을 화장 고덕기에게 멈추고 말했다.

“고덕기 네 놈도 조심해야 할 게다. 그리 창창해도 언젠가는 나처럼 썩어문드러질 날이 올 게야! 해도 맘에 담지 말거라. 폐옹이라……, 한 평생 가마를 끼고 산 사기장에겐 가장 영광스런 죽음이 아니냐.”

“…….”

고덕기가 잔뜩 인상을 구기며 침묵하자 뜨겁던 분위기도 한 순간 찬물을 끼얹은 듯 숙연해졌다. 사승이 말을 이었다.

“어차피 반년도 넘기지 못하고 죽을 몸…… 내 말했듯, 모든 책임을 내가 지고 갈 것이다. 하니…… 자네들도 내 부탁을 하나 들어줌세.”

강천이 조심스레 물었다.

“무엇입니까?”

“수비장 유정…… 그 아이에게만큼은 내가 폐옹에 걸렸단 사실을 비밀로 해 주게. 단지 그뿐일세.”

“…….”

비둘기가 한 점이 되어 사라지고서야 노심초사 발길을 돌렸다. 발끝에 활추[11]라도 달아놓은 듯 걸음이 무거웠다. 멱목산을 넘는 길에 솔개의 먹잇감이 되진 않을까, 긴 시간 날아가는 것이 힘들어 어느 이름 모를 초가삼간에 둥지를 틀진 않을까, 발목에 꽁꽁 매어둔 쪽지가 빠지진 않을까, 오만가지 잡생각이 꼬리를 물며 걸음을 더욱 무겁게 만들었다. 그리 척박한 걸음 끝에 약방에 다다랐다.

11) 활추 : 말뚝을 박을 때 사용하는 거대한 추.

"저희 스승님께서 지독한 고뿔에 걸려 몸조차 못 가누십니다. 효험 좋은 탕약으로 지어주십시오."

"허허, 눈은 다 나은 모양일세? 그 참, 제자 놈이 겨우 살 만하니 스승이 또 말썽인 모양이구먼. 기다려 보게. 고뿔 따위 단번에 끊어낼 탕약으로 내어줄 테니……." 하곤 고개를 돌렸다가 뭔가 짚이는 것이 있는 듯 조심스레 물었다.

"자네 스승이란 사람이 혹…… 분원의 문사승 어른이신가?"

깜짝 놀란 정이가 되물었다.

"의원께서 어찌 아십니까?"

"……."

잠시 생각한 의원이 대꾸했다.

"한 때 수토감관을 지내신 분이니 모를 리 있겠는가? 게다가 얼마 전에 고뿔에 좋은 탕약을 내 지어준 적이 있네." 하곤 두어 번 헛기침을 내뱉고 침방으로 들어섰다가 금세 탕재 꾸러미를 정이 앞에 불쑥 내밀었다. 멍하니 생각지도 못하고 있던 찰나에 얼른 돈주머니를 꺼내 돈을 꺼내놓을 때였다.

"값은 치르지 않아도 되니…… 그냥 가져가게."

정이가 의아한 표정으로 보자 몸을 돌린 의원이 팔팔 끓고 있는 약탕기 뚜껑을 열고 휘휘 저으며 말했다.

"자네 눈이 말썽일 때, 오라비가 값을 다 지불하고 갔네."

"무슨 말씀이온지……."

"눈만 뜨게 해달라며 자넬 데리고 왔을 때 탕약 값으로 스무 냥이나 놓고 갔어. 그 후로 다시 오지 않아 내심 맘에 걸렸었는데, 이리 찾아왔으니 다행이구먼그래."

"그랬었나요? 치, 자기 앞가림도 못하면서……."

정이가 감사의 뜻을 전하고 나서자 탕약을 살피던 의원의 주름진 입가에 잔잔한 미소가 일었다가 이내 어두워졌다. 혀도 끌끌 찼다.

"얼마 남지 않은 시간…… 잘 모시게나……."

서녘으로 석양이 붉게 물들고 있었다. 오전 나절엔 광해와 함께 도성 인근의 목장을 돌았으나 별 수확이 없었고, 오후 들어서는 홀로 시전들을 살펴보았다. 한데도 별 성과 없이 하루가 저물어가자 절로 한숨이 터져 나왔다. 그저 저무는 해를 등지고 정처 없이 발걸음만 옮기는데 제 머리 위로 석양빛을 뚫고 날아가는 비둘기 한 마리가 보였다. 무리 짓지 않았고 날아가는 방향이 또한 한양 상단 쪽이라 전령구傳令鳩라 짐작되었다. 무심코 지나치려 했으나 혹여나 하는 마음에 쫓아가자, 아니나 다를까 비둘기가 한양 상단의 하늘을 빙글빙글 선회하고 있었다. 그러고 보니 한양 상단 앞에 선 것이 오늘만 벌써 세 번째였다. 잠시 고개를 들어 비둘기가 내려서기만 기다리고 있는데 어디선가 달려온 사환 하나가 급히 상단 안으로 들어서는 게 보였다. 손엔 작은 포대기를 들고 있었다. 무엇일까 하고 지켜보니, 다른 방향에서 달려온 사환이 역시 같은 보자기를 들고 상단 안으로 들어서는 게 보였다. 급히 그자의 목덜미를 낚아채 물었다.

"손에 쥔 것이 무엇인가?"

화들짝 놀란 사환이 눈치를 살피다 대꾸했다.

"소, 소 뼛가루입니다만……."

"어디서 난 것인가?"

"거야 돈을 주고 산 것입죠!"

"……."

멱살을 풀자 사환은 급히 문 안쪽으로 사라졌다. 생각해 보니 밀반입된 그 많은 양의 소 뼛가루를 매입할 수 있는 상단은 한양 바닥에 오직 하나, 심행수의 상단뿐이었다. 다시 고개를 들었다. 내려설 마음이 없는 듯 비둘기는 여전히 상단 하늘을 빙글빙글 돌고 있었다. 이내 결심을 한 듯 태도가 문을 넘어서자 이립을 갓 넘긴 듯 보이는 서기가 태도를 맞았다. 심행수가 출타 중이라 하니 태도는 잠시 기다려 보겠다 하곤 안으로 들어섰다. 서기는 따뜻한 차를 내어왔다. 국화차였다. 잠시 차를 두고 기다리는데 제 눈빛을 피하며 어슬렁거리는 서기를 보곤 이내 깨달았다. '나를 부러 피하는 것인가.' 그리 짐작하고 일어섰다.

"심 행수에게 전해 주시오. 내일 다시 찾아오겠노라고."

"예."

서기가 짤막이 대꾸하는 때에 빗살창 너머에서 비둘기 울음소리가 들렸다. 고개를 드니 방금 전에 본 비둘기가 날아와서는 창틀을 비집고 쏘옥 안으로 사라졌다. 그러곤 이내 고개를 빼끔히 내밀곤 태도를 향해 구구 울어댔다. 비둘기는 눈에 익은 갈색이었고, 발에 묶인 작은 쪽지도 보였다. '정이가 보낸 서신이다!' 태도가 급히 모이를 손에 쥐고 뻗자 비둘기가 태도의 손목 위에 내려앉았다. 비둘기 발목에 묶인 쪽지를 풀어내자 비둘기는 또 이내 처마 밑으로 사라졌다. 태도가 황급히 쪽지를 펼쳤다. '오라버니. 태평 상단이란 신생 상단에서 분원에 납품한 소 뼛가루 때문에 스승님께서 곤경에 처하셨어. 상단을 찾아가 근자에 분원에 납품한 소 뼛가루를 확인해 줘.' 순간 번뜩하고 떠오르는 것이 있었다. '우금령, 천정부지로 치솟은 소 뼛가루의 가격, 그리고 분원!' 태평 상단 따위 찾아볼 필요도 없었다. 태도의 매서운 시선이 서기를 쏘아보다가 이내 칼을 뽑아 서리의 목에 겨누었다. 서기가 소스라치며 발했다.

"어, 어찌 이러시오!"

"내 당장 심 행수를 봐야겠네만."

덜덜 떠는 서기가 침을 꿀꺽 삼키고 말했다.

"며, 명월관에 계십니다."

"명월관? 여인이 거긴 무슨 용무로 갔는가?"

"그것이……."

태도의 검이 목젖을 누르자 서기가 황급히 대꾸했다.

"동평관에 묵고 있는 귀인을 만날 것이라 하셨습니다."

"동평관?"

멈칫한 태도가 검을 회수하곤 다시 자리에 앉았다. 동평관이라, 왜국과의 외교를 위해 인사동에 거처를 둔 한양의 왜관이었다. 한데 이들과 조선의 상인들이 협착하여 금품 밀매가 잦아진 후로는 담장도 두 배로 높이고, 문도 수어청 관군으로 하여금 엄하게 지켜 잠상潛商의 출입을 단속하고 있었다. 하여 해가 뜨면 문을 열고, 해가 지면 또 문을 닫게 하고, 공청무역公廳貿易 외에는 동평관 밖에서의 무역 또한 엄히 금하여 위반자는 중벌로 다스리고 있었다. 게다가 근자엔 도요토미 히데요시豊臣秀吉란 자가 본토 전국을 통일한 후로 번번이 조선침략설이 나돌고 있는 때였다. 하여 조정에서도 통신사를 본국에 파견하고 한양과 부산포의 왜관도 은밀히 감시하고 있는 중이라, 현 시국에서는 들어갈 수도 없고, 들어가서도 아니 될 곳이었다. '심 행수가 동평관의 귀인을 만나러 갔다? 동평관의 귀인이라면 왜관의 관주나, 왜국의 사신일 터.' 의문에 의문이 꼬리를 물고 있었다. 식다가 만 차를 들이켠 태도가 말했다.

"심 행수가 올 때까지 기다릴 것이니, 자네 또한 예서 한 걸음도 움직이지 못할 것이네."

"……."

히데요시가 전국을 통일한 소문은 이미 대궐까지 전파된 터였고, 조선에서는 통신사를 보내 왜국의 정세를 살피게 했으나, 동인과 서인으로 나뉜 중신들은 서로 다른 뜻을 피력했다. 동인은 결코 염려할 필요 없다 하였고, 서인은 지금 당장 전쟁에 대비해야 한다 했다. 그 즘은 히데요시도 조선에 사신을 보내왔다. '명나라를 치고 대륙을 호령하려 하니 조선은 길을 비켜 달라!' 이에 선조는 이리 화답했다. '먼저 엎드리고 조아려 내게 인사를 한다면 심사숙고해 보겠노라.' 실로 오만방자한 발언이었다. 조정의 분위기는 삽시간에 뒤숭숭해졌고 왜국의 칙사 신분으로 조선에 온 사내가 화령을 찾은 것이 오늘 낮이었다.

화령은 지그시 사내의 얼굴을 살폈다. 오랜만에 보는 얼굴이나 변한 것이라곤 한두 가닥 많아진 주름이 전부였다. 키가 칠 척에 이르는 건장한 신체에 꽤나 기름진 얼굴의 소유자였다. 눈빛도 매섭고 턱을 뒤덮은 수염도 거칠어 대하는 이의 마음을 굴복시키는 위엄이 서려 있는데, 화령의 눈에 이처럼 두려운 자는 이강천을 제외하곤 극히 드문 편이었다.

"보내주신 물건은 잘 받았습니다만…… 안타깝게도 관아에 발목을 잡히고 말았습니다."

까칠까칠 돋은 수염을 손가락으로 매만진 사내가 유유자적한 낯빛으로 말했다.

"자네 상단에 도움이 된다 하여 은밀히 보내긴 했으나, 사실 뼛가루 따위야 어찌 되건 내 관심 밖의 일일세. 한데……."

사내가 품에서 사발 하나를 꺼내 놓았다. 사내의 한 손에도 차지 않는 작은 질그릇이었다. 멈칫한 화령의 시선이 질그릇에 머무르길 사내가 말을 이었다.

"부산포에서 건진 물건이네. 듣자하니 광주 고을의 한 여인이 이 막사발을 빚었다던데……. 그릇의 본질을 모르는 조선의 백성들이야 이를 밥그릇이며 국그릇으로 폄하하지만…… 내 보기엔 실로 아름답고 귀한 그릇일세."

화령이 고개를 끄덕였다.

"막사발이고 또 밥그릇이지요. 예전에도 느꼈지만…… 태합전하의 관심은 그릇뿐이로군요."

"말해 보게. 아는가?"

미소를 머금은 화령이 질그릇을 들어 손으로 문질렀다.

"알다마다요. 이 그릇을 빚은 여인이…… 한 때 분원의 변수였던 유을담의 여식입니다."

뜻 없이 고개를 끄덕이던 사내가 한순간 충격어린 눈빛으로 되물었다.

"유을담! 설마…… 그 자의 여식이란 말인가?"

화령이 미소를 머금었다.

"예, 나리의 손에 죽은 조선 최고의 사기장이지요."

"……!"

짐짓 놀란 듯 사내의 눈빛에 작은 파문이 일었다가 이내 잔잔해 졌다. '그 자의 여식이…… 결국 사기장이 되었단 말인가?' 떠올려보니 기억조차 아련한 과거였다. 키가 제 가슴 높이도 오지 않았던 여식이었다. 붉게 충혈된 눈동자를 뒤집어 부릅뜨곤 원수를 갚겠다 소리치지 않았던가. 더듬어 생각할수록 묘한 인연이었다. 화령의 목소리가 들렸다.

"한데…… 만나기가 쉽지 않을 것입니다. 이미 실력을 인정받아 분원의 사기장이 되었으니까요."

"분원의 사기장이라……. 만날 방도가 없겠는가?"

"나리께서 수우각을 좀 더 내어주신다면…… 제가 자리를 만들어 보겠습니다."

"수우각은 쉽지 않을 걸세. 자네도 알다시피 조선 조정에서 정식으로 요구한 물품이기도 하고…… 각궁의 재료로 쓰이니 본토에서도 수우각의 반출을 꺼리고 있네. 게다가 조선은 적국이 아닌가."

"그 말씀은……."

"머지않아 전란이 일어날 걸세."

"……!"

"하니 자네도 본토에 몸을 의탁하는 것이 최선, 지금 당장 상단을 정리하고 명국으로 도피하는 것이 차선일세."

"……!"

파르르 떨리는 눈빛을 거둔 화령이 조심스레 물었다.

"하면 그 시기는 언제쯤……."

"글쎄……. 빠르면 달포, 늦으면 한 해쯤 되겠으나…… 전쟁을 치르는 데는 아무래도 여름겨울보다야 봄가을이 좋을 테지."

"……!"

"자네가 나를 돕는다면, 내 향후 자네의 처우에 대해서 긍정적으로 생각해 봄세."

잠시 생각한 화령이 말했다.

"제게, 나리를 도울 만한 묘안이 있을 듯합니다."

사내가 비릿한 미소를 머금었다.

"그 듣던 중 반가운 소릴세."

결코 허언을 뱉을 사내가 아니리라. 다가올 전란을 생각하니 눈앞이 캄캄해지는 듯했다. 축 늘어트린 어깨로 상단으로 돌아왔을 때는 술시가 훌쩍 넘은 시각이었다. 그 시간까지 태도는 꼼짝않고 앉아 있었다. 보는 순간 반가움이 넘쳤으나 딱딱하게 굳은 태도의 얼굴에 사뭇 걱정 어린 표정으로 물었다.

"오늘은 또 무슨 일입니까?"

"동평관의 귀인을 만났다 들었는데…… 무슨 용무라도 있으셨소?"

화령의 날카로운 시선이 서기를 향했다가 다시 미소를 품고 말했다.

"그건 나리께서 알 바 아니라 사려됩니다만……. 용무가 무엇입니까?"

"전날 광해군 마마와 함께 이곳을 찾았을 때, 분명 심 행수께서 소 뼛가루의 용도를 모른다 하였는데…… 내가 알아본바, 심 행수의 상단에서 그 뼛가루를 줄곧 분원에 납품하고 있었더이다. 물론 우금령이 떨어진 근자에 소 뼛가루가 없어 태평 상단이란 곳에서 대신 납품했고……. 내 말에 틀린 게 있소?"

미세하게 떨리는 화령의 눈빛을 좇으며 말을 이었다.

"태평 상단에 대해 아는 것이 있다면…… 말씀해 보시구려."

"오랜 기간 소 뼛가루를 분원에 납품한 것은 사실, 우금령이 떨어진 후로 소 뼛가루가 부족해 납품하지 못한 것도 사실, 태평 상단에서 저를 대신하여 납품한 것 또한, 사실입니다. 한데 그것이 무엇이 문제입니까?"

태도가 고개를 끄덕이곤 말했다.

"혹 동평관의 귀인이 보내온 소 뼛가루를 심 행수께서 취한 후 비싼 값에 분원에 납품하려 했던 것이 아닐까 하여 말이오."

"그럴 리가 있겠습니까? 줄곧 별 탈 없이 납품하고 있는 터에 제가 무엇하러 그런 짓을 하겠습니까?"

"그렇소? 내 혹여나 이번 밀매 건에 심 행수가 관여되었을까 염려되어 찾았으나, 그것이 아니라니 나는 이 길로 마마를 뵙고 진상을 보고하면 되겠구려."

"……."

자리를 털고 일어난 태도가 말했다.

"행여나 하는 말인데…… 사직대제를 앞둔 분원에서 소 뼛가루가 필요하면…… 포청에서 압수한 뼛가루를 무상으로 제공해 주라, 내 그리 간청드릴 생각이오."

"……."

화령이 미소를 머금고 대꾸했다.

"나리께서는 아직 소식을 듣지 못한 모양입니다. 포청에서 압수한 소 뼛가루가 전날 밤 죄다 불에 타버렸다 들었습니다만…….”

“……!”

듣지 못한 듯 놀란 빛이었다가 이내 차분히 가라앉은 목소리로 대꾸했다.

“내 그것까진 미처 몰랐구려. 한데 말이오. 어제오늘 심 행수의 상단에서 시전의 모든 소 뼛가루를 비싼 값에 사들였다 들었는데…… 진정 심 행수에게 피해가 없을지 모르겠소이다. 정황상 이번 사건에 심 행수의 상단이 관여하지 않았다 주장하기엔 너무 의문이 많아서 말이오.”

초조함에 마른 입술을 삼키던 화령이 볼을 지그시 깨어 물었다. 그러길 순간 발톱을 세운 고양이 마냥 독기어린 눈빛으로 말했다.

“날…… 관아에 밀고라도 하실 겁니까?”

“왜, 하지 못할 것이라 여기는 게요?”

그리 태도의 눈을 쏘아 보다가 시선을 떨어트리는데 탁자 위에 놓인 작은 천 조각이 보였다. 화령의 시선을 따라간 태도가 급히 쪽지를 회수하려 했으나 화령의 손길이 조금 더 빨랐다. 몇 글자 읽기도 전에 모든 정황이 이해되었다. 천천히 시선을 들어 올려 처마 밑으로 한동안 보이지 않던 갈색 비둘기를 확인한 화령이 애써 불편한 미소를 머금고 말했다.

"제가 선물한 비둘기를 유정이란 여인에게 준 모양입니다."

짐짓 미안한 마음에 태도가 침묵하자 화령이 말을 이었다.

"소의 뼛가루를 사용한 분원에서 문제가 있었겠지요. 해서 그 여인이 나리께 부탁을 했을 테고…… 이모저모 상황을 좀 살펴 달라……."

"내겐, 목숨보다 소중한 사람이오."

"예, 알고 있습니다. 명사신의 목에 화살촉을 박을 만큼 소중한 여인이 아닙니까."

"……."

예상했던 답이었지만 직접 듣고 나니 기운이 소멸되며 허탈감이 밀려왔다. 정이란 계집을 위해서라면 일말의 타협도 보일 사내가 아닌 것쯤은 잘 알고 있지 않은가. 서운할 것도 속상할 것도 없는 일이었다. 그럼에도 목구멍을 치밀고 올라오던 악심은 이내 신장 밑까지 꺼지고 사라져 있었다. 하나 우선은 살고 봐야 했다. 태도란 사내의 충절을 뺏어오든, 정이란 계집을 어찌하든. 우선은 제 몸부터 살피고 볼 일이었다.

"제가 거둬들인 소 뼛가루 모두, 분원에 무상으로 납품하겠습니다. 하니, 나리께서도 이쯤에서 정리해 주시지요."

태도는 말없이 발길을 뗐고 화령은 부르르 떨리는 손끝으로 겨우 서탁을 잡고 섰다. 분노가 치밀었다. 처음으로 연심을 품은 사내가 한 여인을 위해 살고 있었다. 또한 제 목숨 줄을 쥐고 있는 사내도 그 여인을 찾고 있었다. 전심전력으로 계획한 일은 수포로 돌아갔고, 상단엔 감당하기 힘든 적자만 쌓이게 됐다. 덜덜 떨리던 화령의 주먹이 한순간 탁자를 쾅 내리쳤다. 한데 그 순간, 불현듯 떠올랐다. 그러곤 다급히 서랍장을 뒤져 색바랜 종이 하나를 꺼내들었다. 그 옛날 광해가 자신에게 준 종이였다. 이름 석 자가 박혀 있었다. '심초선!' 지그시 눈을 감자 숱한 기억의 사슬들이 한데 엉켜 흘러갔다. 그날 분명, 광해군이 정이란 아이의 어미를 찾아 달라 했고 그 이름이 초선이라 했다. 충격을 머금은 화령의 눈빛이 파르르 떨렸다. 왜 지금껏 생각지 못했을까. 정이란 아이의 어미는 분원의 봉족이었다. 을담의 봉족으로 분원에서 흉흉한 소문을 몰고 온 장본인이며, 그 전엔 강천과 을담이 그 여인을 두고 서로 다툰 적도 있다 했다. 서탁을 탁탁 두드리던 화령의 손끝이 한순간 멈춰졌다. 조선 땅에서 흔하디흔한 일이 아닌가. 양반가의 사내가 노비를 겁탈한다. 그 노비는 아이를 밴다. 그렇게 생긴 아이가 얼자孽子이다. '양반이 강천이며, 얼자가 수비장 정이, 하면…… 변수 이육도와는 배다른 남매지간이 아닌가!' 그간의 설욕을 단 번에 되갚아줄 실로 뜻밖의 수확이었다. 섬뜩한 미소를 머금은 화령이 손을 뻗자 탁자 위에 있던 비둘기가 파다닥 날아와 손 등에 올라앉았다. 화령의 손이 비둘기의 머리를 부드럽게 쓸어내렸다.

"네 놈들 모두 내 발밑에 조아리고 구걸하게 될 것이다. 살려 달라, 살려 달라……. 네 놈들의 발목을 비틀어 부러트릴 것이다."

섬섬옥수 화령의 손가락이 가녀린 비둘기의 발목을 슬금 집었다가 한순간 뚝 부러트렸다. 고통어린 비둘기가 요동쳤지만 몸통을 틀어쥔 화령의 손은 힘을 풀지 않았다.

"목을 비틀고, 세 치 혀는 잘라 잘근잘근 씹어 줄 것이다. 멀지 않았음이다. 결코……!" 하곤 비둘기의 목을 콱 비틀었다. 파르르 요동치던 비둘기가 이내 대가리를 늘어트리곤 잠잠해졌다. 화령이 섬뜩한 미소를 머금자 까마득한 기억이 주마등처럼 스쳐 지나갔다. 화령의 아비는 한 때 분원의 사기장이었고 뉘보다 실력을 인정받던 사내였다. 황금에 양심을 팔지도 않았고, 수많은 호사가들의 타협에도 절대 굴하지 않았다. 한데도 당대의 수토감관이었던 이강천의 부친은 단 한 번도 가포價布와 요미料米를 제때 지급한 적이 없었고, 아비는 가난한 사기장의 삶을 영위해야 했다. 한데 얼마 되지도 않는 가포가 기약 없이 미뤄지던 그때 화령이 호열자[12)]에 걸렸고, 제 아비는 딸의 약값을 구하기 위해 처음으로 그릇을 빼돌렸다. 하지만 평소 화령의 아비를 고깝게 보았던

12) 호열자 : 콜레라

사기장에게 발각되었고, 그 자의 밀고로 추포 되고 말았다. 그때 화령의 아비를 밀고한 자가 이강천이었다. 아비와 어미는 형장의 이슬로 사라졌고 화령은 피눈물을 흘렸다. 그때의 나이가 고작 아홉 살이었다. 화령이 이를 바드득 갈았다.

"이강천, 때가 되었구나. 내 반드시 네 놈 가문의 멸문지화를 이 손으로 이끌 것이다!"

화령의 손에서 싸늘히 식은 비둘기가 툭 떨어졌다.

사안은 일사천리로 해결되었다. 태도로부터 보고를 받은 광해는 이튿날 아침 일찍 분원으로 발길을 뗐고, 화령에게서 받은 뼛가루는 서른 근이 조금 안 되었으나 사직대제에 쓸 물량으로는 충분하였다. 코앞에 닥친 사직대제에 분원이 대동단결하여 움직였고 전에 없던 생기며 활기가 넘쳐났다. 다만 문사승과 정이를 제외하고.

"어찌 그러는가? 심 행수가 소 뼛가루를 분원에 무상으로 납품하는 대신 자네의 선처를 부탁하였단 말일세!"

"고뿔 하나 이기지 못해 골골대는 사기장이 무슨 필요가 있겠습니까. 떠날 수 있을 때…… 보내 주십시오."

막을 명분이 없었다. 광해는 그저 홀로 남게 될 정이가 걱정되었다.

25장

꽃이며, 바람이며, 꿈이다.

네 아비의 바람을. 너의 바람을.
또한 그것이 나의 바람이니.
마지막까지 포기하지 말거라.

그저 정신없이 바닥을 닦고 있었다. 한데 거무튀튀한 얼룩 하나가 몇 해는 묵은 듯 창포가루에 녹두, 뜨거운 잿물을 연신 부어도 당최 지워지질 않았다. 그 얼룩 위에 정이의 눈물이 툭툭 떨어졌다. 눈물도 지워지지 않았다. 닦아내면 떨어지고 닦아내면 또 떨어졌다.

"이 놈아, 언제까지 그리 바닥만 닦고 있을 것이냐?"

정이는 연신 걸레질을 하며 말했다.

"지워지지가 않습니다. 다른 얼룩은 모두 지워지는데…… 이것은 도대체 지워지지가 않습니다……."

정이의 울먹이는 목소리가 속마음을 대변해 주고 있었다. 죽음을 앞두고 아쉬운 것은 삶에 대한 애착이 아니었고, 다만 정이뿐이었다. 부러질지언정 결코 꺾이지 않았고 낭창낭창 휘어졌다가도 또 언제 그랬냐는 듯 제자리를 찾는 아이였다. 생각해 보니 이대로 죽어 을담을 만난다 해도 그리 원망어린 소릴 들을 것 같지는 않았다. '내가 좋은 씨앗을 남겼구나.' 병이 깊이 파고든 듯 심신이 극도로 쇠해 있었다. 곧게 서 있는 것조차 힘든 듯 한 손은 줄곧 탁자를 의지했다. 그 손조차 바들바들 떨리었다.

"이 놈아, 네 눈에도 보이지 않느냐……. 내 몸이 이 지경이니 더는 이곳에 남아 있을 수가 없다."

멈칫한 정이가 고개를 떨어트리며 말했다.

"진정…… 분원을 떠나시는 것입니까?"

돌아오는 대답은 없었다. 소맷귀로 눈물을 훔친 정이가 천천히 일어섰다. 그러곤 결의어린 눈빛으로 말했다.

"하면 저도…… 스승님과 함께 떠날 것입니다."

"뭐라?"

"이리 편찮으신 스승님을 홀로 보내드릴 수가 없습니다. 사기장을 그만 두는 한이 있더라도……."

"시끄럽다!"

순간 사승이 눈썹을 치켜 올렸다.

"대체 무엇이냐? 사기장이 되었다 해서 진정 네 꿈을 이뤘다 생각하는 게냐? 네 꿈이란 것이 그저 사기장이 되는 것이었더냐?

말해 보거라! 너에게 분원은 고작 그런 곳이더냐! 너에게 사기장은 고작 그런 것이더냐! 그 따위 꿈에 이 스승을 찾아온 것이었더냐!"

"스승님……."

문사승의 호통에 야속한 쓰라림이 밀려들었다. 스승과의 이별, 분원과의 이별, 그 무엇도 쉽지 않았기에 아무런 대꾸도 할 수 없었다. 고개를 축 늘어트린 정이의 눈물에 문사승은 허물어지는 가슴을 부여잡느라 안간힘을 썼다. 저리도 여린데, 그저 스승과의 이별만으로도 저리 괴로운데, 아비 같은 스승의 죽음과 맞닥뜨리면 저 아이가 어찌 될까. 제 눈앞에 닥친 죽음보다 정이의 심장을 후벼들 고통이 더 두려웠다.

"잠시 이별하는 것뿐이다. 아침에 헤어져 저녁에 만나듯, 그렇게 짧은 헤어짐이다."

정이의 눈에서 닭똥 같은 눈물이 툭툭 떨어졌다.

"스승님……."

"내가 분원으로 올 때 씨앗을 뿌리러 간다 했으니. 나를 밑거름삼아 너는 꽃을 피워야 한다. 정이 너는…… 꽃이며, 바람이며, 꿈이다. 하니 분원을 바꾸고 네 꿈을 이루어라. 네가 진정 원하는 꿈을, 네 아비와 내가 못다 이룬 꿈을……. 알겠느냐?"

"제가…… 제가 꼭 그리 하겠습니다. 그러니 그때까지, 귀찮다

하여 끼니 거르지 마시고…… 꼭 건강히 계셔야 합니다."

살 수만 있다면 하루에 백 끼니를 먹어서라도 살고 싶었고, 숨길 수만 있다면 정이에게 만큼은 영원히 비밀로 하고 싶었다. 서글픈 미소를 머금은 사승이 조심스레 다가가 정이의 뺨을 어루만졌다. 손녀딸을 보듯 사랑 그윽한 눈빛으로 눈물을 닦아주고 머리를 쓰다듬었다. 정이도 말간 미소를 머금었다.

그날 밤 문사승에게 정성껏 밥상을 올리고 싶었다. 손수 전을 부치고 맛깔스러운 된장찌개를 끓여 상에 놓고 따뜻하게 데운 죽청주를 더해 공방으로 들어섰다. 봇짐을 챙기던 문사승이 잠시 손을 놓고 밥상 앞에 앉았다. 밥뚜껑을 열자 따뜻한 열기가 느껴졌다. 산해진미는 아니었으나 이것이 정이의 마음이리라. 놋수저를 들어 밥을 들었다. 목이 멨으나 꾸역꾸역 씹어 삼켰다. 정이가 따르는 죽청주도 말끔히 비웠다. 그리 구슬픈 밤이 깊어 정이는 문사승 옆에 쭈그려 잠이 들었다. 정이의 머릿결을 쓸어내리던 문사승이 조심스레 정이를 뉘이고 밖으로 나갔다. 싸늘한 새벽 공기를 마시며 들어선 곳은 청사 빈청이었다. 초롱불도 꺼져 있었고 인기척은 더더욱 느껴지지 않았다.

"좀 어둡지 않은가."

뉘에게 하는 말인지 모를 말을 내뱉고는 빈청 가운데 있는 등잔에 불을 밝혔다. 등불을 중심으로 어둠이 밀려나자 기다리고 있는 이가 있었다. 강천이었다.

"어인 일로 부르신 겁니까."

찬찬히 빈청을 둘러보던 사승이 무겁게 입을 열었다.

"곧 분원을 떠날 것이니, 지위고하는 잠시 잊도록 하지."

"편하실 대로 하시지요."

고개를 끄덕인 사승이 나지막이 말했다.

"강천아."

"……."

강천이라, 대체 얼마 만에 들어보는 이름인가. 한때 문사승이 수토감관으로 있었던 시절에나 들었던 이름이리라.

"부디…… 정이 그 아이를 가엽고 안쓰럽게 봐주게."

"……."

강천의 침묵에 문사승이 품에서 서찰을 꺼내 놓았다.

"무엇입니까?"

"내 한줌 먼지가 되고나면…… 이 서찰을 정이 그 놈에게 전해 주게."

"……."

사승은 여명이 채 트지 않은 이른 시각에 분원을 나섰다. 배웅하는 이도 없었다. 어디 먼 곳으로 떠나는 것도 아니었고, 그저 잠시 스쳤다 돌아가는 것인데도 묘한 불안감이 가시질 않았다. 터벅터벅 걸어가는 문사승이 멀어지길 이내 먼동에 길었던 그림자도 사라지고 형체도 알아볼 수 없게 되었다가 다시 한 점 먹물을 찍어 놓은 듯 점점이 보이다가 이내 완전히 사라졌다. 바람을 타고 사승의 목소리가 들리는 듯했다. "내 너를 보니, 이만큼이나 총명하니 커 준 것만으로도 충분히 고맙고…… 못난 스승으로 과분한 복이었느니라. 이 스승 걱정이랑 말고 몸 건강히 잘 지내어라." 텅 빈 공방에 들어서자 말 못할 외로움이 밀려들었다. 그저 멍한 눈으로 공방 구석에 앉아 있었다. 시간이 어찌 가는 줄도 몰랐고, 배고픔도 잊고 있었다. 바람이 세찬 듯 문이 덜컹거리는 문을 단속하려 일어서는데 갑자기 문이 덜컹 열렸다. 깜짝 놀란 정이의 시선 끝에 육도가 눈을 부라리고 서 있었다.

"이 변수 어른!"

육도의 눈빛이 이글거리고 있었다.

"너는 대체 누구냐?"

"예?"

"묻지 않느냐! 너는 대체 누구란 말이냐!"

"어찌 다짜고짜 영문 모를 말씀을 하십니까."

"대체 이유가 무엇이냐? 대체 정체가 무엇이기에 죄다 너만 찾는단 말이냐?"

"변수 어른, 지금 대체 무슨 말씀을 하시는 것이옵니까?"

"……."

분원이 전에 없는 묘한 분위기를 연출하고 있었다. 저를 보는 사람들도 삼삼오오 모여 저마다 술렁이고 있었다. '대체 무슨 일이기에…….' 청사에 다다르자 궁금증이 극에 달했다. 청사 좌우로 관군들이 포진하였고, 마당으로 들어서자 의관을 갖춘 문무백관들과 상궁들도 보였다. 지금 이 곳이 분원인지 대궐인지 모를 정도였다. 당최 영문을 몰라 조심스레 육도의 뒤를 밟아 빈청으로 들어서자 이조판서 최충헌과 이강천, 그리고 광해가 앉아 있었다. 정이가 황황히 예를 갖추자 지그시 정이를 살핀 최충헌이 입을 열었다.

"말해 보거라. 왜국과는 무슨 연이 있는 것이냐?"

정이가 영문을 모른 낯빛으로 화답했다.

"왜국이라니요? 저는 모르는 일이옵니다."

"모른다? 그럴 리가 없을 텐데……?"

진정 영문을 모르는 눈빛으로 광해를 보자 광해가 조심스레 말했다.

"너도 알 것이다. 두 달 전 분원에서 왜국으로 보낼 백자기 오백 점을 만든 적이 있었지."

"예? 예……. 저는 관여치 않았으나 여기 계신 이 변수께서 진두지휘하시어 오백 점을 만들었다 들었습니다."

"그래, 그 오백 점의 백자는 왜국의 수우각과 교환하기로 한 것이었다."

"예, 그 또한 들어 알고 있사옵니다."

"한데…… 거절당했다. 그릇으로의 가치가 없는 하품이라며 거절의 뜻을 전해왔고, 이틀 전 왜국의 사신이 자기 오백 점을 고스란히 되돌려 왔느니라."

"하온데…… 그것이 저와 무슨 관련이 있사옵니까."

"왜국에서 온 사신이, 너를 찾는구나."

"예?"

"너를 만나게 해 주면, 수우각과의 거래를 다시 한 번 고려해 보겠다. 그리 주상전하께 주청을 올렸단 말이다."

"……!"

"진정 영문을 모르는 듯한 얼굴이구나. 하긴 알 필요도 없지. 함께 가면 절로 알게 될 것이니."

그러곤 자리를 털고 일어났다.

"채비하거라. 지금 당장 동평관으로 갈 것이다!"

"마마!"

정이가 다급히 외쳤다.

"연유는 모르오나 저와는 무관한 일이옵니다. 제가 어찌 왜국의 사신을 알겠으며, 그 분이 어찌 저를 찾는단 말입니까?"

"하니 만나보자는 것이다. 만나 보면 절로 알 것이 아니냐."

"하오나……."

"긴 말할 필요 없다. 네게 해코지하려는 것도 아니고, 더더욱 너를 해하려는 것이 아니니. 긴 말 말고 어서 따르거라."

"……."

사대문이 닫히고 인정의 종이 치면 한양은 이내 고요해졌다. 북촌의 화려한 기와집도 다르지 않았고, 한양을 가르는 운종가와 육조거리도 한낮의 거친 숨을 고르듯 조용했다. 하니 고요히 잠든 한양의 밤거리를 아무렇지 않게 걸어 다닐 수 있는 이는 둘 중 하나였다. 원칙을 벗어날 권한이 있거나, 아니면 권력이 있거나. 정이는 종종걸음으로 광해의 뒤를 따랐다. 보니 길게 늘어선 돌담이 대궐의 것도, 여느 관청의 것과도 달랐다. 국화꽃이 만개한 꽃담 가득 벚꽃이 양각으로 새겨져 있었다. 자작나무로 만든 두터운 문을 지나 지독히도 검붉은 단청을 입힌 기둥을 끼고 돌자 작은 연못을 낀 정원이 나왔다. 일본식 정원이라, 자연 그대로가 아닌, 자연을 흉내 내어 옮겨놓은 듯한 정원이었다. 작은 둔덕은 산을 형상화한 듯하고, 연못으로 이어지는 작은 물길은 강을, 그 아래에 깔린 검정색 모래 위 흰색 자갈은 밤하늘의 별을 박아 놓은 듯했다. 광해의 발길은 정원을 곧장 지나쳐 국화꽃으로 둘러싸인 빈청으로 들어섰다. 잔뜩 설렌 마음으로 광해의 뒤만 조롱조롱 밟길 광해가 다다미방으로 보이는 마룻바닥 앞에 멈춰 섰다.

"들어가거라."

"마마님."

"너와 독대를 원한다 했다."

"……."

딱딱한 다다미방이었다. 한 단 높은 마루가 깔려 있었고 선반에는 이름 모를 꽃이든 화병이 늘어 서 있었다. 코끝을 자극하는 다다미의 향도 낯설었다. 그 눈앞에 사내가 들어섰다. 정이가 예를 갖추자 사내는 미소를 머금었다.

"왔구나."

뜻밖에도 조선말이었다. 나이는 쉰을 넘긴 듯 보이나 시원스런 인상의 사내였다. 조심스레 예를 갖추어 앉았다.

"유가 정이라 합니다."

사내가 작은 궤짝을 열어 조심스레 천을 풀어헤쳤다. 그러곤 작은 막사발을 하나를 꺼내 놓았다.

"우물을 머금은 찻잔과 그 안에서 샘솟는 이 신묘함이라…….
이 그릇을 알아보겠느냐?"

전후의 사정이야 알 수 없었으나 한 가지는 확실했다. 아비 을담이 만든 그릇이리라. 십 년, 백 년이 지나도 아비의 그릇은 알아볼 수 있었다. 저도 모르게 눈물이 차올랐다.

"이 그릇은 제 아비가 빚은 그릇입니다……."

그리 말하는데 무언가 이상했다. 다시 보니 사내가 묘한 미소를 머금고 있었다.

"다, 당신은!"

순간 심장이 터질 듯했다. 제 심장소리가 북채를 치듯 귀청을 때렸다.

"말하지 않았더냐. 네가 조선 최고의 사기장이 되면, 내가 널 찾을 것이라고."

"……!"

잊은 기억, 아니 잊으려 노력한 기억의 파편들이 해일처럼 밀려들었다. 쫓고 쫓아 몇백 번을 죽이고도 두 눈을 뜰 때면 새벽녘 안개처럼 사라져버린 살인귀를 향해 울분을 쏟아 내곤 했었다. 하나 어느 순간에 잊고 말았다. 눈 녹듯 미움이 사그라진 것도 아니었고, 목탁소리에 고된 증오를 털어버린 것도 아니었으나 세월의 힘 앞에 까마득히 잊고 살았다. 한데 눈앞에 아비를 죽인 원수가 앉아 있었다. 살인귀였다. 정이의 눈빛이 요동쳤고 양손은 수전증에 걸린 마냥 덜덜 떨었다. 폐부 가득 찼던 숨이 바닥난 듯 당장 숨을 들이키지 않으면 그대로 쓰러질 지경이었다. 턱 끝까지 차오른 숨을 누르며 벌떡 일어서는데 저도 모르게 힘이 풀려 제자리에 쓰러지고 말았다. 바닥을 짚은 손 마디마디에 축축한 원한이 서렸다. 꿈은 아닐까 기대했던 어리석은 우매함에 지독한 현실의 그림자가 세차게 비웃는 듯했다. 붉게 충혈된 눈을 부라리며 소리쳤다.

"네 놈이 무슨 염치로 나를 찾는단 말이냐!"

"그리 흥분치 말고 잠시만 내 얘길 듣거라."

"아버지의 원수, 내 이 자리에서 너를 죽이고, 나 또한 죽을 것이다!"

그때 사내가 품에서 질그릇 하나를 툭 꺼내 놓았다.

"네가 빚은 것이라고?"

"그렇다면 어찌할 테냐?"

"빚거라."

"뭐라? 지금…… 내게 그릇을 빚으라 했느냐?"

"조선의 조정은 본토의 수우각을 원하지만 본토에서는 수우각을 내어줄 마음이 없지. 하나, 네가 만든 이 그릇이라면 내 태합 전하를 뵙고 이해를 구할 수는 있다."

"……."

그제야 모든 것이 이해되었다. 정이는 침묵했다. 사내도 입을 닫았다. 그리 몇 호흡이 지난 후에 결연한 표정의 정이가 천천히 자리에서 일어섰다.

"할 얘기가 있다 하여 들어 준 것뿐이다. 말은 모두 마쳤느냐?"

"……."

"내 아비의 원수야. 너에게 할 말은 다 하였느냐 물었느니라."

"다했다면…… 어찌할 것이냐?"

변방에서 우짖는 잡새의 목을 비틀 듯 죽이겠다 수십, 수백 번을 되내였었다. 그것이 제 두 다리가 버틸 수 있는 최소한의 근원이었고 이제 때가 되었다. 한데 막상 눈앞에 닥치니 어찌해야 될지 몰랐다. 무작정 달려든다 하여 과연 저 사내를 죽일 수 있을까. 그때 벽에 걸린 두 자루의 검이 눈에 들어 왔다. 결연한 눈빛의 정이가 천천히 다가가 칼을 잡았다. 겐조는 차를 음미하고 있었다. 정이의 어떤 도발에도 그저 무심히 대응하고 있었다.

"그 칼로 나를 베기라도 할 참이냐?"

정이가 힘껏 칼을 빼들었다. 시퍼렇게 날 선 칼날이 겐조의 목젖에 닿았다가 다시 턱 끝과 코를 지나 겐조의 눈앞에 멈춰 섰다. 그럼에도 겐조는 눈 한번 깜빡이지 않았다. 되레 그 눈빛은, 죽일 테면 죽여라, 그리 말하고 있었다.

"내가 너를…… 죽이지 못할 것이라 생각하느냐!"

"죽일 수 없다. 죽여서도 아니 되고."

"죽일 테다. 죽일 것이다! 너를 죽이고, 나도 죽을 것이다!"

"날 죽이면? 너는? 이 나라 조선은? 너는 사신을 죽인 죄 참형을 면치 못할 것이고, 호시탐탐 조선을 넘보는 왜국에 혈란의 꼬투리만 제공하게 될 것이다."

"……."

"네 아비의 죽음은 나도 애석하다. 하나, 나를 죽인다 하여 무엇이 바뀌느냐?"

"나는 너를, 너를……. 나는…… 나는 너를 죽여야 한다……. 그것만이 아버지의 한을 풀어드릴 수 있는 유일한 방법이다……."

눈물이 범벅이었다. 칼이야 힘껏 뽑아냈으나 차마 내려칠 수는 없었다. 자신의 안위도, 이 나라의 조선이 걱정되어서도 아니었다. 죽일 용기가 없었다. 죽일 수 없었다. 칼을 툭 떨어트리곤 그저 목 놓아 울었다. 그러길 소리쳤다. 광인마냥 힘껏 비명을 터트렸다. 그 처절한 비명이 끊어지기 직전 광해가 뛰어들어왔다.

"정아! 대체 무슨 일이냐?"

털썩 주저앉은 정이가 펑펑 눈물을 쏟아냈다. 차를 음미하던 사내가 나직이 말했다.

"아무래도…… 조선과의 거래는 무산된 듯하오."

"……."

영문은 알 수 없었다. 약식으로 예를 갖춘 광해가 급히 정이를 안고 동평관을 빠져나왔다. 정신이 혼미한 터에 광해의 목소리가 들렸다.

"두 번 다시 너를 끌어들이지 않으마. 수우각 따위, 조선의 안위 따위, 너와 바꿀 수 없다."

강하게 깨문 정이의 아랫입술에서 핏물이 흘러내렸다. 눈물도 하염없이 쏟아졌다. 그저 원수의 주검을 목전에 두지 못한 것이 통탄스러울 뿐이었다. 광해의 목소리가 아련하게 들렸다.

"그자를 어찌 아는지, 무슨 영문인지 묻지 않으마. 너는 그저 고통은 잊고 앞만 보거라. 나를 보고, 태도를 생각하여라."

정신은 놓진 않고 있었다. 하지만 눈을 뜰 순 없었다. 그저 눈물을 쏟아내며 물었다.

"그 자의…… 이름 석자는 알아야겠습니다."

"기무라 겐조. 히데요시의 명을 받고 온 사신이다."

어둠이 내린 공방 구석에 우두커니 박혀 있었다. 연신 흐르는 식은땀을 훌연히 닦아냈다. 힘겹게 잠이라도 청하려하면 뻔뻔한 미소로 살아가고 있을 사내에 대한 격분에 손톱이 손바닥을 파고들었다. 손바닥에 엉겨 붙은 피딱지는 가슴에서 고동치는 울분에 비하면 양호하리만치 아프지도 쓰라리지도 않았다. '기무라 겐조, 기무라 겐조…….' 원수의 이름만 입에서 맴돌았다. 후회가 남았다. 그 자의 심장에 칼을 박지 못한 것이. 철철 흐르는 그자의 핏자국이 꽃송이처럼 바닥에 은은히 피어날 때를 고대하며 지금까지 버텨오지 않았던가. 한데 검붉은 피의 응결은 결국 제 심장에서 터지고 말았다. 돌이켜보니 지난 세월이 찰나 같았다. 언제였던가, 울며불며 아비를 보낸 날이. 추풍에 흩날린 낙엽들이 발끝마다 채이던 때였던가, 하면 꼭 오늘 같은 날이었을 테다.

하루, 해가 뜨고 지고 다시 뜰 때까지의 시간이라 했다. 더듬어 보니 그 날, 입속에서 우물거리는 무언가가 느껴졌다. 아비를 잃은 슬픔에 곡기를 끊고 죽겠다 결심했건만 어느샌가 꼬박꼬박 끼니를 챙겨 먹고 있었다. 그저 그렇게, 텅 빈 가슴으로 아무 생각 없이 세 번의 끼니를 채우면 바람처럼 하루가 지나갔다. 그리도 가지 않던 시간이, 두 번 다시 누릴 수 없을 것 같던 평온이 멀리 있지 않았다.

이레, 집 나간 처자식이 돌아오는 시간이라 했다. 되짚어 보니 집을 나선 것이 그 해 첫눈이 내렸던 소설小雪의 아침이었다. 무릎까지 푹푹 패는 적설積雪은 절망 같았고 살을 에는 칼바람은 아수라 손톱마냥 매서웠다. 눈 덮인 고을을 홀로 빠져나가는데도 뉘 하나 아는 척도 잡아끄는 이도 없었다. 제게 닥친 불행이 전염이라도 될까 저어한 것일까. 알 수 없었다. 소싯적 아비를 따라

두어 번 나온 적이 있던 나루터가 그날은 그리도 낯설었다. 다시 돌아갈 수 없을지도 모른다는 불안도 팽배했다. 이름 모를 작은 나룻배는 그녀를 낯선 곳으로 인도했고, 이레의 시간 끝에 당도한 곳은 더욱 낯선 곳이었다.

달포, 만월이 그믐이 되었다가 다시 만월이 될 시간이라 했다. 어릴 적부터 보아온 굽칼이며 백토 꼬박이 공방 가득 나뒹굴고 있었다. 더러는 곳곳에 술병도 나뒹굴고 있었다. 습관적으로 쓸고 닦고 치웠지만 그녀를 향한 냉대는 쉬이 사그라지지 않았다. 꽁꽁 얼어붙은 얼음을 부수고 뼛속까지 시린 물을 길렀고, 하루가 멀다 하고 찾아오는 이웃 아낙들의 빨랫감도 모두 제 차지였다. 눈이 내릴 때면 하루 웬 종일 이엉을 얹은 지붕이며 마당을 쓸어야 했고, 세찬 바람이 불 때면 창이며 문이며 갈대를 엮어 방풍을 해야 했다. 그리 달포의 시간이 지나서야 스승의 싸늘한 눈빛에 온정의 기운이 들어섰다.

한해, 꽃이 피고 지고 다시 피면 한 해가 지난 것이라 했다. 어제가 오늘 같고 오늘이 또 내일 같았다. 전신을 짓누르는 육체적 고통보다 더욱 괴로운 것은 한 발짝도 나가지 못한 채 제자리걸음 하고 있는 현실이었다. 눈을 감으니 어제 구해 온 흙 내음이 온몸을 덮고 있었다. 냇물이며 강이며 곳곳에서 길러온 비린 물내도 더러 뒤섞여 있었다. 이러려고 온 것이 아닌데, 원하는 것은 이런 것이 아닌데, 무언가 억울한 후회가 밀려들어 자꾸만 입술을 비집고 나오려했다. 그래도 꾹꾹 눈물을 참고 버티고 이겨냈다. 하니 세월이 유수와 같았다. 아비를 잃고 퉁퉁 부르튼 눈으로 밤을 지새운 것이 어제 같았고, 두 눈의 빛을 잃어 고통에 허우적대던 것이 또 어제 같은데, 어느새 사기장이 되었고, 어느새 몸도 마음도 분원에 적응이 되어 있었다. 그리고 어미의 원수를 만났고, 아비의 원수도 만났다.

차디찬 겨울은 그리 지나갔다. 제 가슴이 천 갈래 만 갈래 찢어진 그 겨울 끝에서도 다만 가슴 한구석이 휑한 것이 여간 불편한 것이 아니었다. 고뿔은 나으셨는지, 끼니는 제 때 챙겨 드시는지, 눈을 뜨고 감을 때 까지 문사승의 얼굴이 아른거렸다. 갈 곳을 잃고 헤매는 어둑한 그림자가 심중에 파고들어 도통 나갈 생각을 않고 있었다. 그리 봄을 맞이할 때였다. 춘분春分이 지나 겨우내 잠들어 있던 용가마를 깨우고 시번을 할 시기였다. 보슬보슬 봄비가 내려 물안개가 자욱하게 피어오른 아침이었다. 수위 사기장들을 빈청에 불러 모은 강천이 짧게 말했다.

"비어 있는 변수직을 채움이 마땅하지 않은가."

"……!"

놀란 토끼눈으로 서로를 바라보는 사기장들을 훑은 강천이 말을 이었다.

"정확히 열흘 후 변수 경합을 치를 터이니, 다들 그리 알고 경합에 참여할 자는 마음의 준비를 하라."

변수 경합이라, 정이의 가슴이 부풀어 올랐다. 그럼에도 가슴 한 구석에 의구심이 있어 조심스레 물었다.

"낭청 어른, 저도 경합에 참가할 수 있는 것입니까?"

일동의 시선이 정이를 향했다가 다시 강천을 향했다.

"네가 수비장이 된 지 벌써 반년이 넘지 않았느냐? 여인이라 하여 참여하지 못할 이유가 없고. 너의 재능과 실력이라면 이미 변수가 되고도 남음이다."

"……!"

아침나절의 봄비가 사라지자 이내 태양이 떠올랐다. 이른 봄이긴 하나 후원이며 돌담이며 문루며 각양각색의 꽃들이 만개해 눈이 즐거운 때였다. 보니 하늘이 또한 높고 맑아 그릇을 빚기도, 건조시키기도, 번조하기도 좋은 날이었다. 한데 육도는 분개했다. '변수가 되고도 남음이라니!' 순간적으로 질투가 거품처럼 부풀어 올라 참을 수가 없었다. 기실 아비 강천뿐이 아니었다. 정이의 실력이 승승장구하여 이 변수를 뛰어넘었다, 이미 이 낭청에 닿았다, 하늘이 내린 천능이라, 가마신이 강림한 여인이라, 여기서도 정이, 저기서도 정이, 오늘은 무엇을 할까, 내일은 무엇을 보여줄까, 한낱 여 사기장의 위세가 분원을 뒤덮고 있었다. 머리끝까지 차오른 분노를 힘겹게 누른 육도가 막 빈청을 나서는 정이를 불러 세웠다.

"진정 경연에 참가할 것이냐?"

정이가 대수롭지 않게 대꾸했다.

"예, 하고 싶습니다. 할 수만 있다면 도전할 것이고, 보일 수만 있다면 맘껏 제 실력을 펼쳐 보고 싶습니다."

"여인인 네가 진정 변수가 될 수 있다 생각하는 것이냐? 변수란 것이 다만 자기를 잘 빚는다 하여 될 수 있는 것이 아니다."

"알고 있습니다. 아래로는 사기장들을 살피고, 위로는 분원의 대소사를 책임져야 하니 결코 쉬운 일이 아닐 테지요. 하나 할 수 있습니다. 여인은 사기장이 될 수 없다, 불가하다 말씀하시지 않았습니까? 하지만 이처럼 수비장이 되었습니다. 이제 저는 더 높은 곳으로 가보고 싶습니다. 이 변수님께서 계신 그 곳에, 아니, 가능하다면 더 높은 곳으로 가보고 싶습니다."

순간 무언가 분하고 괘씸한 마음에 심장이 터질 듯했다. 하니 제 눈빛이며 손이며 떨리고 있음은 말할 필요도 없었다. 떨리는 입술을 열어 물었다.

"네가…… 수토감관이라도 되겠단 뜻이냐?"

"예, 오르고 올라 더 오를 곳이 없는 그 자리가 수토감관이라면, 그 자리까지 올라 보고 싶습니다."

"……!"

그저 당찬 언행이 아니었다. 태풍에도 흔들리지 않는 신념이 베여 있어 육도의 마음은 실로 좌불안석이었다. 수토감관이라, 어찌 이뤄낸 자리인가. 선조께서, 아비께서, 어찌 지켜낸 자리인가! 계집 주제에 감히 그 자리에 오르겠다 망언을 내뱉는 것인가! 실로 냉철하고 무정한 제 성정도 정이의 이런 당찬 신념을 마주할 때면 갈필을 잡지 못하여 이리저리 흔들렸다. 실로 두려움 따위 찾으려야 찾을 수 없는 눈빛이었다. 천지를 뒤흔드는 권력도, 찬란한 부귀영화도, 정이의 신념 앞에서는 그 빛을 잃고 말 것이며, 천라지망의 덫에 빠져도, 아수라 지옥에 떨어져도 정이만큼은 오롯이 두 다리를 뻗고 서 있을 듯했다. 해서 더 분하고 괘씸했고 진심으로 정이의 신념을 꺾어주고 싶었다. 그때 문득 떠오른 바가 있었다. '네 년의 신념 따위 바람 앞에 등불이다. 나 이육도가 흔들어 줄 것이다!' 정이의 마음이 얼마나 거센지. 어디까지 버틸 수 있는지, 제 눈으로 확인해 보고 싶었다.

"문사승 어른의 소식은 듣고 있는 게냐?"

"예, 달포 전에 서신을 받았습니다. 다행히 강건히 계신다 합니다."

육도가 눈을 가늘게 좁히며 말했다. 부동심을 흔들어 놓을 순 없어도 작은 파문은 일으킬 수 있으리라.

"그래? 폐옹에 걸리셨다 들었는데…… 강건하시다니 다행이구나."

화들짝 놀란 정이가 불신의 눈빛으로 되물었다.

"예? 폐옹이라니요? 스승님께서…… 폐옹에 걸리셨단 말입니까?"

육도는 대꾸 없이 정이의 눈동자를 응시했다. 흐릿한 충격을 머금은 눈동자가 요동치고 있었다. 하니 예서 멈추고 싶은 맘도, 물리고 싶은 맘도 없었다. 되레 더 쏘아주고 싶었다. 여린 심장을 후벼 파고 싶었다.

"스승이라 그리 따르고 모시더니…… 병증엔 관심도 없었던 것이냐? 너도 보았을 터, 각혈을 하시지 않았느냐?"

정이가 설레설레 고개를 저었다. 충격어린 눈동자는 초점을 잃고 있었다.

"병증이라니요? 대체 지금 무슨 말씀을 하시는 겁니까?"

"어찌 말귀를 알아듣지 못하는 것이냐? 문사승 어른은 폐옹에 걸리셨다. 해서 분원을 떠난 것이고. 분원 사람들이 죄다 알고 있는 사실을…… 어찌 제자인 너만 모르고 있었단 말이냐?"

충격에 입을 다물지 못하는 정이의 큰 눈에 금세 눈물이 고였다.

"그럴 리가 없습니다……. 그저 고뿔이라 하셨습니다……."

육도가 혀를 끌끌 차고 말했다. 삭풍처럼 차가운 목소리였다.

"문 변수 어른이야 제자를 생각하는 마음에 병증을 숨긴 듯하나…… 너는 실로 어리석구나. 어찌 스승의 마음을 헤아리지도, 병증을 보지도 못했단 말이냐? 그런 마음으로 어찌 스승이 남긴 빈자리를 꿰차겠다 큰 소리를 쳤던 것이야. 이제 보니 너는, 진정 자격 미달인 제자로구나!"

"……!"

충격에 빠진 정이가 덜덜 떨리는 입술로 말했다.

"변수 어른…… 잠시…… 다녀와도 되겠습니까…… 스승님께……."

입 꼬리를 말아 올린 육도가 청아한 하늘을 보며 고개를 끄덕였다. 만면 가득 미소가 고여 있었다.

"늦지는 말거라. 네가 그토록 바라던 변수 경합이 열흘 후이니……."

정이는 한달음에 달려나갔다. '아니지요? 스승님! 아닐 것입니다! 이 변수 나리가 허언을 한 것이겠지요! 건강히 잘 계실 것입니다! 고뿔이라 하시지 않았습니까? 그저 잠깐 지나갈 고뿔입니다!' 쉬지 않고 뛰었으나 하루 반나절이 꼬박 걸려서야 고을에 당도했다. 정신도 아찔하고 힘이 풀린 발도 더 없이 무거워졌지만 터벅터벅 산채까지 걸어가 사립문을 열고 들어섰다. 오직 간절한 마음만이 가슴속에서 메아리쳤다. '스승님……. 살아 계신 게지요……. 스승님…….' 저녁노을이 발갛게 물들고 있었다. 산 등성에 걸린 붉다 못해 시뻘건 해가 정이를 초조하게 만들었다. 산채는 조용했다. 그때 쿨럭! 낮은 기침소리가 정이의 귀에 들렸다. 화들짝 놀란 가슴에 얼굴엔 환한 미소가 걸렸고, 이내 소리치며 들어섰다.

"스승님! 스승님!"

침상에 몸을 뉘인 사승은 벽을 향해 얼굴을 묻고 있었다. 조심스레 다가서자 공방에 있어야 할 물레가 어쩐 일인지 침상 옆에 붙어 있었다. 힘이 없었던 것인지, 기침을 하다 뭉갠 것인지 모를, 심하게 뭉그러진 그릇이 말라 비틀어져 있었다. '물레가 왜 이 곳에…….'

의아한 표정의 정이가 머뭇머뭇 입을 열었다.

"설마…… 공방을 드나들기조차 힘들어 가져다 놓은 것입니까?"

문사승은 여전히 고개를 돌린 채 대꾸가 없었다. 가슴 깊숙한 곳에서 몽글몽글 피어오른 불안에 저도 모르게 눈물이 솟구쳤다.

"스승님……. 정이가 왔습니다……. 어찌 제 얼굴도 보지 않으십니까……."

정이가 한 발짝 더 다가서자 쿨럭 기침을 뱉은 사승이 천천히 고개를 돌렸다. 순간 고였던 눈물이 왈칵 쏟아졌다. 피골이 상접하여 핏기가 없었고 생기 잃은 눈동자는 먹색이 되어 있었다. 언제 죽어도 이상하지 않을, 시신이라 해도 이상하지 않을 얼굴이었다. 정이의 눈에 눈물이 조롱조롱 맺히길 말라 비틀어져 쩍쩍 갈라진 사승의 입술이 열렸다.

"이 놈아…… 어찌왔누…… 어찌 여길 왔어……. 가거라…… 어서 돌아가란 말이다……!"

노기 가득한 목소리임에도 한 줌의 기력도 느껴지지 않았다. 그러곤 이내 기침을 토해냈다. 시커먼 핏방울이 낭자했다. 옷이며 침상이며 바닥이며. 덜덜 떨리는 정이의 손이 덥석 사승의 손을 움켜잡았다. 썩은 고목마냥 마르고 갈라져 있었다. 눈물이 툭툭 떨어졌다.

"어찌 말씀하시지 않으셨습니까……. 의원에게 가야 합니다……. 아니, 제가 당장 의원을 모셔오겠습니다……."

정이가 벌떡 일어서는데 사승이 정이의 손을 놓지 않았다. 있는 힘껏 움켜쥐고 말했다.

"있거라……. 잠시만…… 잠시만 앉아 있거라……."

"스승님……."

힘겹게 숨을 내쉰 사승이 마른침을 삼키고 말했다.

"이제…… 가야 할 시간이다……."

"어찌 그런 말씀을 하십니까! 그런 말 마십시오……. 제가, 제가 모실 것입니다……."

"틀렸다……. 내 몸은 내가 가장 잘 아는 게지……. 내 벌써 죽었어야 할 몸뚱어리를 버티고 있었던 건…… 이제 보니 그저 너 때문이었던 게다……. 이제 되었다. 정이 네 얼굴을 봤으니…… 내 죽어도 여한은 없는 게야……."

정이가 고개를 저었다. 뺨을 타고 내린 눈물은 턱 끝에 맺혀 맞잡은 두 사람의 손 위로 툭툭 떨어졌다. 정이의 손을 어루만진 문사승이 미소를 머금었다.

별이 초롱초롱 뜬 밤이었다. 바람은 찼으나 춥지는 않았다. 청마루에 나란히 앉은 스승은 그저 말없이 하늘만 보고 있었다. 제자는 주절주절 쉼 없이 입을 열었다. 행여나 얘기가 끊기면 잠이 들까, 잠이 들면 다시 깨어나지 못할까, 이런저런 망상에 한 시도 가만있질 않았다. 흘러간 옛 얘기도 있고, 팔도를 떠도는 풍문도 있고, 남녀의 사랑 얘기도 있었다. 그러고 보니 오랜만에 듣는 사람의 목소리, 사람들의 이야기였다. 분원의 이야기도, 연인들의 사랑 놀음도 재미가 있었다. 한데도 졸음이 몰려들어 제자의 목소리는 점점 멀어졌다. 스멀스멀 피어오른 냉기가 골수를 비집고 다니는 듯 머리도 욱신거렸다. 죽음이라는 미물이 눈앞에 다가왔음을 본능적으로 알 수 있었다. 사기장이라, 분원이라, 자식 같았던 을담과 손녀딸 같은 정이라, 온갖 설움을 안고 나온 옛 기억들에 가슴이 먹먹했다. 죽음의 냉기에 침식된 사지는 움직이질 않고, 두려움에 매몰된 의식도 점점 멀어져 갔다. 그러곤 한순간 툭하니 끊어졌다. 거친 호흡도 사라졌고 멈추지 않을 것 같던 기침도 잦아들었다. 정이의 손끝에서 그 모든 것이 평온을 얻었다. 정이가 축 늘어진 사승의 손을 흔들며 옹알거렸다.

"스승님……. 스승님……. 피곤하십니까, 스승님……."

이리 보낼 수는 없었다. 몇 마디 말이라도 더 나눠야 했다. 스승의 몸을 흔들며 소리쳤다.

"어찌 말씀이 없으십니까……, 눈을 떠 보십시오……, 제자가 말씀을 올리지 않습니까……, 눈을 떠 보십시오……. 깨어나시란 말입니다……."

정이의 큰 눈에 눈물이 고였다.

"어서요 스승님……. 예전처럼 예끼 이놈 소리치시고 삿대질도 하십시오……. 스승님 호통이 얼마나 그리웠는지 알고는 계십니까……. 스승님……, 어찌 말씀이 없으십니까……? 스승님……."

크나큰 충격이 슬픔을 삼켜버린 듯 목 놓아 울지 않았다. 눈물은 소리가 없었고 한 줄기 외침도 그저 입속에서 옹알거릴 뿐 입술 밖으로 새어나오지 않았다. 한데 제 속을 아는 마냥 하늘에선 벼락이 내리쳤다. 억센 빗줄기가 찢어진 천공을 뚫고 쏟아져 내렸고 조용했던 산채를 뒤흔들었다. 삭인지 그믐인지 모를 한 푼의 월색도 없는 어둠이 정이의 전신을 식은땀으로 뒤덮었다. 기괴한 소리가 아우성쳤고 땀인지 빗물인지 모를 것들이 한데 엉겨 맘껏 걸음을 뗄 수도 없었다. 다리가 후들거려 다섯 보도 채 걷지 못했다. 사립문조차 넘어갈 수 없었다. 털썩 쓰러져 진흙탕에 눈물을 떨구었다. 그러곤 엉엉 소리 내어 울었다. 천둥보다 더 요란한 울음이었다. 하늘이 무너지고 땅이 꺼지는 오열이었다.

깊은 산중에 갇혀 있었으나 집도 넓고 마당도 넓은 곳이었다. 초가삼간에 공방도 있고 가마도 있었다. 마당엔 이름 모를 꽃이며 풀이 가득하고 감나무에 사과나무며 살구나무도 몇 그루 심어져 있었다. 근자에 내리친 폭우에 우물물이 넘실거리는데 그 가운데 가시연꽃이 때늦은 꽃을 피우고 있었다. 자색이었다. 정이의 손길이 닿자 살아있는 듯 꽃망울이 오므라들었다. 그 앞으로 눈물방울이 떨어졌다. 방울방울 떨어져 우물 속 깊이 흘러들어갔다. 제 마음의 상처도 그리 사라지길 바랐다. 문사승의 장례는 조촐하게 치러졌다. 보니 아비 을담이 떠난 후로 그토록 서럽게 운 적은 없었다. 두 눈이 멀었을 때도 이처럼 아프진 않았을 테다. 두 번 다시 볼 수 없는 얼굴이리라.

그날 이후 실로 지독한 외로움의 연속이었다. 언젠가부터 내리기 시작한 비는 그칠 기미를 보이지 않았다. 아궁이에 불을 지펴 방바닥은 뜨거웠지만 정이에겐 소슬 찬 냉기마냥 차갑게 느껴졌다. 한숨을 뱉으면 입에선 입김이 뿜어져 나오는 듯했다. 착각인지 아닌지도 분간이 되지 않았다. 겨울이 아닌 것이 다행일까, 소한小寒의 추위도 이 외로움 앞에선 맥을 추지 못할 거 같았다. 짧은 인생 살아보니 세상은 생각만큼 옳지 않았다. 생살이 뜯겨 나가는 고통이 전신을 엄습했고 그 어떤 처방으로도 치유할 수 없을 것 같았다. 그리도 깊은 늪에 빠져 있는데 강천이 찾아왔다. 문사승의 죽음을 애도했고 비탄에 빠진 정이도 위로해 주었다. 이유를 알 수 없었다. 정이가 알고 있는 이강천은 결코 그럴만한 위인이 아니었기에.

"문 어른의 죽음은 나 또한 애석하나…… 그렇다 하여 변수 경합에 참여치 않을 것이냐?"

고개를 늘어트린 정이는 아무런 대꾸가 없었다. 발갛고 작은 입술은 연신 무언가를 옹알거렸지만 강천의 귀에는 들리지 않았다.

"문사승 어른께서 네게 전하라 하셨다."

"……!"

사승이 남긴 서찰이었다. 파르르 떨리는 눈빛의 정이가 조심스레 강천이 내민 서찰을 잡았다. 서찰을 손에 쥐고도 쉽사리 펼쳐

보지 못했다. 용기가 나지 않았다. 한참을 살피고 또 뜸을 들였다가 조심스레 서찰을 펼쳐보았다. 이리저리 휘갈긴 문체가 정갈하지 않아 알아보기조차 힘들었으나, 가만히 보고 있으니 문사승의 목소리가 귀에 들리는 듯했다.

"진실이 정의가 아니라 이해득실이 정의란 이름으로 포장되는 것이 세상이다. 하니 금전과 권력, 명예를 추구하는 자들의 눈에는 네가 만든 질그릇의 아름다움을 볼 여력이 남아 있지 않는 법이다. 하나 세상에 천한 사람은 있어도 천한 그릇은 없는 법이다. 아프고 억울한 일이 많을 것이나 극복해야 한다. 그것이 네가 갈 길이다. 내 죽음에 슬퍼하지 말고 앞으로 달려가거라. 가서 이루어라. 네 아비의 바람을. 너의 바람을. 또한 그것이 모두 나의 바람이니. 마지막까지 포기하지 말거라. 그것이 이 스승이 네게 남기는 마지막 과제니라……."

죽는 순간까지도 제자를 생각하는 스승의 마음에 가슴이 먹먹해졌다. 한동안 말라 있던 눈물이 서찰 위에 툭툭 떨어졌다.

"분원엔 돌아갈 것이나…… 저는 변수 경합에 참여치 않을 것입니다."

어떠한 선비도 왕을 꿈꾸진 않는다. 하지만 삼정승을 꿈꾸기는 한다. 어떠한 사기장도 수토감관을 꿈꾸진 않는다. 하지만 변수를 꿈꾸는 이는 사기장의 수만큼 많았다. 하나 정이의 생각은 달랐다. 결코 들어가고 싶지 않았다. 문사승의 빈자리에는.

"스승님의 빈자리에는 결코 앉지 않을 것입니다. 결코……."

정이가 곱씹어 선을 긋자 강천이 미간을 좁히며 쏘아봤다. 매서운 눈빛이었다.

"너는 지금 두 사람의 죽음을 밟고 서 있다. 한데 언제까지 그리 패배자의 낯빛으로 서 있을 셈이냐. 을담이 그리 원했더냐? 문사승 어른이 그리 원하셨느냐? 그 자리에 주저앉을 생각이 아니라면, 그만 비켜 서거라. 충분히 그럴 때가 되었느니."

정이가 의아한 눈빛으로 강천을 바라보았다. 이분이 어찌 이러시는가. 자신을 내치지 못해 안달 난 사람이 아니었던가. 그저 묵묵히 앉아 있는데 불현듯 자리를 털고 일어난 강천이 발길을 떼다 말곤 말했다.

"문 어른의 죽음에 충격이 클 것이라 내 변수 경합을 닷새 미루었다. 하니 앞으로 열흘……. 경합에 참여하건 말건 네 맘대로 하여라. 어차피 결정은 네 몫이니."

고개를 축 늘어트린 정이를 뒤로하고 홀연히 산채를 떠났다. 내려가는 길은 조금은 가벼운 듯했다. 생각해 보니 이 모두가 자신의 과업이었고 업보였다. 강천이 말간 하늘을 보며 읊조렸다.

"업보로다! 이 모두가 내 업보로구나……!"

지난 초겨울 수우각 거래가 무산된 직후였다. 화령이 분원엘 찾아 온 것이. 서탁 위에 쪽지 하나가 놓여 있었다. 심초선, 세 글자가 박힌. 멈칫 놀란 강천이 제 눈을 의심하며 물었다.

"지금…… 수비장 유정의 어미가…… 심초선이라 했더냐?"

"예, 그 아이가 대왕전하께 그릇을 바쳤던 소싯적에 광해군 마마께서 그 아이의 어미를 찾아달라 제게 청하였던 적이 있었지요. 그때 광해군 마마께서 이 쪽지를 제게 전하며 분명 그리 말씀하셨습니다."

강천의 눈빛이 파르르 떨렸다. 정이를 볼 때 마다 느끼고 있었다. 다만 그 무서운 진실을 밀어내고 있을 뿐이었다. 강천이 눈썹을 치켜세우며 물었다.

"한데, 내게 그 말을 하는 이유가 무엇인가?"

"그 이유는, 낭청 어른께서 더 잘 아시지 않습니까?"

"……."

강천의 매서운 눈빛이 화령을 쏘아보자 화령이 미소를 머금고 말했다.

"딱히 바라는 것이 있는 것은 아니옵니다. 낭청 어른."

"……."

아닐 것이라 수번을 부정하고 또 부정했으나 곁에 두고 겨울을 보내는 동안 깨닫게 되었다. 부정할 수 없었다. 한순간 휘몰아친 폭풍이 일거에 모든 의문을 쓸어버린 후 진실을 가져다 놓았다. 자신의 딸이 분명했다. 깊은 한숨이 쏟아져 나왔다.

"미안하구나. 미안하구나……."

정이가 산채를 떠난 것이 그로부터 정확히 열흘 후였다. 돌아가는 길엔 배편을 이용했다. 시원한 바람이 몹시도 고팠다. 떨어지는 석양 아래로 시원한 바람이 정이의 뺨을 훑고 지났다. 변수 경합이라, 강천의 충고를 들은 직후부터 정이의 마음이 조금씩 변하고 있었다. 해서 분원에 들어설 때는 강천의 말을 곱씹고 있었다. 여기서 포기한다면 아비도 스승도 저를 탓하고 꾸지람할 듯싶었다. 두 사람의 무게를 고스란히 어깨에 지고 가는 것, 해서 조선 최고의 사기장이 되는 것, 제가 가야 할 길은 오직 그뿐이리라. 휑한 공방에 정이의 목소리가 울려 퍼졌다.

"나는…… 변수가 되어야겠다. 나는…… 조선 최고의 사기장이 되어야겠다. 나는……."

26장

어둠을 가르다. 빛을 뿌리다.

세상은 어두워졌고, 그녀 앞에는 오직 불꽃만이 가득했다.
사람들이 외쳤다. 불의 여신이다! 가마신이 강림했다!

어둠을 밀어낸 새벽 여명에 희뿌연 안개가 분원에 들이찼다. 안개 때문인 듯 오전 일과를 시작하는 사기장들 사이에 묘한 침묵이 흘렀다. 누군가의 낮은 기침소리에도 모두의 시선이 향할 만큼 무거운 정적이었다. "오늘이 경합이지?" 정적을 깬 음성이 안개 속을 걸어 나오는 일련의 무리에서 튀어나왔다. 도와 열을 갖추진 않았지만 나름의 질서를 맞춘 사내들이었다. 등 뒤로 집채만 한 나뭇짐을 진 것이 시목을 운반하는 허벌군許伐軍 무리였다.

"글쎄, 문사승 어른이야 애초에 수토감관까지 지내셨던 분이니 예외였넌 거고…… 지금껏 이 변수와 비등한 자가 없어 다섯 해 넘게 빈자리로 있지 않았는가. 올해라고 뭐가 다르겠는가?"

"다르지! 수비장이 있지 않은가!"

"수비장? 아무렴 여인이 그만한 실력이야 되겠는가?"

"어허, 이 사람. 두고 보면 알걸세! 내 장담컨대, 낭청 어른은 몰라도 이 변수 어른과는 벌써 비등비등한 실력일 테니!"

경합이라 해도 아무나 참가할 수 있는 것은 아니었고, 오직 수위 사기장들만이 경합에 나설 자격이 있었다. 하나 지난 스무 해 동안 이 낭청의 시험을 통과해 변수에 오른 이는 이육도를 제외하곤 단 한 명도 없었다.

반쯤 열린 창틀로 바람에 실린 안개 무리가 흘러 들어왔다. 빛이 닿지 않는 공방의 구석에 웅크리고 있었다. 꼬물거리는 손가락이 보이지 않았다면 분간하지 못할 미동 없는 인영이었다. 안개가 걷히는 오전나절이 되어서야 웅성거리는 사람들 소리가 분원에 들이찼다. 그 소리에 이끌리듯 웅크려 있던 인영이 몸을 일으켰다. 정이였다. 한눈에 보아도 초췌한 얼굴이었다. 더딘 걸음으로 공방 문을 열고 나가자 수비 작업하던 봉족들이 고개를 돌렸다. 하루를 꼬박 공방에 들어앉아 걱정하던 차에 공방을 나오는 정이의 말간 용모가 그들에겐 무척이나 반갑게 느껴졌다. 미소를 머금은 정이가 물었다.

"아직…… 정오가 되지 않았지요?"

뉘도 대답하지 않았지만 다들 함박웃음을 지었다. 변수 경합에 나서겠다고 결심한 것이리라. 오국비 연정 대리와 심종수 파기장은 처음부터 변수 경합에 나가지 않겠다고 선언했지만 정이만큼은 오늘 아침까지도 결정을 내리지 못하고 있었다. 정이 휘하에 있던 수비소의 사기장과 봉족들은 못내 그것이 아쉬웠다. 정이의 실력을 뉘보다 잘 알기에. 한데 그 바람이 이루어졌다. 정이가 변수 경합 참가한다는 사실은 삽시간에 퍼져 나갔고, 설마 하며 가슴 조리던 육도는 분개할 수밖에 없었다. "계집이 변수 경합에 참여하다니! 이 얼마나 수치스러운 일인가!" 비통함에 젖은 외침이었으나 문득 다행이란 생각이 들었다. 혹여나 싶어 준비를 하지 않았던가. 이틀 전, 우연을 가장해 강천의 집무실에 들러 경합의 주제를 미리 살펴보았다. 뜬금없이 낭청실 가운데 놓인 백자 주자는 매서운 육도의 눈을 피할 수 없었다.

"아버님…… 여즉 이 주자를 버리지 않으셨습니까? 어찌 뚜껑도 받침도 없는 주자를……."

분명 강천에게 질문을 하는 육도였지만, 답은 이미 자신도 알고 있었다.

"이 주자는 그 옛날 이 아비가 변수 경합 때 만든 것이니라. 또한, 이번 변수 경합의 주제가 될 것이고……."

"……예?"

마치 모른다는 듯이 천연덕스럽게 답을 했지만, 뚜껑과 받침이 없는 주자를 본 순간 이미 예상한 바였다. 김주동과 박평의에게 경합의 주제를 흘리는 것은 어렵지 않았다. 분원 밥을 먹을 대로 먹은 그들이기에 직접적인 언급 따위도 필요치 않았다. 경합의 날짜와 뚜껑과 받침이 없는 주자를 보이는 것이 전부였다. 그것만으로 그들은 충분히 육도의 의중을 알아차렸다.

청아한 뿔나발 소리가 허공에 사무쳤다. 하던 일을 마무리하고, 또는 내일로 미루어두고, 한둘씩 무리를 지어 빈청 앞으로 이동했다. 어느새 빈청 앞은 분원의 사기장이며 봉족들로 가득 찼다. 너무도 많아 공초군이며 허벌군들은 담장 밖에 서서 지켜봐야 했다. 단상에 나선 강천이 변수 경합에 참여한 사기장들을 두루 살핀 후 말했다. 모두 다섯 명이었다.

"경합에 임한 자들은 총 세 가지를 만들어야 할 것이다."

백자 주전자酒煎子를 손에 든 강천이 단위에 주자를 올려놓고 말을 이었다.

"이 주전자에 딱 맞는 뚜껑을 빚는 것이 첫 번째며, 역시 이 주자에 딱 맞는 받침을 빚는 것이 두 번째, 또한 이 주자와 한데 어울릴 수 있는 술잔과 뚜껑을 빚는 것이 세 번째 과제다. 세 가지 모두 이 어룡주자의 특성과 생김에서 한 치 어긋남도 없어야 할 것이다."

백자해룡형주전자白磁海龍形酒煎子라, 주둥이는 큼지막한 입을 쩍 벌리고 있는 해룡의 머리에, 두 개의 커다란 날개 지느러미가

토실토실 살이 오른 호리병 몸통을 감싸고 있고, 꼬리지느러미는 위쪽으로 치켜세운 형태였다. 하니 꼬리 쪽에서 술을 채워 넣으면 해룡의 입에서 술이 나오는 구조인데, 꼬리지느러미가 될 뚜껑이 없으니 해룡의 얼굴과 몸통에 어울리는 꼬리지느러미 뚜껑을 빚는 것이 가장 어려운 과제였고, 받침과 술잔을 빚는 것은 비교적 쉬운 과제로 보였다. 말을 마친 강천은 질문이 있느냐는 듯 다섯 명의 수위 사기장들을 찬찬히 훑었다. 고덕기, 양세홍, 김주동, 박평의, 그리고 정이. 저마다 고개를 끄덕이는 것이 경합의 주제를 이해하지 못한 이는 없는 듯 보여 강천이 말을 이었다.

"성형은 금일 해가 떨어질 때까지 완성돼야 하며, 하루 반나절 동안 건조한 후 익일 신시에 초벌, 글피에 시유와 재벌을 할 것이다. 또한 경합이 끝나는 그 순간까지, 어느 누구도 이 주자를 건드려서도, 움직여서도 아니 된다. 이의가 없다면…… 지금부터 경합을 시작하라!"

강천이 단상에서 내려서자 봉족들이 그 주위로 새끼줄을 엮어 만든 금禁줄을 둘러쳤다. 금줄 안으론 들어갈 수 없음을 뜻하는 것이리라. 이내 사기장들이 금줄을 에워쌌다. 생각지도 않은 주제에 낙담하며 포기한 듯한 눈빛도 있고, 예상한 시제에 아른거리는 변수자리를 탐하고 만용을 부리는 눈빛도 있었다. 다만 그들 눈빛과 달리 사념이라곤 찾아볼 수 없는 말간 눈빛 하나가 백자주자를 살피고 있었다. 마치 주전자 속으로 빨려 들어갈 듯한 눈빛이었다. 이미 경합 따위는 중하지 않았다. 정이의 머릿속에는 오직 백자주자만이 가득했고 유일했다. '대체 이걸 누가 빚었을까? 너무도 아름답다!' 감탄어린 눈빛이었다. 하여 저도 모르게 입을 열었다.

"정말 대단한 실력입니다……. 대체 이 주자를 빚은 사람이 누굴까요?"

정이의 색 없는 발언에 일동의 시선이 정이를 향했다. 김주동이 슬쩍 강천을 보곤 대꾸했다.

"낭청 어른일세."

"예?"

정이의 시선이 강천을 향했다. 존경해마지 않는 눈빛이리라.

"이처럼 곱고 아름다운 주전자는 평생 처음 보았습니다. 저는 일평생을 갈고 닦아도 이런 주전자는 빚지 못할 것입니다."

빈말도 아부도 아닌 진심이었다. 가슴에서 우러난 진심이었기에 강천이 화답했다.

"30여 년 전…… 네 아비 유을담과 변수 경합을 치를 때 만든 주전자니라. 오래도 되었지."

"제 아비와……. 하오면 제 아비는 그때 무엇을 빚었습니까?"

말간 정이의 눈동자를 지켜본 강천이 육도를 향해 말했다.

"가서 청자봉황형주전자靑磁鳳凰形酒煎子를 가져오너라."

예를 갖춘 육도가 사라지길 이내 손에 같은 크기의 주전자 하나를 가져 왔다. 강천의 주자와 다른 것이 있다면 청자이며 봉황의 형태를 하고 있다는 것, 그뿐이었다. 한 마리의 봉황이 주자의 입구에 꽈리를 틀고 있고, 그 아래로 곧은 대나무가 흰빛으로 둔갑하여 자리했다. 대나무의 마디를 섬세하게 살린 것이 역시 보통의 솜씨가 아닌 듯했다. 봉황의 복부에서 뻗어 나온 반달형의 길쭉한 고리가 위로 솟아나 있었고, 겉면의 무늬는 전제에 걸쳐 잔잔하게 일렁이는 물결이 새겨져 있는데, 입구부터 바닥, 주자의 뚜껑까지 삼위일체로 연결되어 있었다. 절로 감탄이 쏟아졌다.

"훌륭합니다……. 저는 흉내조차 낼 수 없을 만큼…… 아버지도, 낭청 어른께서도, 너무나도 높은 곳에 계십니다."

잠시간 정이를 지켜보던 강천이 대꾸 없이 돌아서자 수위 사기장들은 일제히 한숨을 터트렸다. 이처럼 정교한 주자를 흉내 내는 것도 어려운 터에, 오직 눈으로만 주자의 뚜껑과 받침의 크기를 완벽히 가늠한다는 것은 불가능에 가까운 일이었다. 경합의 주제를 발표한 후 반시진이 흐르기 전에, 고덕기와 양세홍은 포기를 선언했다. 그리고 박평의와 김주동은 봉족들을 데리고 각자의 공방으로 사라졌다. 수비 작업이 끝난 꼬박덩이가 미리 준비되어 있었다. 하여 김주동과 박평의는 공방에 들어서자마자 물레 위에 꼬박덩어리를 올려놓고 주자를 빚기 시작했다. 지난 이틀간 밤을 새며 손에 익혀온 것이리라.

정이는 물레 위에 꼬박을 올려놓곤 한동안 움직이지 않았다. 주자를 만든 경험이 거의 없어 정이의 손끝엔 주자의 뚜껑과 받침을 만드는 감각 따윈 없었다. '보이지도 않고 본 적도 없는데…… 어떻게 해야 뚜껑을 만들 수 있는 걸까…….' 해서 생각했다. 상상했다. 제 앞에, 제 눈앞에 백자 주전자가 있다 생각했다. 한 시진이 넘도록 뚫어져라 봤으니 백자 주전자는 흉내 낼 수 있을 듯했다. 상상 속의 주자를 보며 물레가 돌아가자 한 줌 흙덩이였던 꼬박이 차츰 주자의 형태를 갖추어 갔다. 정이가 주자를 빚는 동안 김주동과 박평의는 이미 뚜껑과 받침, 술잔을 모두 빚은 것으로도 모자라 여분으로 몇 개의 뚜껑과 받침을 더 빚어냈다. 하나 정이는 그저 주자를 빚었다. 과제도 아닌 주자를 먼저 빚은 후 그 주자에 맞게 뚜껑과 받침을 빚기 시작했다. 해서 정이가 뚜껑과 받침, 술잔을 빚어냈을 땐 석양이 하늘을 발갛게 달구고 있었다. 멀찍이서 그 모습을 본 강천은 저도 모르게 마른침을 삼켰다.

'다만 여인이라는 이유로 업신여기고 있었던 게다……. 이미 변수로서의 자격이 차고도 넘치지 않는가!'

똑같았다. 자신 또한 그리했을 것이다. 저렇게 주자를 먼저 빚고, 그에 맞게 뚜껑과 받침을 만들었을 것이다. 제 딸이 아닌가. 정이가 자신과 똑같은 생각을 한다는 사실이 묘하게 떨리며 기분이 좋았다.

늦은 밤이었지만 건화소 주변으로 사람들이 몰려들어 분주했다. 그 앞으로 세 수위 사기장이 빚은 뚜껑과 받침, 술잔이 자리했다. 언뜻 보아도 우열을 가리기 힘든 수준의 기물들이었다. 하여 곳곳에서 감탄이 쏟아졌지만 대부분은 정이를 향한 것이었다. 육도는 저도 모르게 몸서리쳤다. '어찌 이럴 수 있단 말인가……!' 악다문 입에서 낮은 신음이 터져 나왔다. 순간 부풀어 오른 시기심에 정이의 기물을 부숴버리고 싶었으나 그럴 수 없었다. 부술 수 없었다. 그리하면 간신히 버티고 있던 제 자존심도 함께 부서질 것 같았다. 그저 이를 바드득 갈고 주먹을 움켜쥐었다. 하루가 달리 뛰어오르는 정이의 재능에 무엇도 할 수 있는 것이 없었다.

붉은 노을이 대지로 숨어들고 잿빛 하늘엔 먹물이 뿌려졌다. 세상 천지에 내린 어둠은 분원이라 해서 비켜가지 않았다. 어둠을 타고 온 바람에 사무쳤고 빈 나뭇가지들도 아우성쳤다. 그 밤에 정이는 쉼 없이 움직이고 있었다. 건화소에서 기물을 건조시키는 밤 동안에 정이는 쉼 없이 노구솥 안에 무언가를 넣고 열심히 끓이고 있었다. 유약이었다. 산채에 머무는 동안 유약을 준비하지 못해 부랴부랴 준비를 할 수밖에 없었다.

그리 뜬 눈으로 밤을 지새운 이튿날 신시, 세 명의 수위 사기장이 각자가 성형한 기물을 들고 가마 앞에 당도했다. 미리 예번하여 준비된 세 동의 가마가 열을 뿜고 있었다. 가마에 기물을 넣고 초벌이 이루어졌다. 초벌의 특성상 낮은 온도에서 오랜 시간을 구워내야 하기에 봉족들의 도움이 절실했다. 한데 정이 뒤로 선 봉족들이 구름처럼 많아 이를 본 육도며 김주동이며 박평의의 두 눈에 충격이 어렸다. 정이는 미소를 머금었다. 번조를 앞 둔 오늘 아침나절에 정이가 휘하의 봉족들을 모두 불러 이리 말하였다. "여러분들이 어찌 생각할지 모르겠으나…… 전 경합에 이길 자기를 만들고 싶지 않습니다. 전, 경합에서 이기는 자기가 아니라, 저와 여러분들이 만들 수 있는 최선의 자기를 만들 생각입니다. 혹, 제게 실망하신 분이 계시다면…… 이 공방에서 나가셔도 좋습니다." 단호하지 않았고 차갑지도 않았다. 정말로 공방에서 나간다 해도 결코 서운치 않았을 것이다. 한데 그 순간에 잠시 정적이 흘렀다. 그러곤 하나의 발걸음이 공방 밖을 향하자 이내 우르르 쏟아져 나갔다. 그 뒤로 뉘의 목소리가 들렸다.

"새삼스럽긴, 그럼 언제는 우리가 최선을 안 다했나? 어서들 나가세. 가서 최선을 다해 경합준비를 하자고!"

정이의 지휘 아래 수십의 남녀노소가 마치 한 명의 사람인 양 움직였고 초벌은 성공적으로 마무리 되었다. 이튿날 잘 익은 감자마냥 열기를 머금은 자기들이 가마 밖으로 나오자 사위에서 감탄이 쏟아졌다. 세 수위 사기장들의 작품을 번갈아 살핀 강천이 고개를 끄덕이곤 말했다.

"지금부터 시유를 할 것이다. 술시 이전까지 각자의 작품을 들고 다시 가마 앞으로 오라!"

해서 각자 유약을 입힌 후, 술시에 다시 한 곳에 모여들었다. 유약을 입힌 작품을 두루 살핀 강천이 말했다.

"지금부터 번조를 하겠다."

예를 갖춘 경합자들이 걸음을 떼려는데 멀리서 뿔나발 소리가 길게 울려 퍼졌다. 두 번이었다. 경합 기간엔 간간이 있어왔던 일이라 강천은 그리 놀라지 않았다. 한데 당상관과 당하관 중 어느 쪽이 왔을까를 궁금해하던 강천의 시야에 들어온 이는 생각지도 못한 이들이었다.

"마마, 어찌 이곳에……."

광해에게 예를 취하며 묻는 강천의 음성에 의문과 염려가 동시에 담겨 있었다. 보니, 아니나 다를까 기물을 살피는 광해의 눈빛이 사뭇 염려스러웠다.

"내 경합의 소식을 듣고, 이렇게 한걸음에 찾아왔네만……."

"말씀하시지요. 마마."

"명색이 분원 최고의 사기장을 선출하는 경합인데…… 이리도 그 장단을 변별하기가 힘들어서야 되겠는가? 마지막 남은 번조는, 눈을 가리고 함이 어떠한가?"

"……!"

눈을 가린 번조라, 도대체가 이 사내의 머릿속엔 무엇이 들어 있단 말인가. 순간 광해의 머리를 열어 보고 싶다는 생각이 들었다. '눈을 가리고 번조를 하라고……?' 사기장들이 웅성거렸다. 할 수 있을까, 그게 가능한 거야? 그리 말하면서도 사위를 매운 사기장들은 잔뜩 흥미어린 모습이었다. 다만 경합에 참가 중인 김주동과 박평의만은 생각이 달랐다. 먹구름 낀 두 사람의 표정을 살핀 육도가 곧장 반대 의견을 피력했다.

"마마, 분원 역사상 그런 해괴한 변수 경합은 듣도 보도 못하였습니다."

"듣도 보도 못하였다? 하면 지금 보고 들으면 될 것이 아닌가."

광해가 능글맞은 투로 대꾸했다. 육도는 도움을 요청하는 듯 강천을 돌아봤다. 강천 역시 분원의 변수를 뽑는 경건한 시합에 눈을 가린 번조라는 장난을 치고 싶진 않았다.

"마마, 분원의 변수를 뽑는 것은 어디까지나……."

월권은 참을 수 없다는 뜻을 피력하려 했으나 말은 채 끝을 맺지 못했다. 광해 뒤로 따라 들어온 사옹원 제조가 광해를 거들었다.

"허허, 그것참 기막힌 생각이십니다. 이보게, 이 낭청. 그리하도록 하지."

"……"

왕이 친람했다 해도 분원의 일에 함부로 나설 수 없다 진언할 강천이었으나, 명색이 사옹원 최고의 관리들이 아닌가. 제 목줄을 쥐고 있는 도제조와 제조의 의견을 모두 무시할 수는 없었다.

"예, 그리하겠습니다."

눈을 가린 번조라, 이 기막힌 경합이 성사되자 방관하고 있던 사기장이며 봉족들도 재미난 구경에 입을 열어 환호했다. 다만 경합에 참가한 수위 사기장 세 명의 얼굴은 먹구름이 끼었다. 강천이 말했다.

"경합자들은 검은 천으로 두 눈을 가릴 것이며 봉통을 덮을 때까지 벗을 수 없다. 또한 두 명의 봉족을 곁에서 도와줄 수 있으나, 봉족들은 참가자에게 가마의 상태를 알려줄 수는 없다."

말이 떨어지기 무섭게 검은 천이 사기장들의 눈을 덮었다. 한동안 버둥거리며 적응하지 못하는 김주동, 박평의와 달리 정이는 빠르게 어둠에 적응하고 있었다. 정이가 말했다.

"저는 광수와 미진이를 봉족으로 쓰겠습니다."

말이 끝나기도 전에 광수와 미진이 정이 앞으로 다가섰다.

"우린 밑단에서 번조할 거야. 하니 2단부터 꼬리까지 열려 있는 모든 구멍을 진흙으로 막아줘. 그 후에 불을 지피고 일각 동안 두 자 이상 크기의 장작을 봉통에 넣어 줘."

갸웃한 광수가 물었다.

"밑단에서? 그럼 그을음도 많고 불길도 조절하기 힘들 텐데?"

"괜찮아. 그을음이야 갑발을 씌우면 상관없을 테고…… 이렇게 큰 가마를 운용하는 게 버겁기도 하고…… 게다가 위로 올라가면 내가 불길을 느낄 수 없어서 안 돼."

"불길을 느껴? 보이지도 않는데? 그냥 우리가 보고 얘기해 줄게. 그게 더 유리하다니까?"

"아니, 나 스스로 하고 싶어. 보지 않고…… 마음으로. 몸으로."

정이는 보지 못했다. 하지만 두 사람의 대화는 모든 사람들이 듣고 있었다. '정녕 느낌만으로 번조를 하겠단 말인가!' '불가능한 일이다. 보지 않고서는 결코 불길의 강도를 조절할 수 없다!'

검은 안대 너머로 가마를 보고 있는 듯한 착각이 들었다. 넘실거리는 불꽃이 눈에 보이는 듯했다. 볼 수 없기에 더욱 확신할 수 있었다. 늘 하였던 대로, 가마에서 두 보 떨어진 곳에 마주 선 후 천천히 손을 뻗었다. 손가락을 펼치자 불의 기운이 손끝으로 전해졌다.

"장작…… 두 개 더."

사람들이 웅성거렸다. 가변적으로 변하는 가마의 온도에 대처하는 정이를 보고 입을 다물지 못했다. 기실 눈으로 본다 해도 저처럼 정확하게 불길을 파악할 수 없을 것 같았다. 불가능, 정이는 지금 불가능한 일을 하고 있었다.

"아니, 지금 들어간 장작은…… 소나무가 아닌 것 같아."

"뭣?"

광수가 다급히 준비된 장작을 살폈다. 보니 깨끗하게 껍질을 발라 흡사 소나무 같은 잡목들이 몇 개 보였다. '아뿔싸! 대체 누가!' 그리 놀란 눈으로 잡목들을 골라 빼내는데 정이가 말했다.

"괜찮아. 한두 개쯤 다른 시목이 섞여 들어가는 것쯤은."

지켜보던 사람들도 눈치채지 못한 사실을 정이는 불의 기운만으로 느끼고 있었다. 느껴졌다. 노란 불길이 발갛게 익었고, 다시 파랗게 식었다가 어느새 새하얀 백화의 불빛으로 화하였다. 그 순간 정이가 소리쳤다.

"지금! 봉통을 막아줘! 어서!"

광수와 미진이 황급히 가마의 뚜껑을 덮고 진흙으로 이음새를 막았다. 김주동과 박평의는 이제 2단을 예열하고 있는 중이었으니, 비교도 되지 않을 만큼의 속도였다. 정이가 조심스레 안대를 벗었다. 눈이 부셨다. 보니 강천이며, 육도며, 수위 사기장들이며, 죄다 놀란 눈으로 저를 쳐다보고 있었다. 순간 가슴이 널을 뛰었다. 잘 한 것일까? 웅성거림이 파문처럼 번져 감탄이 쏟아졌다. 바싹 긴장하고 있던 정이가 깊은 한숨을 토해내자 광해가 다가섰다.

"훌륭하구나. 내 번조에 대해 아는 것은 없으나…… 사기장들의 눈빛을 보니 잘한 모양이다."

얼마나 시간이 흘렀을까, 시커먼 연기를 토해내던 가마가 잠을 자듯 따듯한 온기를 머금고 있었다. 봉통을 부수는 광수의 손길이 분주하길 이내 가마가 잘 익은 자기를 내놓았다. 백자주자의 뚜껑과 받침, 술잔이 차례로 나왔다.

"아……!"

자신도 모르게 탄성이 터져 나왔다. 뚜껑과 받침을 가져가 백자주자에 맞춰 보아야 하는 수순이 남았지만 더는 정이의 실력을 의심하는 이가 없었다. 마치 승패가 갈린 듯한 분위기였다.

'내게서 나 을담에게서 자란 너의 실력이 가히 무섭구나…… 너무도 무섭고, 하여 기쁘기 그지없다…….'

진심으로 정이의 실력을 인정하고 있었다. 결코 자신의 여식이라서가 아니었다. 강천이 말했다.

"기물은 모두 나온 듯하니, 그만 청사로 가지."

금줄을 두른 단상 위에 백자 주자가 있었다. 세 개의 뚜껑이 차례대로 백자주자를 덮었다. 모양은 조금씩 달랐으나 어느 하나 모자람이 없었고 빛깔 또한 몸통과 차별이 없을 만큼 똑같았다. 옆으로 세 개의 받침과 찻잔이 놓였으나 이 또한 분간이 가지 않을 정도로 뛰어났다. 사기장들이 술렁였다. 너무나 뛰어난 실력이라 감탄도 쏟아졌고, 승패를 가늠하지 못한 데 대해 아쉬움도 터져 나왔다.

"기물의 형태, 빛깔, 구성이 모두 훌륭하여 육안으로는 승부를 가늠할 수가 없다. 하나……."

메마른 침을 삼킨 일동의 시선이 강천을 향하자 잠시 뜸을 들인 강천이 말했다.

"물을 가져오라."

의아한 시선 끝에 육도가 물주전자를 대령하자 강천이 찻잔에 차례대로 물을 부었다. 그러곤 찻잔 뚜껑을 덮은 후 말했다.

"각자의 찻잔을 가져가게."

영문을 모른 세 사람이 조심스레 자신의 찻잔을 집어 들자 강천이 말을 이었다.

"뒤집게."

김주동이 의아한 표정으로 물었다.

"잔을 뉘집으란 말씀입니까? 하면 당연히 물이 쏟아질 것인데……."

말을 끝맺지 못하였다. '그것인가? 잔과 뚜껑의 이음새를 보려는 것인가!' 자신의 찻잔을 내려다본 세 사람이 천천히 잔을 뒤집었다. 한 방울의 물이라도 흐르지 않게 힘껏 쥐었으나 보이지도 않는 작은 이음새로 물이 새어 나와 툭툭 바닥에 떨어졌다. 순간 장내가 술렁였다. 그때 누군가 소리쳤다.

"수비장의 차완이다!"

김주동과 박평의의 충격어린 시선 끝에 정이의 찻잔이 보였다. 정이가 만든 찻잔만 물이 새지 않고 있었다. 너 나 할 것 없이 사위에서 감탄이 쏟아졌다. 그때 강천이 말했다.

"아직 끝난 것이 아니다."

일시에 술렁임을 걷어낸 목소리였다. 단상으로 한 발짝 다가선 강천이 정이가 만든 백자 주자의 뚜껑을 덮은 후 천천히 백자주자를 뒤집었다. 순간 장내가 충격에 휩싸였다. 단 한 방울의 물방울도 떨어지지 않음이라! 저도 모르게 탄식한 강천이 입을 열었다.

"이번 경합의 우승자는…… 수비장, 유정이다."

군중들이 환호했고 광수와 미진이 정이를 끌어안았다.

"이레 후 수비장 유정의 변수 임명식이 있을 것이니, 다들 만반의 준비를 하라!"

눈물이 차올랐다. 샘솟았다. 그러길 후두둑 쏟아졌다. '해냈습니다…… 해냈습니다. 스승님, 아버지…… 제가 해냈습니다. 정이가 해냈습니다……!' 벅찬 기쁨에 연신 소매로 눈물을 훔치는데 광해가 어깨를 토닥거렸다. 눈시울이 발갛게 변한 정이가 눈물을 밀어내고 말간 미소를 머금자 광해의 따듯한 목소리가 들렸다.

"축하한다. 유 변수."

"마마님……."

그때 강천이 품에서 두터운 서책을 꺼내 정이 앞에 내밀었다. 영문을 모른 정이가 조심스레 서책을 받아 들자 큼지막하게 휘갈긴 글씨가 보였다. '유약일지釉藥日誌……!' 수토감관과 두 명의 변수, 삼백여 명에 달하는 분원의 사기장들 중에서도 오직 이 세 명만이 볼 수 있고 소지할 수 있는 서책이었다. 파르르 떨리는 정이의 눈빛 아래 강천의 목소리가 떨어졌다.

"변수가 되었으니, 지금 이 순간부로 네 것이다."

잔뜩 상기된 표정의 정이가 "예 낭청 어른." 하곤 예를 갖추는데 기다린 듯 육도의 목소리가 흘러나왔다.

"저는, 인정할 수 없습니다."

"……!"

실로 작고 고요한 목소리였으나 천근처럼 무거웠고 해일처럼 거대했나. 강천이 눈썹을 치켜세우며 되물었다.

"내가 주관한 이 경합의 결과를 인정할 수 없단 말이냐?"

"낭청 어른의 안목과 식견을 인정하지 못하는 것이 아니옵니다. 다만, 눈을 가린 번조란 것이 사기장의 실력을 떠나 요변이며 요행이 끼어들 여지가 너무도 크지 않사옵니까? 하여 소자가 직접 수비장 유정의 실력을 가늠해 보고자 합니다. 부디 허락해 주십시오."

이리된바 더 주저할 것이 무엇 있으랴. 자신이 직접 정이와 경합을 벌이겠단 뜻이었다. 하나 강천의 눈엔 보였다. 시기질투에 평정심을 잃어버린 눈동자라, 총명하고 고요했던 눈동자가 빛을 잃고 몹쓸 화기에 휩싸여 있었다. 더는 제 아들 육도의 눈빛이 아니리라. 하여 단호히 육도의 청을 거절하려는데 뜻밖에도 정이의 목소리가 먼저 떨어졌다.

"하겠습니다."

순간 좌중의 시선이 정이에게 쏟아졌다.

"이 변수 나리의 인정을 받지 못한다면, 제가 변수가 된다 한들 무슨 의미가 있겠습니까. 말씀해 주시지요. 제가 어찌하면 되겠습니까? 무엇으로 저와 경합을 하시겠습니까?"

피식 미소를 머금은 육도의 눈빛이 정이를 향하자 팽팽히 긴장어린 눈빛이 허공에서 부딪쳐 흩어졌다. 한 치의 양보도 없는 두 사람의 기세에 보다 못한 강천이 입을 열었다.

"어느 뉘나 납득할 수 있는 한 가지 방법이 있다."

육도와 정이의 시선이 동시에 강천을 향하자 강천이 말을 이었다.

"하나 이번 경합엔, 수비도 없고, 시유도 없고, 번조도 없을 것이다."

정이가 의아한 눈빛으로 물었다.

"하면 어찌 경합을 치르는 것입니까?"

잠시 정이와 육도를 번갈아 살핀 강천이 화답했다.

"두 사람은 준비된 꼬박으로 그릇을 빚되, 각자가 화병과 사발, 호리병과 접시, 하여 네 개의 자기를 빚는다. 그릇 하나를 빚는데 정확히 일다경의 시간만 주어질 것이니, 그 안에 누가, 얼마나 더 얇게 그릇을 빚느냐가 승부의 관건이 될 것이다."

"……!"

얇게 빚는 것! 사기장의 실력을 가늠할 수 있는 수많은 경합 중 가장 빠르고 확실한 방법이었다. 본디 그릇을 얇게 빚는 일 자체가 쉬운 것이 아니며, 특히나 목이 얇은 호리병과 입이 넓은 접시의 경우 무작정 얇게만 빚었다가는 한순간 모래성처럼 허물어져 버리기 일쑤라 결코 쉽지 않은 일이었다. 하나 물레 앞에 앉은 두 사람의 세찬 발길질엔 거침이 없었다. 뭉툭했던 꼬박덩이를 종잇장처럼 얇게 만드는 신기어린 육도의 손길에 지켜보던 사기장들은 너 나 없이 탄성을 쏟아냈다. 흐트러진 선을 수차례 다듬고 다듬어 한 치의 엇나감도 없는 실로 완벽한 성형이었다. 하나 정이도 만만치 않았다. 그릇을 빚는 동안 두어 번 뭉그러지긴 했으나 부드러운 여인의 손길 끝에서 결국 화병이며 사발이며 실로 종잇장처럼 얇은 그릇이 탄생했다. 하여 정확히 한 시진 후 여덟 개의 성형자기가 강천 앞에 놓였다. 모양도 크기도 달랐으나, 인간의 눈으로는 좀처럼 그 차이를 가늠하기 힘든 수준이라 시제를 던진 강천조차 말문이 턱 막힌 순간이었다.

"두 사람 다…… 우열을 논할 수 없을 정도로 훌륭하구나."

그러곤 잠시 무거운 정적이 흐르는데 만면에 미소를 머금은 육도가 말했다.

"낭청 어른, 저울을 준비해 주시지요."

육도의 뜻을 몰라 순간 사위가 웅성거렸으나, 그도 잠시, 준비된 저울 위에 육도가 제 그릇들을 하나하나 올려놓자 곳곳에서 탄성이 쏟아졌다. 육도가 승자의 미소를 머금고 말했다.

"제가 만든 네 개의 자기는, 그 무게가 모두 동일합니다."

"……!"

그 짧은 순간에 자기들의 무게를 동일하게 만든 육도의 신기에 좌중이 충격에 휩싸였다. 한데 그 순간이었다.

"하면 저는, 물을 준비해 주시지요."

저울에 이어 물이라, 육도를 향했던 일동의 시선이 단숨에 정이를 향했고 이내 물이 담긴 주전자가 준비되었다. 주전자를 받아 든 정이가 조심스레 화병에 물을 부었다. 적막한 침묵 속에 쪼르륵 쏟아지는 물소리가 실로 청아했다. 이내 화병 가득 물이 차자 화병을 집어든 정이가 다시 그 물을 사발에 따랐다. 무엇을 하려는 것인가 수군덕거리던 사기장들의 눈빛이 정이의 손끝을 따라 점점 충격으로 물들었다. 한 방울의 남김도 없이 화병에서 떨어진 물이 사발에 다 쏟아지고 나니 한 점 모자라지도 넘치지도 않았다. 그 순간 사기장들은 넋을 잃고 경악했다. 하나 그것으로 끝이 아니었다. 사발에 담겼던 물은 다시 호리병으로, 호리병에 담겼던 물은 다시 접시로 이어졌다. 단 한 방울의 넘침도 모자람도 없었다. 마지막 남은 물방울을 똑똑 접시 위에 떨군 정이가 호리병을 내려놓고 말했다.

"제가 빚은 자기는…… 모양도 크기도 다르나, 그 안의 용량은 모두 똑같습니다."

"……!"

지켜보던 사기장들의 입에서 탄식이 터져 나왔다. 정적에 숨죽였던 환호가 봇물 터지듯 쏟아졌고 손바닥이 으스러져라 손뼉을 쳐댔다. 실로 탄식이며, 경악이며, 환희의 순간이었다.

공방 문 앞까지는 최대한 마음을 다스려 걸어왔다. 하나 문이 닫히는 순간 정수리까지 끓어오른 부아를 참지 못해 집물들을 집어 던졌다. 자기든 꼬박이든, 유약재든 노구솥이든, 손에 걸리는 족족 던져지고 부서졌다. 믿을 수 없었다. 용납할 수도 없었다. 엎어진 노구솥에서 흘러나온 유약 잿물이 육도의 발밑을 흥건히 젖게 만들었다. 발을 떼려했으나 이미 잿물이 공방 곳곳으로 번지고 있었다. 그제야 깨달았다. 한번 터진 물길은 막을 수 없는 법이라, 피할 수도 막을 수도 없는 막막한 절망과도 같았다. 형언할 수 없는 짙은 패배감이 전신을 휘감았다. 그러곤 한순간 정체모를 눈물이 솟구쳤다. 힘없이 털썩 무릎도 꿇었다. 바닥에 흥건한 유약재가 무릎 섶을 타고 들어 왔다. 그 위로 굵은 눈물이 툭툭 떨어졌다.

"졌구나……. 나 이육도가…… 졌다."

두둥실 떠오른 만월에 가슴이 벅차올랐다. 여인으로서 첫 사기장이 되었을 때의 기쁨과는 달랐다. 조선 최고의 사기장이라, 하늘 끝에 솟은 구름을 잡는 것처럼 멀게만 보이던 꿈이 어느새 손만 내뻗으면 잡을 수 있을 것 같았다. 정이는 두 입술을 지그시 감쳐 물었다. 그저 웃고 싶었다. 쿵쾅거리던 심장의 장단에 끝도 없이 웃고만 싶었다. 그날 분원엔 잔치가 벌어졌다. 얼굴을 붉히고 시기와 질투에 숙소로 쌩하니 들어간 사람도 있었으나 많은 이들이 정이에게 축하의 뜻을 전했다. 여인들은 말 할 나위도 없었다. 봉족이든 공초군이든 너 나 할 것 없이 정이를 얼싸안고 울고 웃었다. 저마다 전이며 떡이며 한 점씩을 입에 물고 술잔을 기울여 댔다. 수백 명의 공초군들까지 들썩이는 자리라 찬 몇 가지와 국수 한 그릇이 전부인 잔칫상에 흥에 겨워 춤을 추는 이들도 있었다. 곳곳에서 터져 나오는 노랫소리와 웃음소리에 찬거리를 나르는 아낙들의 발걸음만 쉼 없이 분주했다. 그날은 하늘이 맑은 날이었다. 푸른 달빛이 제 안에 쏟아졌고 별빛도 축복을 뿌리는 듯했다.

27장

목숨을 건 나날들.

목숨을 내놓으라 하니,
내 목숨은 이미 당신 것이라 말하였고.
여생을 도망자로 살아야 한다 하니,
그도 상관없다 답하였다.

난데없는 취객에 명월관이 시끄러웠다. “술을 가져오라!” 목청껏 외치곤 술잔을 힘껏 내려놓았다. 안주가 널린 상이며 널브러진 옷가지 좌우로 술병들이 나뒹굴었다. 아양을 떠는 기생도 없고 가야금을 타는 무희도 없었으나, 잔을 채우는 손길은 쉼이 없었다. 술잔을 흘러넘치도록 부은 다음 단번에 목구멍에 털어 넣었다. 정신이 몽롱하여 몸도 가누지 못하였으나 머리끝까지 치솟은 분은 좀처럼 식지 않았다. 그때 기방 문이 열리며 다소곳한 한복을 차려입은 여인이 들어섰다. 화령이었다. 흐리멍덩한 눈빛을 부비고 물었다.

“심 행수가 여긴 어쩐 일인가?”

“볼 일이 있어 들렀다가 나리께서 계시다하여 잠시 들른 것입니다. 하온데, 무엇이 그리 분하고 원통한 것입니까?"

화령이 술병을 들어 술잔을 채우는데 육도가 홱 술병을 낚아채 제 잔에 술을 채웠다.

"자네가 관여할 바 아니니, 그만 돌아가게!"

"분원의 변수께서 어찌 여인 하나를 감당하지 못해 이리 술에 의지하시는 겁니까? 사기장이요? 흥, 제 아무리 날고 긴다 해도 결국 여인일 뿐입니다. 사내의 품에 한 번 안기고 나면 향기도 사라지고, 가시도 사라지는 법이지요."

"……!"

보니 이 여인도 무언가 목적이 있는 듯했다. 그것이 무엇인지는 알 수 없었으나 한 가지는 확실했다. 그 마귀의 속삭임이, 무엇보다 달콤하다는 사실.

"원하시면 제가 알려드리지요. 하늘 높은 줄 모르는 그 여인, 사기장 유정의 날개를 꺾을 수 있는 방도를."

"……!"

혼란한 마음을 다잡지 못하곤 정신을 놓고 말았다. 다시 눈을 떴을 땐 낯선 곳이었다. 화령의 숙소라, 가장 먼저 눈에 들어오는 것은 격자형 모양의 책장이었다. 명과 왜의 서적들이 즐비했고, 글인지 문양인지 모를 화란과 천축의 서적까지 듬성듬성 보였으나, 흔한 노리개며 화장품 하나 보이지 않았다. 주인의 성정을 보여주듯 깨끗하고 정갈한 방이었고 팔도에서 내로라하는 한양 상단 행수의 방치고는 다분히 소박한 편이었다. 얇게 걸친 적삼에 술내가 진동했다. 지끈거리는 머리를 잡고 일어서는데 작설차의 은은한 향이 콧속으로 빨려 들어왔다. 고개를 돌리자 화령이 붉은 진사의 차완을 손에 들고 들어왔다. 기억에 없었다. 자신이 어찌 이곳에 있는지, 왜 화령과 함께 있는 것인지.

"드시지요."

따뜻한 차였다. 목이 타던 찰나에 단숨에 벌컥벌컥 들이키곤 물었다.

"내가 왜 여기에 있는 것인가? 혹시 자네와……."

"명월관에 쓰러져 계신 변수 어른을 제가 모시고 왔습니다."

"그냥 두면 될 것을 무엇하러……. 가만, 자네가 어젯밤……."

무언가 생각이 난 듯 머뭇거리자 화령이 말했다.

"원하시냐 물었지요. 유정, 그 아이의 추락을."

"……!"

그날 밤, 뜨거웠던 열기가 사라진 정이의 공방 문턱을 넘어섰다. 초롱불은 없었으나 달빛으로 사물은 분간이 되었다. 그 달빛에 비친 제 얼굴이 경대(거울) 속에서 웃고 있었다. 흡사 마귀와 같은 형상이라 급히 시선을 돌렸다. 화령의 목소리가 귓전에 맴돌았다.

"그 아이의 추락을 보고 싶으시다면…… 유약일지만 가져 오시면 될 것입니다."

"유약일지라?"

명명한 바가 유약일지라 종류별 유약의 재료와 혼합비율을 기록한 것이긴 하나, 그 외에도 분원에서 생산하는 백여 종류가 넘는 자기의 제조법도 함께 기록돼 있었다. 게다가 새로운 유약재가 발견되거나 새로운 번조 방법이 개발되면 수토감관과 두 명의 변수가 이를 확인하고 검증하여 이 서책에 기록하니 사기장들에게 있어선 꿈에서라도 한번 보고 싶은 비책이었다. 부드럽고 은밀하게, 느리지도 빠르지도 않은 손길로 공방의 장롱이며 서랍장을 더듬어 갔다. 장문 하나가 열릴 때마다 남아 있던 자존심은 하나씩 닫혀 갔다. 하나 시기질투에 눈이 멀어버린 지금 그깟 자존심 따위 헌신짝마냥 버리고 없었다. 오직 하나 정이를 무너트려야겠다는 악심만이 육도의 심장을 옥죄고 있었다.

"실력이 출중하다 하나 분원에서는 풋내기 어린아이일 뿐이지요. 제 손에 들린 유약일지가 얼마나 중한 것인지 아직 가늠조차 하지 못하고 있을 것입니다. 하니, 지금이 기회입니다."

"하면 자넨? 그 유약일지를 어찌 사용할 요량인가? 어디 비싼 값에 팔기라도 할 생각인가?"

공방을 뒤지던 육도의 눈에 선반 위에 아무렇게나 놓인 손바닥보다 조금 큰 서책이 보였다. 유약일지였다. 자물쇠를 걸어 보관해도 모자랄 판에 떡하니 선반 위에 올려놓은 꼴이라니, 화령의 예상대로 정이는 이 서책의 중함을 모르고 있는 듯했다. 서책을 집어 드는 육도의 입이 바싹바싹 타들어 갔다.

"조선의 자기를 탐내는 왜국에 넘긴다면 황금 천 냥은 받을 수 있을 테지요."

"뭐라?"

"하나, 넘기지 않을 것입니다."

"……."

혀로 입술을 적시며 긴장감을 떨치려 했지만 쉽지 않았다. 고민이 되었다. 지금에라도 돌아가야 하는가. 조선의 사기장으로서, 분원의 변수로서, 결코 해서는 안 될 일이 아닌가. 하나 고심은 그걸로 끝이었다. 유약일지는 육도의 품으로 들어갔다.

정이의 공방을 나와 분원을 빠져나갈 때까지 시간은 마치 영원처럼 길게 느껴졌다. 일각이면 걸어갈 거리가 아무리 뛰어도 줄어들지 않았다. 낯선 이와 마주칠 때마다 고개를 숙이고 몸을 피했다. 작설차 향이 가득한 화령의 방에 도착하기까지 마치 억겁의 시간이 흘러간 듯했다. 탁, 유약일지를 내놓자 화사한 미소를 머금은 화령이 기다린 듯 입을 열었다.

"이 유약일지, 한양에 들어 온 왜의 세작에게 넘기긴 할 것입니다."

"뭐라?"

"하나 염려치 마십시오. 결국 돌고 돌아 다시 이 변수님의 손에 들어가게 될 것이니."

이해할 수 없는 말에 갸웃 물었다.

"대체 무슨 말인가?"

"유약일지를 손에 넣은 세작은 곧장 비변사 낭청에게 추포될 것이고. 비변사 낭청은 유약일지를 들고 포청으로 가겠지요."

"하면…… 정이 그 아이는 첩자의 누명으로……."

"예, 조선과 왜가 팽팽한 신경전을 벌이고 있는 지금의 시국이라면, 결코 능지처참을 면치 못할 것입니다."

"……."

"아십니까? 이미 상단을 정리하고, 저의 전 재산을 탈탈 털어 황금으로 바꾸어 놓았습니다. 그 중 일부가 조정으로 흘러들어갈 테지요. 아마도 그들 모두 한 뜻, 한 입으로 외칠 것입니다. 유정을 참형에 처하라, 국법의 지엄함을 보이라, 이리 말입니다."

"결국 내가…… 그 아이를 죽게 만드는 것인가."

"후회가 되신다면, 지금이라도 가져가시지요."

그러곤 슬쩍 유약일지를 밀어주었다. 육도의 눈빛이 탐욕과 죄책감 사이에서 흔들리고 있었다. 혼돈에 빠진 육도의 눈빛을 보며 화령은 내심 혀를 찼다. '어리석은 놈! 내 이 날만을 기다려 왔느니라. 무너트릴 것이다. 네 아비를 부수고, 너를 쓰러트릴 것이다. 너희 남매 모두 내 발밑에서 살려달라 애원하게 만들 것이다!' 그리 생각하는데 침을 꿀꺽 삼킨 육도가 유약일지를 밀어주며 단호히 대꾸했다.

"되었네. 이 유약일지는, 이미 내 손을 떠난 것이네."

그러곤 자리를 털고 일어선 육도가 곁눈질로 보며 물었다.

"언제 시작할 생각인가?"

"쇠뿔도 단김에 빼라 했지요. 내일 동이 트는 대로 움직일 것입니다."

화령은 상단 앞까지 나와 육도를 배웅했다. 멀리 한 점이 되어 사라지는 육도를 보며 화령은 미소를 머금었다. 비단 유약일지가 가져올 것은 정이의 죽음이 아니었다. 첫 번째가 강천 가문의 몰락, 두 번째가 정이의 몸값이라. 자신의 계획이 차질 없이 진행된다면 정이는 목숨을 부지할 수 없을 것이다. 하지만 계획이란 것이 정이의 참형에서 끝나는 것이 아니었다. 참형이 결정되는 즉시 겐조가 보내온 왜의 자객들이 의금부를 급습해 정이를 구해낼 것이다. 평시라면 한양 땅에 혈풍이 일고도 남을 일이었으나, 어차피 이레도 지나지 않아 왜군이 부산포를 칠 것이었다. 하면 그때, 정이를 비싼 값에 왜국에 팔아넘기고 본인 또한 왜국에 몸을 의탁할 생각이었다. 화령이 이를 악물고 말했다.

"어리석은 놈아……. 네 놈이 결국 여동생을 죽음으로 내몬 것이다. 언제가 이 사실을 알고 가슴을 쥐여 짜고 아수라 지옥에 빠져 통곡하거라!"

정이는 분주히 움직이고 있었다. 기이했다. 분명 서탁 위에 놓아 둔 유약일지가 사라지고 없었다. 처음엔 그저 당황한 것이 전부였으나 시간이 지나며 알게 되었다. 유약일지가 얼마나 중한 것이며, 그것을 분실했다간 청천벽력이 떨어진다는 사실을! 정이는 급히 이 낭청을 찾았다. 강천이 노발대발 소리친 것은 당연지사였다.

"어찌 그리도 미련한 것이냐! 만에 하나 그 유약일지가 외부로 나간다면, 너는 참형을 면치 못할 것이다! 대체 어찌 그리 허술하게 다룬 것이야!"

"낭청 어른. 유약일지가 그리도 중한 것인지 몰랐습니다. 저는 진정 몰랐습니다."

"네가 알고 모르고가 중요한 것이 아니다!"

잠시 생각한 강천이 나직이 말했다.

"우선은 조용히 찾아보거라. 아직 분원을 벗어나지 않았다면 천운이다. 하나 만약, 유약일지가 외부로 나갔다면…… 너는 그 사실을 알게 된 즉시 분원을 떠나야 할 것이다. 알겠느냐?"

"그럴 수 없습니다. 제가 어떻게 분원을 떠난단 말입니까?"

"어리석구나! 하면 네 목숨을 누가 보장할 수 있단 말이냐! 행여나 광해군 마마에게 기댈 생각일랑 말아라. 그 정도로 해결될 사안이 아니다."

"……!"

육도는 가만히 듣고만 있었다. 강천의 눈빛도 보았고, 정이의 눈빛도 보았다. 그저 보고, 그저 듣고만 있었다.

화령의 손끝은 생각보다 빨랐다. 정이와 강천이 빈청에서 목소리를 높이고 있을 때 금부도사禁府都事는 이미 분원의 문루를 넘어서고 있었다. 이곳 분원에 의금부의 도사가 등장한 것은 문사승이 수토감관에서 내쳐진 이후 처음 있는 일이라 분원이 술렁였다. 우후죽순 모여든 그들의 시선 끝에 단외겹치마를 질질 끌며 끌려나가는 정이가 보였다. 그리고 문루 앞에 이강천이 서 있었다. 의금부 도사는 강천의 기세에도 아랑곳없이 소리쳤다.

"비켜서시오! 이 여인은 대역죄인이오!"

강천이 두 눈을 부릅뜨고 소리쳤다.

"그 유약일지는 분원에서 분실한 것일 뿐, 결코 왜의 세작에게 넘기려 한 것이 아니외다!"

"이 낭청, 감히 내 앞을 막겠다는 게요?"

"나는 다만, 사실을 사실대로 말하는 것이외다. 어서 유 변수를 풀어 주시오!"

의금부 도사는 조금도 물러설 기미 없이 소리쳤다.

"내 이 낭청에 대한 소문은 익히 들어 알고 있소이다. 한데 이 사실도 알고 있는지 모르겠소?"

비린 미소를 머금은 도사가 말했다. 산도깨비 같은 눈을 부라려 뜨고 있었다.

"이조판서 최충헌 대감이 이번 일에서 이 낭청은 제외해 달라 그리 청하였단 말이오. 만약 이 대감의 청이 없었다면, 이 낭청 또한 이 여인과 함께 의금부로 끌려갔을 것이오!"

"……!"

지켜보던 군중의 술렁임이 귀에 거슬린 듯 의금부 도사가 부러 군중을 향해 우레와 같은 호통을 퍼부었다.

"이 여인은 대역죄인이다!"

그러곤 정이를 향해 일갈했다.

"명색이 분원의 사기장이며 변수인 자가, 어찌 사리사욕에 눈이 멀어 왜의 세작에게 유약일지를 넘겼단 말이냐! 네 년은 죽음으로도 결코 그 죄를 사하지 못할 것이다!"

그러곤 정이를 끌고 사라졌다. 육도는 그 앞에 선 제 아비를 보고 있었다. 여태껏 단 한 번도 볼 수 없었던 감정이었다. 격앙된 목소리, 감당하기 힘든 감정의 폭풍, 절망과 안타까움, 강천의 눈빛에 그 모든 것들이 깃들어 있었다. 이해할 수 없었고 용납할 수 없었다. 하니 잘한 듯했다. 일말의 죄책감 따위 훌훌 털어버렸다. '아십니까. 이 모두가…… 아버지께서 벌인 사단입니다. 제가 아니라, 아버지란 말입니다.'

감당하기 힘든 거센 폭풍이 휘몰아친 것이, 변수 경합을 치른 지 겨우 만 사흘 날이었다.

오랜만에 대소신료들이 한목소리로 외쳤다. 일벌백계하라, 국법의 지엄함을 보이라, 정이를 참형에 처하고 그 목을 저자에 걸어라! 왜의 세작에게서 정이의 유약일지가 나왔다는 확고부동한 증좌 앞에, 자신이 무고하다 주장하는 정이의 변명은 태풍 앞 돌개바람이오, 기암절벽 끝에 핀 들꽃이었다. 통하지 않았고 뉘도 듣지 않았다. 시국이 어지러운 때라 의금부 판사의 즉심에 참형이 언도되었고 집행일이 또한 이튿날이었다. 생각해 보니 분에 넘치는 행복이었다. 해서 폭풍처럼 휘몰아친 불행이 더욱 크게 느껴졌고, 해일처럼 뒤덮어 정신마저 혼미할 지경이었다. 그럼에도 한 줄기 희망은 놓지 않고 있었다. 광해군 마마라면 자신의 오해를 풀어 주실 것이다. 옥사에 갇힌 그날 밤 수십, 수백 번을 외쳤다.

"저는 죄가 없습니다. 무고합니다! 광해군 마마를 뵙게 해 주시오!"

쩍쩍 갈라진 목에서 핏물을 토해냈다. 목이 쉬어 더는 말을 할 수도 없을 것 같았다. 힘없이 고개를 늘어트리자 하염없이 눈물이 쏟아졌다. 한데 그 순간 너무도 듣고 싶었던 음성이 들렸다.

"정아……. 이게 대체 어찌 된 일이냐……!"

"마마! 저는 모릅니다. 모르는 일이옵니다."

"……."

침묵어린 광해는 그저 흙을 씹은 듯한 낯빛으로 서 있었다. 국법은 지엄했고 증좌는 뒤집을 수 없었다. 정이가 투옥됐단 사실을 접하자마자 의금부로 달려갔으나 판결을 막기는커녕 집행일조차 단 하루도 늦출 수 없었다. 당장 선조를 찾아가 선처를 구했으나 역시 돌아온 대답은 비참하기 그지없었다. "명백한 증좌가 있거늘, 어찌 일국의 왕자란 놈이 죄인을 두둔한단 말이냐! 네 눈엔 저것이 보이지 않는단 말이냐!" 광해의 시선 끝에 조총 두 자루가 보였다. "병판이 통신사로 왜국을 다녀오는 길에 쓰시마 섬에서 가져온 것이다! 저 조총을 분해 연구하면 조선의 국익에 얼마나 큰 도움이 되겠느냐? 분원의 유약일지 또한 마찬가지, 그

서책이 왜국에 넘어가면 지금껏 조선에서 백자를 수입해간 왜국에 황금을 안겨주는 격이 아니고 무엇이냐!" 광해의 얼굴 가득 먹구름이 끼어 있었다. 당장이라도 죽을 듯한 얼굴로 무거운 입을 열었다.

"지금으로선 방도가 없구나. 너를 살려 낼 방도가……."

"하오면 마마……. 죽는 것이옵니까? 진정 죽게 되는 것입니까?"

"정아……."

"마마님! 말씀 좀 해보십시오! 제가, 진정 죽는 것입니까?"

파르르 떨리는 눈빛으로 정이를 바라본 광해의 눈빛이 순간 번득였다.

"아니, 죽게 내버려두지 않는다. 너를 이리 두지 않는다. 내 너만큼은, 반드시 살려낼 것이다. 하니 걱정 말아라. 너는 걱정할 필요 없다."

"……."

"너를 구하러 올 것이다."

잠시간 정이의 눈을 응시하곤 천천히 몸을 일으켰다. 옥사를 나서자 일렁이는 횃불 아래 태도가 저승사자마냥 서 있었다. 매서운 눈빛은 벼락처럼 요동쳤고 두 손은 언제든 검을 뽑을 준비가 되어 있었다. 옆으로 선 광해가 나직이 말했다. 시선은 하늘

끝에 총총히 박힌 별빛을 향해 있었다.

"목숨을 내놔야 할 것이다."

"제 목숨은 이미 주군의 것입니다."

"여생을 도망자로 살아야 할 수도 있다."

"그도 상관없습니다."

"살생은 아니 된다."

잠시 기다렸으나 아무런 대꾸가 없자 하늘을 살피던 광해가 시선을 떨어트렸다. 태도가 무릎을 꿇고 있었다.

"그간 감사했습니다. 강건하십시오, 마마."

그러곤 성심을 다해 예를 갖추었다. 결의어린 광해의 목소리가 그 앞에 떨어졌다.

"가거라! 파옥을 하든 뭐를 하든, 정이를 구하 거라! 태도 네 목숨을 걸고, 영원히, 행복하게, 그리 만들어주란 말이다!"

절규에 가까운 외침이었다. 정이가 투옥됐단 사실, 참형이 언도됐단 사실을 접한 직후 태도가 고민한 것은 오직 하나뿐이었다. 따라 죽을 것인가, 같이 죽을 것인가. 한데 주군이 명하지 않았는가. 더는 거칠 것이 없었다. 태도는 곧장 옥사로 뛰어들었다. 당황하는 관군들을 창출지간에 제압한 후 옥문을 열었다. 그 시선 끝에 충격을 머금은 정이의 눈빛이 보였다.

"오라버니! 대체 무슨 짓이야!"

"여긴 네가 있을 곳이 아니다. 뭐하느냐. 어서 나가자."

"안 돼, 나갈 수 없어. 오해든 뭐든 죄를 지었으니……."

"네가 죽으면, 나도 죽는다."

"오라버니……."

이 무모한 오라비를 어쩌면 좋단 말인가, 주르륵 흘러내린 눈물이 제 손을 잡고 있는 태도의 손 등에 툭 떨어졌다.

"이리 옥사에 들어 앉아 비참하게 죽을 생각이냐! 가자. 죽더라도, 나와 함께 죽자꾸나!"

"……."

그때 관병들의 절규가 전해졌다. 소란스러웠다. 급히 정이를 이끌고 나가는데 복면을 쓴 기십의 자객들이 의금부를 덮치고 있었다. 태도와 정이는 어둠 속으로 몸을 숨겼다가 서쪽 담장을 넘어갔다. 그러곤 준비해 둔 말을 타고 달렸다. 쉼 없이 달렸다. 삼각산을 넘고, 북쪽으로, 북쪽으로.

대궐이 발칵 뒤집어졌고 자시가 넘은 시각에 화령에게도 급보가 전해졌다. 기대치도 않은 소식이었다. "김태도, 그 사내가 의금부를 파옥해?" 왜의 무사가 아니라 태도였다. 저도 모르게 웃음이 났다. 어쩌면, 그 사내라면 그리하지 않을까, 생각지 않은 것은 아니었으나 진정 그리 할 줄은 몰랐다. '도대체 어떻게 되먹은 사내란 말인가!' 다른 여인을 위한 연심에 서글프기도 하고 시기질투도 샘솟았으나, 그 보다는 제 삶의 목적이 먼저였다. 화령이 소리쳤다. "조선도 왜도 아니다. 그 여인은 반드시 내가 가져야 한다. 알겠느냐!" 하니 정이와 태도를 쫓는 이들은 한둘이 아니었다. 조선의 관군 기십이었고, 왜의 자객이 또한 기십이었다.

하루하루가 목숨을 건 나날들이었다. 언제 죽어도 이상할 것이 없는 살얼음판 같았다. 햇살과 바람은 변함이 없었지만 정이의 일상은 철저히 파괴되어 있었다. 그럼에도 울지 않았고 한 마디 투정도 내뱉지 않았다. 제 옆에서, 그저 오라비라는 이유로 목숨을 던진 사내 때문이었다. 태도에겐 줄곧 미안한 마음뿐이라.

"미안해 오라버니. 늘 미안하고…… 늘 고맙고……."

한데도 태도는 되레 그런 정이가 야속했다. 태도는 그저 정이와 함께 살을 붙이고 있는 이 순간이 행복했다.

"관군의 창끝보다 너의 그런 표정이 난 더 무섭다. 그러니 앞으로는…… 미안해, 고마워, 이 따위 말들은 하지 마라. 정말 조금이라도 미안하고 고마우면, 너는 그냥, 내 곁에 있어주기만 하면 된다."

그리 쫓고 쫓기는 끝에 나흘이 지난 어느 새벽녘이었다. 인기척에 잠을 깬 태도가 급히 흙으로 모닥불을 덮었으나 피어오른 연기는 하늘로 치솟고 있었다. 자욱하게 깔린 어둠 아래 정적이 흘렀다. 숲은 쥐죽은 듯 고요하고 갈색 빛 땅 위에는 몇 가닥 달빛만이 비추고 있었다. 무성한 나뭇가지 사이로 간간이 진청색 하늘이 보이기도 했다. 정이의 손을 꼭 잡은 태도가 조심스레 발길을 옮겼다. 지난 나흘간 추격자들의 인기척이 끊긴 적은 없었으나 지금처럼 지척으로 느껴진 건 처음이었다. 숲을 뒤덮은 자욱한 살기에 태도의 눈빛이 요동쳤다. 쉽 없이 걸음을 뗀 끝에 계곡이 보였다. 한 눈에도 산이 험준해 정이와 함께 오르기엔 무리가 있어 보였다. 잠시 한숨을 돌리며 몸을 숨기고 있으니 추격자들의 발길이 서쪽으로 향하는 듯했다. 그리 한참을 숨죽이고 있다 몸을 빼는데 귀청을 찌르는 파공음과 함께 화살 하나가 날아와 눈앞에 콱 박혔다. 급히 정이를 밀어낸 태도가 활을 꺼내 들었다. 그러곤 외쳤다.

"도망쳐! 어서!"

정이가 주저하자 태도가 앞으로 달려나가며 다시 소리쳤다.

"산을 넘거라! 어서!"

나무에 박히는 화살소리에 뒤이어 창검이 부딪치는 소리가 낭자했다. 정이는 정신없이 달려 나갔다. 우선은 몸을 피하는 것이 상책이라 계곡을 타고 올랐다. 칠흑 같은 어둠에 걸음을 떼는 것도 수월치 않았다. 땀이 흥건했고 위로 갈수록 계곡 물은 더 세차게 쏟아졌다. 한 시진을 쉬지 않고 오르자 정상을 밟을 수 있었다. 어느새 동녘에서 먼동이 트고 있었고 병풍처럼 휘둘러 친 거대한 평야가 산 아래로 널찍이 펼쳐져 있었다. 잠시 고개를 돌려 서쪽산 아래를 살폈다. 고요했다. '오라비는 어찌 되었을까.' 살아 있다면 다시 만나게 될 것이라 마음을 다잡고 산을 내려갔다. 기운이 빠진 다리가 연신 후들거렸으나 햇살이 창창해질 시간 즈음에 산을 완전히 벗어날 수 있었다. 그럼에도 쉬지 않고 또 한 시진을 넘게 달려나갔다. 턱 끝까지 차오른 숨을 토해내자 멀리 시원한 개울물 소리를 들렸다. 황급히 달려가 물을 마셨다. 땀도 씻고 손도 씻었다. 뒤따르는 사람이 없는지 한번 확인 후 돌다리를 건넜다. 돌다리 아래쪽으로 그물들이 펼쳐져 있었는데 한 줌 물고기 몇 마리가 그물에 걸려 파닥거리고 있었다. 개울 끝엔 커다란 느릅나무 뿌리들이 개울물 아래로 잠겨 있었고, 그 주위로 녹색 이끼도 가득했다. 산내음은 상쾌했고 개울물 소리는 신선의 음률마냥 듣기 좋았다. 마치 무릉도원에 들어선 듯했다. 느껴지지 않았다. 선혈도, 신음도, 고통도. 시선을 펼쳐 드니 멀리 고을도 보였다. 인적이 드문 곳이라 풍요롭고 고요한 곳이었다. 낯선 이의 등장에 한창 모를 심고 있던 사내가 힐끗 정이를 쳐다봤다. 때마침 옆을 지나던 노인이 정이를 보곤 물었다.

"어디서 오셨나?"

정이가 무어라 답하려는데 노인의 시선이 먼 산을 향했다. 한참 동안을 멍하니 바라보고 있으니 의아한 마음에 정이가 고개를 돌렸다. 멀리 기암절벽 끝에 연기가 피어오르고 있었다. 하나, 둘, 셋, 넷. 모두 넷이었다.

"저것이 뭐여? 봉화 아니여? 연기가 네 개면 뭐더라……."

"……!"

28장

각전투구의 가운데서.

모든 이들이 '우리 임금의 아들이시다' 외치니,
세자 혼에게 군국의 대권을 물려 임시로 국사를 다스리게 하노라.
―『난중잡록』 발췌

다음날 아침 조선 팔도가 한바탕 뒤집어졌다. 한입에 부산포를 집어삼킨 왜의 총성이 곧 한양까지 닿을 것이라 했다. 선조는 머리가 지끈거렸다. 히데요시가 전국을 통일한 직후 통신사를 보내 왜의 정세를 살피게 하였으나, 서인에 속한 정사 황윤길이 왜의 침략에 대비해야 한다 주장한 반면, 동인에 속한 부사 김성일은 히데요시를 쥐새끼에 비교하며 두려워할 자가 아니라고 주장했다. 하니 국론은 통일되지 못하였다. 게다가 동인, 서인으로 나뉜 대신들은 그 와중에도 제 앞길, 제 잇속 차리기에 여념이 없었다. 공명하고 편협하지 않은 서애西厓 류성룡조차 십만양병설을 주장한 율곡의 면전에 반대를 설파하지 않았던가. 하나 상황이 이러하니 선조는 당장 신립申砬과 이일李鎰을 각각 도순변사都

巡邊使와 순변사巡邊使에 임명하여 왜군을 막게 하고, 김성일金誠一을 경상우도초유사慶尙右道招諭使, 김근金近을 좌도안집사左道安集使로 삼아 민심수습과 항전을 독려하도록 했다. 그러나 이일이 상주에서 가토에게 패하였고, 충주의 탄금대에서 배수진을 친 신립마저 처참하게 패퇴하고 말았다. 하니 악화일로로 치달은 조선의 운명이 바람 앞에 등잔불마냥 위태로웠다. 한데 다행히도 이런 시국에 삼정승三政丞이 함께 광해군을 왕세자에 책봉하라 주청을 올리니 선조로선 더 없이 기쁜 일이었다. 제 자식 신성군을 살리겠단 일념으로 인빈도 적극 광해군의 세자 책봉에 힘을 보태었다. 그날 밤, 세상을 붉게 염하던 낙조가 사라지자 이내 잿빛 어둠이 찾아왔다. 우중충한 하늘이 먹물을 머금은 듯했고 그 아래 펼쳐진 대궐의 재색 기와도 더 없이 무겁고 어두웠다. 광해는 발길을 재촉하여 향오문 추녀마루를 지났다. 대왕의 부름이 있음이라. 소리를 죽인 내관의 손짓에 강녕전 내실의 문이 천천히 열렸다. 왕자의 신분으로 이 늦은 시각에 입궐하는 것이 흔한 일이 아니었으나 지금은 그런 것을 생각할 여념이 없었다. 선조는 짐짓 불편한 시선으로 초롱불 앞에 턱을 괴고 있었다. 단정히 무릎을 꿇고 기다리는데 실로 생각지도 못한 언사가 광해 앞에 툭 떨어졌다.

"너를 세자에 책봉할 것이다."

깜짝 놀란 광해가 되물었다.

"전하! 소자가 지금 잘못 들은 것이옵니까?"

"잘못 듣지 않았다. 너를 세자에 책봉한다, 그리 말했느니라."

"……!"

구슬을 꿰어놓은 마냥 줄줄이 늘어선 왕자들 중 뉘를 후계자로 지명할 것인지는 쉬이 결정될 사안이 아니었지만 단 하룻밤만에 선조는 광해군을 낙점했다. 국본의 자리를 두고 지금껏 목숨을 걸고 다투었던 임해군과 신성군조차 선조의 결정에 토를 달지 않았다. 왕세자라. 말이 좋아 왕세자지 선조를 대신해 전란의 한가운데에 서야 할 운명이었다. 조선을 지키는 것도 좋았고, 백성을 위한다면 제 목숨도 아깝지 않았지만 지금은 왕세자가 되느니 차라리 모든 걸 훌훌 내던지고 싶은 심정이었다. 실로 무거운 발걸음으로 강녕전을 나서자 무수한 별들이 밤하늘에 박혀 있었다. 손을 뻗으면 닿을 듯도 했고, 눈을 감았다 뜨면 눈 속으로 빨려 들어올 것 같았다. 이내 깊은 한숨이 입술을 비집고 나왔다. 옥사를 파옥하고 정이와 함께 도주한 태도가 세상 뉘보다도 부러운 밤이었다.

엎친 데 덮친 격이라. 왜적의 분탕질도 모자라 탐관오리들의 수탈까지 부지기수라 전란을 피해 북향한 이들조차 스스로 목숨을 끊는 일이 많았다. 고향 땅에 남은 이들도 당장 먹거리가 부족했다. 전란이라 비단 한 필이 쌀 한 말에 불과하고 세목 값이 좁

쌀 한 되 값도 되지 않았다. 입 속으로 들어가는 것이라면 뭐든지 가리지 않았다. 풀잎과 소나무, 느릅나무 껍질과 뿌리까지 먹어 치웠다. 그럼에도 굶어 죽는 것보다는 나았다. 시신을 먹는다는 소문에 심지어 산 사람도 잡아먹는다는 흉흉한 소문도 돌았다. 그것이 전쟁이 가져온 비참한 현실이었다.

일다경의 시간은 뜨거운 찻물을 서서히 식히기에 부족하지 않았다. 차완을 가만히 들여다보는 강천의 눈빛은 고요하면서도 무언가가 요동치는 듯 보였다. 불편함이라. 이젠 아들 육도를 만나는 자리가 강천에겐 그리 느껴졌다. 지금 생각해 보면 육도는 자신의 젊은 시절을 꼭 빼닮아 있었다. 그것이 아비에겐 또한 불편했다. 전란이 끝나고 모든 것이 안정되면 편히 육도와 마주할 것이라 생각했지만 그때까지 기다리고 있을 수가 없었다. 정이의 투옥과 파옥, 게다가 전란이라. 이름 한 번 불러보지 못한 딸자식의 안녕은커녕 자신의 가문조차 앞날을 장담할 수 없는 때였다. 차갑게 식어버린 차를 입으로 가져갔다. 긴장감이 입술을 말라붙게 만들었고 그것을 보이기 싫어 찻물로 적신 것뿐이었다. 그때 삐거덕, 방문이 열렸다. 육도는 가볍게 고개를 숙이곤 강천의 앞으로 앉았다. 침묵 속에 차를 넘겨 삼키는 소리만이 간간이 흘렀다. 이제 보니 아비의 낯빛이 도성 밖 비렁뱅이의 낯빛처럼 어두워 보였다. 그러면서도 차를 마시는 중간 중간 저도 모르게 한숨을 토해내고 있었다. 그것이 육도에겐 마치 자신을 질타하는 한숨처럼 느껴졌다. 부자유친에 충실했던 자신과 아비의 관계가 언제부터 뒤틀어졌을까. 부질없었다. 알면 무엇하고, 몰라도 상관없었다. 아비의 질타 따위 더는 듣고 싶지도 않았다. 긴 침묵에 육도가 벌떡 자리를 털고 일어나려는 찰나 강천이 입술을 열었다.

"앉거라."

주춤 몸을 일으켰던 육도가 잠시 머뭇거리곤 다시 자리에 앉았다.

"왜군이 이미 충청도까지 올라왔다 하니 우리도 피난길에 올라야 할 때가 아니냐."

전란 따위, 조선 따위 어찌되건 육도에겐 관심 밖이었다. 전쟁이야 언제든 끝날 것이고, 이 땅이며 조선, 그리고 분원은 사라지지 않을 것이다. 그리 믿고 있었다. 하니 육도에게 중요한 건 분원이며, 정이의 존재였다.

"말씀해 보시지요. 어찌 자식인 저보다 정이를 더 어여삐 보시는 것입니까. 저보다 그 계집이 더 소중한 것입니까?"

독차지하던 사랑을 뺏겨버린 이의 억울한 눈빛이었다.

"도대체 어찌해 이러시는 겁니까! 무엇이 아버질 그리 만드는 것이란 말입니까!"

"미안하구나."

"……."

"정이 그 아이가 의금부에서 도망쳤다고 들었다. 맞느냐?"

육도는 답하지 않았다. 강천이 말을 이었다.

"전심으로 그릇을 사랑한 아이였다. 사사로운 마음이 있지도 않고 탐욕에 눈이 멀지도 않았다. 하니 그 아이가 유약일지를 왜의 세작에게 넘겼단 말은, 내 결코 믿을 수 없음이다."

순간 육도의 눈동자가 요동쳤다. '아버지께선 이미 알고 계신 것인가!' 흔들리는 육도의 눈동자를 놓치지 않은 강천이 말을 이었다.

"누가 너를 사주한 것이냐? 혹, 심 행수냐?"

"사, 사주라니요? 무슨 말씀을 하시는 것인지……."

"네 마음을 모르지 않는다. 하나 너 혼자서 그리 감당하기 힘든 일을 저질렀을 리 만무하다."

"아버님, 소자는 대체 이해할 수가 없는……."

순간 소스라친 두려움에 말을 끝맺지 못했다. 매서운 강천의 눈빛이 뇌성벼락을 품은 듯 번득이고 있었다.

"육도 너에게 묻고 있는 것이다. 그 아이의 유약일지를…… 육도 네가 훔친 것인지……."

"……!"

강천이 있는 힘껏 탁자를 내려치고 말했다.

"말해보란 말이다! 진정 네 놈이 훔친 것이냐!"

발갛게 달아올라 붉으락푸르락 요동치던 육도의 만면이 한순간 차분히 가라앉은 흙빛으로 변했고, 꽉 다문 입술을 비집고 분통어린 목소리가 터져 나왔다.

"예, 훔쳤습니다! 시기 질투에 눈이 먼 제가 그리했습니다! 분원을 차지하기 위해, 아버지를 넘어서기 위해서요! 이제 만족하십니까!"

"……!"

속이 후련했다. 속에서 꾸물거리던 토악질도 멈춰버렸다. 한데 아비의 눈빛이 이상했다. 벼락 같은 진노도 없었고 손에 든 찻잔을 집어 던지지도 않았다. 아비의 눈빛이 일렁이고 있었다. 촉촉이 젖어든 눈물이 주름진 뺨을 타고 흘러내리고 있었다. 순간 심장이 덜컹 떨어진 듯했다. 그제야 깨달았다. '무언가 잘못됐구나!' 강천이 파르르 떨리는 손끝으로 차를 들었다. 하나 마실 수 없었다. 찻잔에 눈물이 떨어지고 있었다. 그 파문 속에 지난 세월이 주마등처럼 흘러갔다. 을담이며 초선이라. 힘없이 찻잔을 내려놓곤 멍한 눈으로 제 아들 육도를 응시했다. 제 동생을 죽게 만든 오라비, 제 자식이 눈앞에 있었다. 먹먹한 가슴을 부여잡고 힘겹게 입을 열었다.

"정이 그 아이가…… 육도 너의 누이니라."

"……!"

세상이 뒤집어지는 소리였다. 아비가 실성이라도 했단 말인가. 아니었다. 분노와 실망 그리고 죄책감이 적당히 섞인 눈빛은 결코 실성한 이의 눈빛이 아니었다.

"지금 무슨 말씀을 하시는 것입니까! 그 아이가 제 누이라니요?"

"정이를 키운 것은 을담이지만, 정이를 낳은 이는…… 나 이강천이다."

"아버님…… 지금 대체 무슨 말씀을……!"

"어리석고 어리석은 놈아! 뉘의 꼬임에 빠져 그런 짓을 했단 말이냐! 어찌 누이를 죽게 만들었단 말이냐!"

비통한 절규가 강천의 입에서 터져 나왔다. 육도는 저도 모르게 벌떡 일어섰다가 다리에 힘이 풀려 다시 주저앉고 말았다.

"하면 제가…… 누이를 사지로 내몰았단 말입니까! 대체 어찌 그 사실을 비밀로 하셨단 말입니까! 그 아이가 누이임을 어찌 진즉 말씀하시지 않았습니까! 조금만 일찍 말씀해 주셨더라면…… 그랬다면, 그랬다면……."

말끝을 흐렸다. 저 조차도 장담할 수 없었다. 정이가 제 누이라는 사실을 알았다면 과연 이런 사단이 벌어지지 않았을까. 과연 그러했을까. 이를 악다물고 말했다.

"죽을 것입니다. 관군의 창검에 당하던, 왜군의 조총에 당하던, 그 아이는 죽음을 피할 수 없을 것입니다."

"……."

"아십니까? 제 잘못이 아닙니다. 이 모두 아버지가 뿌린 씨앗입니다. 결코 제 잘못이 아니란 말입니다!"

그리 말하곤 벌떡 일어섰다. 천근 바위가 머리를 짓누르는 듯했다. 심장도 짓이겨 터질 것 같았다. 후들거리는 다리를 간신히 부여잡고 밖으로 뛰쳐나왔다. 몇 걸음 떼지도 않아 회한의 눈물이 쏟아졌다. 주먹으로 가슴을 쳤다. 시퍼렇게 멍들고 선혈을 토해내도 멈추지 않았다. 광인 마냥 넋 나간 얼굴로 북촌을 빠져나와 흥인지문을 넘어서자 지평선 너머로 붉은 해가 기울고 있었다. 분원으로 가서 피난을 준비해야 하는가. 아니면 어딘가에서 싸늘한 주검이 되었을 누이를 찾아야 하는가. 그저 혼란한 마음에 우두커니 섰다. 대체 어쩌다가 이 지경이 되었단 말인가, 어디까지 내려앉은 것인가, 마치 인간의 바닥을 본 느낌이었다. 그러곤 천천히 발길을 뗐다. 가슴 쥐어짜며 옹알거렸다. '너에게 사죄하마……. 하니, 살아 있거라. 살아만 있다면…… 내 언젠가 무릎을 꿇고 사죄할 것이다.' 피난길을 떠나는 사람들의 행렬이 보였다. 끝이 없었다. 시선을 들자 저 멀리 봉화가 피어오르고 있었다. 꺼지지 않고 있었다. 해일처럼 밀려든 제 맘의 혼돈처럼. 그 때 문득 떠올랐다.

"심화령! 발정 난 암캐가 기어이 내 목을 물어뜯었구나!"

믿고 싶지 않았다. 누이를 나락으로 떨어트린 것도 모자라, 그것이 모략이었다는 것을, 자신이 아둔하게 장기판의 말이 되었다는 것을. 그리 울분을 삼키며 당도한 곳이 한양 상단이었다. 피난을 준비하는 듯 마당에 줄지은 수레 위로 큼지막한 궤짝들이 들이차고 있었다. 육도는 성난 황소마냥 마당을 지나쳐 곧장 화령의 숙소까지 들이닥쳤다. 씩씩 입김을 내뱉으며 쏘아보자 장부를 살피던 화령이 한껏 미소를 머금었다. 불편함도 없고 당황하는 기색도 없었다.

"난중에 어쩐 일이십니까. 변수 어른."

"어찌 그런 것이냐…… 대체 내게 무슨 원한이 있어…… 정이 그 아이가 배다른 동생임은 또 어찌 알고…… 아니, 그 사실을 알고도 어찌 그런 금수 같은 짓을 저지를 수 있단 말이냐!"

목청이 찢어져라 외치는 육도의 모습이 화령의 마음을 들뜨게 만들었다. 자신의 앞에서 분노한 사내는 많았지만 지금 저 붉은 입술을 가진 사내가 단연 으뜸이었다. 화령은 차분히 응대했다.

"아, 그 일 때문에 오셨군요. 우선 이쪽으로 좀 앉으세요."

그러곤 다소곳이 의자를 빼내 앉았다. 육도는 우두커니 서서 화령을 쏘아 보고 있었다. 답이 떨어지길 기다리며. 화령이 장부 한 권을 툭 던져 놓고 말했다.

"지난 두 해간 상단에 쌓인 적자가 황금 1만 5000냥입니다. 그중 대부분이 분원으로 인한 손실이지요."

"고작…… 그 이유인가? 상단을 운영하다 보면 흑자를 볼 때도 있고, 적자를 볼 때도 있는 게 아닌가!"

"그 뿐이라면 이리 하지 않았겠지요. 낭청 어른께서 아무런 언질도 하시지 않은 모양입니다?"

"무슨 말인가?"

"오래전 일입니다. 제 아버지는 한때 분원의 파기장이셨고, 호열자에 걸린 저를 구하려 자기 몇 점을 빼돌리셨지요. 한데, 딸자식을 살리겠단 일념으로 일생에 단 한 번 죄를 지은 아버지를 관아에 고발하여 피를 쏟고 죽게 만들었지요. 나리의 부친이며 분원의 수령, 이 낭청 어른께서 말입니다."

"……!"

잠시간 정적이 흘렀다. 떠올려 보니 어설픈 손길로 상감 칼을 잘못 휘둘러 손등을 긁은 적이 있었다. 한데 지금은 그 상감 칼로 심장을 파고 있는 듯 욱신거렸다. 몰아친 숨이 턱 끝까지 차올랐고, 숨통이 끊어질 듯한 고통이 전신을 휘감았다. 그리 무거운 정적을 깬 것은 여인의 목소리였다.

"모두가 자업자득입니다. 그만 돌아가시지요."

아버지가 뿌린 씨앗이었다. 그 열매를 거둬들인 것이 또한 본인이었다. 그것은 독을 품은 열매였다. 뉘를 원망할 것도 없었고, 무어라 따질 것도 없었다. 그저 허탈한 마음에 고개를 돌리는데 화령의 목소리가 들렸다.

"정이 그 아이……. 양주 어딘가에서 아직 생을 연명하고 있을 것입니다. 관군의 창도 피하고, 세작의 날 선 칼도 피해, 어딘가에 살아 있으니…… 찾아보시지요. 그 아이에겐 진 빚을 갚고 싶다면, 응당 그리해야 할 것입니다."

"……."

화령은 이튿날 아침 일찍 길을 떠났다. 사인교 꽃가마 옆으로 십여 개의 수레와 오십여 명의 무인들을 대동했다. 그중엔 왜에서 넘어온 세작과 자객들이 반수는 되었다. 그리 하루를 꼬박 재촉해 당도한 곳이 김포 나루터였다. 그 길 끝에 겐조가 기다리고 있었다. 겐조는 익숙한 손놀림으로 차를 준비했다. 몇 번 본 적은 있어도 마셔본 적은 없는 차라, 고운 가루로 차를 우려낸 말차抹茶, 그 중에서도 감칠맛이 일품인 옥로玉露차였다. 절로 탄복이 우러났다. 차의 맛이 아닌, 전란 가운데서 이리도 태연히 차도를 즐기는 겐조의 대범함에. 역시 큰 거래를 논하기에 한 치의 모자람도 없는 사내였다. 천천히 차를 음미한 겐조가 입을 열었다. 굵고 나직한, 또한 단호한 목소리였다.

"셈과 약조는 정확해야겠지."

"말해 무엇하겠습니까."

화령이 내미는 양피지를 받아든 겐조가 글귀를 스윽 훑곤 대수롭지 않게 말했다.

"안구마鞍具馬 서른 필과 모마장毛馬粧 쉰 부, 모편毛鞭과 자연석紫硯石이 각각 예순 사事에 삼백 면面…… 이만하면 심 행수에게 준 본국의 신분 값으론 적절할 듯하고."

평시라면 당장 상을 엎고 욕지거릴 내뱉을 만한 거래였으나, 무사히 왜국에 몸을 의탁하는 값이라 생각하면 그리 나쁜 것만은 아니었다.

"그리고……."

가뭇가뭇 보였던 미소는 사라지고 북풍의 한설 같은 눈빛으로 말을 이었다.

"호피狐皮가 일백오십 장張, 유연묵油煙墨과 적옥묵赤玉墨이 각각 백 홀笏과 서른 홀笏, 이것은 일전에 받지 못한 소 뼛가루와 수우각의 대금."

"……!"

겐조가 입을 열수록 화령의 낯빛도 그만큼 흙빛이 되었다.

"청화백자 일흔 점과 비단 이백 필은…… 지금까지 그대에게 보내준 정보의 값이라 보면, 나쁘지 않은 듯하네."

"나리……."

그 순간 겐조의 눈빛이 번득였다. 움찔한 화령이 다시 말을 고쳐 말했다. 입가엔 가까스로 미소를 걸고 있었다.

"장군…… 너무 부당한 거래가 아닙니까?"

겐조는 무심히 말을 이었다.

"은화 팔천 냥과 인삼 오백 근……. 이것이 마지막인데…… 그간 심 행수를 돕느라 목숨을 잃은 내 수하가 모두 열일곱이네. 이건 그들의 목숨 값이라고 침세. 하면 대충 셈이 맞는 듯싶은데…… 어떠한가?"

"장군! 지금 무슨 소리를 하는 겁니까!? 지금 당장 반값에 넘겨도 십만 냥은 너끈히 받을 것인데. 어찌……!"

"되었네. 내 값은 이미 모두 치렀으니, 자넨 그만 수레를 두고 돌아가게. 이 이상 무례를 범한다면, 더 비싼 값을 치르게 될 테니."

"……!"

싸늘한 겐조의 표정이 작금의 현실을 대변하고 있었다. 조선제일의 거부였던 그녀가 눈 깜짝할 새 비렁뱅이가 되어 버렸음에도, 미간을 좁히지도, 마른 입술을 열어 욕설을 내뱉지도 않았다.

다만 뜻 모를 헛웃음만 터져 나왔다. 그럼에도 겐조의 발목을 잡고 매달리고 싶진 않았다. 그것만큼은 제 자존심이 허락지 않았다. 등을 돌려버린 겐조를 뒤로 하고 왜의 진영을 빠져나왔다. 그리고 한참을 넋 나간 사람마냥 터벅터벅 걸었다. 동서남북도 가늠하지 못했고 산과 물도 구분치 못했다. 그저 시신마냥 흐느적흐느적 걷다 보니 어느 이름 모를 산중에 있었다. 이미 해는 떨어졌고 숲도 깊어 발밑조차 보이지 않는 칠흑의 어둠이었다. 더는 걷지 못하여 멈춰 섰다. 그러곤 털썩 주저앉았다. 허탈한 마음에 연신 한숨만 내뱉는데 사위에서 사그락사그락 산짐승의 소리가 들렸다. 번뜩 정신을 차리고 보니 적안赤眼의 눈동자를 가진 짐승 무리가 코를 벌렁거리고 있었다. 이리 때였다. 앞뒤 좌우로 십여 마리는 되는 듯했다. 순간 배를 잡고 미친 듯이 웃었다. 웃음을 멈출 수 없었다. 눈물도 솟구쳤다.

"이 빌어먹을 세상, 이만하면 잘 놀다 가는구나! 조선의 여인으로 태어나 이만큼 살았으면 된 것이 아니더냐!"

그때 이리의 날카로운 송곳니가 화령의 허벅지를 콱 파고들었다. 순간에 정신을 잃었다면 더 없이 좋으련만 그러질 못했다. 이내 다른 놈이 달려들어 제 목을 콱 물었다. 목을 끊으려는 듯 깊숙이 이빨을 박아 넣은 이리가 이리저리 고개를 흔들자 피보라가 일며 솟구친 선혈이 목을 타고 가슴까지 흘러내렸다. 그래도

한 줄기 정신은 놓지 않고 있었다. 붉은 입술도 연신 무어라 웅얼거렸지만 목소리가 나오진 않았다. 대신 검붉은 선혈이 울컥울컥 쏟아졌다. 연이어 대여섯 마리의 이리 떼가 달려들어 화령의 몸을 갈가리 찢었다. 간신히 버티고 있던 눈빛이 어두워졌고 그 마지막 순간에 화령의 입술이 움직인 듯했다.

'내 삶에…… 후회 따위 하지 않는다…….'

힘없이 옹알거리는 입술이 꼭 그리 말하는 듯했다.

한양으로 치닫는 왜군의 기세는 거침이 없었다. 신립의 패전 보고가 있자 선조는 곧장 도성을 버리고 피란길에 올랐다. 목적지는 개성이었다. 한데 선조의 파천에 동요한 민심이 흉흉해지자 파천을 주동한 사람을 영의정 이산해로 내몰고, 류성룡은 파천을 적극적으로 막지 않았다는 거짓 죄목으로 귀양을 보내 버렸다. 그러곤 장자 임해군과 사남四男 순화군은 각각 함경도와 강원도로 보내어 근왕병勤王兵을 모집하게 했다. 하니 제 목숨을 바쳐 입바른 소리를 내는 이들은 죄다 선조의 곁을 떠났고, 협작에 모략만 일삼던 최충헌과 인빈, 그리고 그의 자식 신성군만이 곁에 남았다. 도성에 홀로 남게 된 광해는 통탄했다. 평시라면 왕세자 책봉으로 대궐이 들썩이고 국조오례의의 절차에 따라 화려한 의식이 거행됐을 것이나, 턱밑까지 치달은 왜군의 기세에 왕세자에 책봉됐다는 기쁨을 누리기도 전에 분조[13]를 꾸려야 했다. 하여 선조가 버린 문무백관 백여 명을 이끌고 남하했다. 내관상궁은커녕 호위 무사도 몇 되지 않았다. 목을 간질이는 전립 끈을 매만지며 서대문을 지났다. 북쪽으로 움직이는 피난 행렬이 간간이 눈에 띄었으나 전반적으로 한산했다. 아니, 텅 비어 있는 듯했다. 한양 전체가.

이후 광해마저 한양을 비우자 크고 작은 민란이 일어났고 분노한 백성들은 공사노비의 문적이 있는 장례원掌隸院과 형조의 건물을 불태우고 경복궁과 창덕궁을 침범해 약탈도 서슴지 않았다. 그리고 단 하루도 지나지 않아 왜군이 한양에 입성했다. 단 이십 일 만에 한양 땅을 밟은 왜군은 대오를 정비하여 고니시의 부대는 평안도, 가토의 부대는 함경도, 구로다의 부대는 황해도로 진로를 정했다. 상황이 이러하니 개성에 당도한 선조는 여장을 풀기도 전에 곧장 평양을 향해 움직였다. 하니 고개는 힘없이 떨구었고 어깨는 축 늘어져 있었다. 볼도 휑하고 눈동자에도 초점이 없었다. 겨우 지난 달포의 시간이 일 년처럼 길게 느껴졌다. 그리 나흘이 더 지난 시점에야 평양에 당도할 수 있었다. 병풍처럼 휘둘러 친 고봉 아래 야트막한 산마루가 평양성을 둘러싸고

13) 분조 : 전란을 담당할 임시 조정.

있었다. 평양 외성의 정양문으로 긴 행렬이 들어서자 한 때 장악원의 악대가 고취악을 울렸던 과거가 떠올랐다. 거대한 평양성의 규모에 압도당하지 않으려 힘껏 고취악鼓吹樂을 울려라 목청을 높이지 않았던가. 깊은 한탄을 내뱉으며 내성으로 들어서자 빛바랜 재색 기와에 발톱이 죄다 빠져버린 오조룡 석주가 눈에 들어왔다. 이리저리 부서지고 헤진 모양새가 꼭 자신을 보는 듯했다. 그 와중에도 하늘에선 툭툭 빗방울이 떨어져 먼지를 피워 올렸고, 눈치 없는 중신들은 연신 상감만세를 외치며 목청을 드높였다.

"난중에 만세라니! 저 놈들이 모두 미친 것이냐!"

선조의 일갈에 중신들은 일제히 입을 닫았다. 답답했다. 할 수만 있다면 당장 옥좌를 버리고 도망치고 싶은 심정이었다.

낮은 한숨이 입술을 비집고 나왔다. 그럼에도 광해를 태운 말은 부지런히 흙먼지를 일으키며 움직였다. 평안도에 자리를 잡고 분조를 운영하자는 것이 남은 중신들이 세운 계획이었으나 광해는 임진강 북쪽 초평도를 지나다 말고 말고삐를 돌려세웠다. 더 북진해야 한다는 중신들의 반대가 거셌으나 요지부동으로 물러서지 않았다. 하니 중신들과 부딪쳐온 지난 이레가 그에겐 십 년의 세월 같았다. 단 하루도 편히 잠을 청하지 못했다. 눈을 감으면 뉘의 칼날이 제 목을 꿰뚫어 버릴 것 같았다. 하여 임시로 자리를 잡은 지역이 파주목 교하였다. 예서 북진을 하는 것은 살기 위한 몸부림이요, 더 남진을 하는 것은 죽으러 가는 것이라, 오도 가도 못하고 있었다. 이른 아침 막사를 빠져나와 햇살 아래 눈을 감자 한기를 머금은 찬바람이 얼굴을 훑고 지나갔다. 그 바람 안에 백성들의 비명이 들리는 듯했다. 이윽고 가슴속에 숨겨둔 한탄이 쏟아졌다. 국난 중인 나라를 구한다는 얄팍한 명분을 내세웠지만 실은 저도 살고 싶었다. 마냥 한숨만 내쉬고 있던 그때 전신에 피칠갑을 한 태도가 태양을 등지고 다가섰다. 길게 늘어선 태도의 그림자가 광해의 발끝에 걸리자 태도가 예를 갖추었다. 의금부 옥사를 파옥한 후로는 처음이니 근 달포만의 재회인데, 반가움보다는 두려움이 더 앞섰다.

"정이는 어디 두고 혼자 왔느냐?"

"관군의 추격을 따돌리는 중에 헤어지고 말았습니다."

"그곳이 어디냐?"

"양주 일대이오나 정확한 위치는 알 수가 없습니다."

"양주?"

근자에 양주 해유령이란 곳에서 조선군의 첫 번째 승전보가 전해졌었다. 적군이라야 겨우 정찰을 나온 왜병 칠십 명이 전부였으나, 그것이 조선의 육군이 거둔 최초의 승전이었다. 광해가 말했다.

“분조를 양주로 옮겨 전열을 재정비할 생각이다. 어차피 정이를 찾을 생각이라면, 태도 너도 우선은 분조에 합류하여라.”

정이는 이름 모를 고을 사람들과 함께 피난을 떠나고 있었다. 꽤나 가파른 산을 오르고 있으니 쌀쌀한 새벽바람에도 흥건히 쏟은 땀을 모두 식히지는 못했다. 두 시진을 바짝 올라가자 가장 앞서 가는 촌장의 젊은 아들이 외쳤다. “이쪽입니다!” 커다란 동굴이 있었다. 밖에서는 잘 보이지 않았고 크기도 넓어 오십여 명이 숨어 지내기에는 적당해 보였다. 한데 그날 밤 정찰을 다녀온 젊은이들로부터 뜻밖의 말을 전해 들었다. 왜군들이 조선의 사기장들을 납치해 간다 했다. 게다가 사기장이라 하면 죽이지 않는다 했으나, 그것이 위로가 되지는 않았다. 이후 전해 들은 다른 이야기들은 대부분 암울했다. 조선군들이 일방적으로 패퇴했고, 왜군의 거센 진격에 한양마저 함락되었다 했다. 실로 암울했다. 그렇게 다시 하루가 지나갔다. ‘내일은 또 어디로 가는 것일까, 난 어떻게 해야 할까, 오라버니는 어디에 있을까, 광해군 마마는…….’ 답 없는 물음이었다. 동굴에서 마냥 숨어 있을 수만은 없어 사흘째 되던 날 고을 사람들이 피란길을 재촉했다. 더운 날씨였다. 백여 명의 사람들이 숲길을 헤쳐가고 있는데 앞서 가던 뉘가 외쳤다. “왜군이다!” 그러곤 벼락 같은 총성이 들렸고 어디선가 화살

무리가 쏟아졌다. 그 화살 중 하나가 아슬아슬하게 정이의 눈앞을 스쳐 지났다. 화들짝 놀란 정이가 손으로 뺨을 훔치자 붉은 선혈이 주륵 손가락 사이로 흘러내렸다. 다행히 크게 상한 것 같진 않았다. 한데 안도의 한숨을 내쉰 것도 잠시, 뒤에 서 있던 젊은 아낙이 화살을 품고 쓰러져 있었다.

"아, 아주머니! 아주머니……!"

충격을 머금은 눈동자가 파르르 떨렸다. 아낙의 심장을 관통한 화살은 필시 제 얼굴을 비켜간 화살이었다. 삶과 죽음이 실로 종이 한 장 차이라. 그때 또 한 번 한 다발의 총성이 울려 퍼졌다. 번뜩 정신을 차리자 곳곳에서 비명이 터져 나오고 있었다. 도망쳐야 한다. 살아야만 한다. 오직 그 생각만으로 뛰어 나갔다. 하나 두 다리가 마음처럼 움직여 주질 않았다. 이미 죽어 나간 부지기수의 사람들이 발밑으로 여럿 쓰러져 있었다. 머리가 부서진 사람도 있고 눈에 화살을 박고 죽은 이도 있었다. 끔찍한 살육의 현장이며 아비규환이 따로 없었다. 사기장을 죽이지 않고 잡아간다는 소문도 이제 보니 모두 헛것이었다. 왜군의 눈먼 총구는 사람을 가리지 않았다. 정이는 무작정 달려나갔다. 죽고 싶지 않았다. 살고 싶었다. 발의 감각이 없어질 정도로 산길을 내달렸다. 앞뒤 좌우도 가늠하지 못한 채 그저 도망쳤다. 그리 정신없이 달려가다 뒤쫓는 발걸음 소리가 잦아들자 겨우 숨을 토해냈다.

어느새 총성도 들리지 않았다. 우선은 수풀에 몸을 숨겼으나 후들거리는 다리도, 손끝도, 눈빛도, 무엇하나 안정되지 않았다. 수풀 사이로 훤히 떠오른 달이 보였다. 보름달이라, 너무 밝은 것이 되레 불편한 밤이었다. 그날 밤, 그리 버티고 버티다 저도 모르게 잠이 들었다.

아침 녘 이슬이 정이를 잠에서 깨웠다. 조심스레 수풀을 빠져나와 왔던 길을 되짚었으나 사람의 흔적은 보이지 않았다. 그저 모든 사람이 무사 무탈하기를 간절히 빌었다. 불현듯 배가 고팠다. 먹을 것을 찾아 두리번두리번 숲을 헤매던 끝에 멀리서 피어오르는 연기가 보였다. 바람을 타고 오는 구수한 밥 냄새도 있었다. 조심스럽게 연기가 오르는 곳을 향했다. 꿀꺽. 마른침을 삼키고 다시 보니 조선의 고을이 아니었다. '왜군의 진영이다!' 후들거리는 다리를 붙잡고 서둘러 몸을 돌렸으나 멀쩡한 처자를 발견한 왜병 셋이 비릿한 미소를 머금고 있었다. 그러곤 천천히 다가섰다. 정이가 몸서리치며 비명을 질렀으나 거센 왜병의 주먹이 정이의 얼굴을 가격했다. 묵직한 사내의 주먹은 감당하기 힘들었다. 벼락을 맞은 듯 단 번에 정신을 잃고 말았다.

정신을 차렸을 땐 포로들과 함께 뒤섞여 있었다. 힘겹게 뜬 두 눈 위로 검붉은 피가 뒤엉킨 왜병의 창끝이 보였다. 시선을 돌리자 수백의 즐비한 검은 천들이 파도처럼 일렁였다. 수십 개의 막사가 줄지어 있었다. 숨은 쉬었으나 죽은 것과 다름없었다. 끼니는커녕 물 한 모금조차 내주지 않았다. 하긴 살아있는 것 자체가 기적이리라. 그러고 보니 옆으로 기십의 여인들이 함께 있었다. 한데 오색의 비단 저고리를 입은 여인은 한 명도 없고 거의 대부분이 흰색 무명천을 입고 이마에 머릿수건을 동여맨 평민 아낙이며 처녀들이었다. 누에벌레에서 실을 뽑고 옷감을 짜며 논이며 밭에 나가 고랑을 파고 밥 짓는 여인들이리라. 그들 면면 아래 공포가 스며 있었다. 그때 삐걱, 하며 낡은 문짝이 열렸다. 정이는 숨을 죽이고 입구를 바라보았다. 우는 아이를 품에 안은 아낙은 더욱 강하게 아이를 끌어안았다. 문 옆으로 붙어 앉은 한 여인 앞에 선 젊은 왜병이 주절주절 일본말을 꺼내 놓았다. 말귀를 알아듣지 못한 여인이 질겁한 얼굴로 고개를 가로젓자 이내 왜병의 장창이 여인의 가슴을 꿰뚫었다. 선혈이 낭자했고 지켜 본 여인들이 혼비백산하며 아우성쳤다. 하지만 뉘 하나 왜병에 맞설 수 있는 여인은 없었다. 매서운 왜병의 시선이 천천히 옆으로 옮겨갔다. 그러곤 또 주절주절 일본말을 읊조렸다. 겁에 질린 여인이 덜덜 떨며 고개를 내저었다. 파르르 떨리는 눈빛이 죽음을 목전에 둔 공포에 젖어 있었다. 왜병이 장창을 치켜들자 소스라친 여인이 질끈 눈을 감았다. 그때 보다 못한 정이가 벌떡 일어나 소리쳤다.

"멈추시오!"

순간 정적이 흘렀고 모두의 시선이 정이를 향했다. 왜병이 힐끔 정이를 보자 정이가 품에서 분원의 통패를 꺼내 던졌다. 통패를 확인한 왜병이 갸웃한 눈빛으로 쳐다보자 침을 꿀꺽 삼킨 정이가 말했다. 단호했고 무언가 자신감이 베여 있었다.

"내가 자기를 만들 수 있소. 나는, 사기장이오."

29장

그릇 하나에 목숨 하나.

한 여인이 그릇으로 도탄에 빠진 백성을 구했다 하니,
해일처럼 일어난 문무중신들이 목소리를 드높였다.
"저 간악한 여인을 참형에 처하시옵소서!"

물소 가죽을 펼쳐 만든 막사들 사이사이에 나이 든 아낙들이 줄을 지어 있었다. 욕정어린 젊은 왜병들의 시선이 아낙들을 스윽 훑고 지났고 그 옆으로 정이가 댕기 걸음을 옮겼다. 노획해 온 재물과 포로가 된 아낙들이 마치 바윗돌마냥 정이의 가슴을 짓눌러 숨쉬기조차 버거웠다. 그때 한 여인의 신음이 울려 퍼졌다. 깜짝 놀란 정이가 고개를 돌리자 방금 지나쳤던 아낙들 중 하나가 피를 뿌리며 쓰러져 있었다. 핏기어린 처자들이야 노리개로라도 가치가 있었지만 나이 든 아낙들은 아무짝에도 쓸모가 없었다. 아낙의 가슴에서 피 묻은 장검을 뽑아낸 왜장이 소리쳤다.

"모두 죽여라!"

명이 떨어지자마자 병사들이 겁에 질린 여인들을 도륙했다. 구차하게 살아서 능욕을 당하다니 죽는 게 낫다 체념한 여인들은 애걸하지도 우악스레 덤벼들지도 않았다. 그저 처참한 여인들의 비명만이 서럽게 메아리쳤다. 충격어린 정이가 털썩 주저앉고 말았다. 할 수 없었다. 할 수 있는 것이 없었다. 닭똥 같은 눈물이 흙바닥에 툭툭 떨어졌다. 삽시간에 화염이 치솟았고 한 줌 재가 된 시체들이 싸이고 쌓여 아무렇게나 묻혔다. 그 처참한 현실에 정이는 오열하고 또 오열했다. 그리 목 놓아 우는데 누군가의 발이 눈 앞에 다가와 섰다. 천천히 고개를 들자 왜장이 자신을 노려보고 있었다. 손엔 통패를 들고 있었다. 왜장이 무어라 말을 하자 옆으로 선 왜병이 통역을 해 주었다.

"분원이라……. 네가 분원의 사기장이란 말이냐?"

눈물을 훔쳐낸 정이가 조심스레 고개를 끄덕였다. 찬찬히 정이를 훑은 왜장이 몇 마디 던지곤 이내 고개를 저었다. 그러곤 통패를 툭 던져 놓고 돌아섰다. 발길이 떨어지기도 전에 옆에선 왜병이 칼을 뽑아들었다. 죽이란 뜻이리라! 소스라친 정이가 소리쳤다.

"겐조! 기무라 겐조를 압니다!"

무슨 말인가 싶어 왜장이 고개를 돌리자 통역이 나직이 아뢰었다.

"기무라 겐조 장군을 안답니다."

적장이 의아한 눈빛을 보내자 정이가 단호히 말했다.

"태합전하의 명을 받고 조선에 왔지요. 조선의 백자기와 왜의 수우각을 교환하기 위해. 그 분이 저를 불렀습니다. 제가 만났습니다. 제가 그릇을 빚어주겠다 했습니다."

"……."

저도 모르게 튀어나온 거짓말이었다. 한데 철천지원수가 제 목숨을 구한 격이라 정이로선 더더욱 기가 찰 노릇이었다. 게다가 뜻밖의 융숭한 대접을 받았다. 결박된 몸이 자유롭지는 못하였으나 왜장의 숙소에 들어서는 결박도 풀고 따스한 음식도 먹을 수 있었다. 상당한 고초를 맛보리라 생각했으나 생각지도 않은 대우에 부러 거절하지도 싫은 내색을 하지도 않았다. 우리에 내던져진 돼지들처럼 한데 엉킨 아낙네들에 비하면 여긴 천상이나 다름 없었다. 숨이 붙어 있어야 후사를 도모할 수 있다. 오직 그 맘뿐이었다. 횃불을 밝힌 막사는 대낮처럼 밝았다. 장정 네 명이 누워도 남을 크기의 커다란 서탁이 가운데 위치했고 그 위로는 조선의 지형으로 보이는 산들이 얼기설기 그려져 있었다. 듬성듬성 꽂힌 작은 깃발에 큼지막한 글씨로 조朝자와 왜倭자가 박혀 있는데, 남쪽의 대부분이 왜의 깃발이었다. 그 앞에 왜장이 앉아 차도를 즐기고 있었다. 또르르. 옥빛을 머금은 찻물이 차완으로, 다시 왜장의 입속으로 흘러들어 갔다. 한눈에도 매서운 눈빛의 소유자였다. 몇 번이고 다짐했지만 막상 왜장과 마주하니 심장이 떨려 침착함을 유지하기 힘들었고 입조차 열기 어려웠다. 왜장은 이름이 료타라 했고, 기무라 겐조와는 잘 아는 사이라 했다. 료타의 손에 들린 차완의 바닥이 보일 때쯤 정이의 입이 떨어졌다.

"이곳에 잡혀 있는 조선인들을 구명해 주는 대가로……."

정이가 말끝을 흐렸으나 료타는 재촉하지 않았다. 침을 꼴깍 삼킨 정이가 말을 이었다. 단호히.

"그릇을 빚어 드리겠습니다."

그리고 답이 떨어지길 기다린 듯 료타의 입고리가 슬며시 올라갔다.

"너를 본토로 보내버리면 될 것인데, 왜 내가 너의 청을 들어주어야 하느냐."

"이것은 청이 아닙니다. 저는 청을 한 것이 아니라, 제안을 하는 것입니다."

"제안? 지금…… 나와 거래를 하자는 것이냐?"

"청이라 해도 좋고, 제안이 아니라 해도 상관없습니다. 다만, 하나만 약조하십시오."

어금니를 악문 정이가 배에 힘을 주고 료타를 노려보며 말했다. 료타는 마치 막 걸음을 뗀 아이를 보듯 재미있고 기특하다는 눈빛으로 정이를 응시했다. 전란의 한복판에서 재미난 놀이를 만난 표정이었다.

"그릇 하나에…… 목숨 하나입니다."

찻잔을 내려놓은 료타가 사뭇 진지한 눈빛으로 정이를 응시했다. 머릿속으로 셈을 하고 있었다. 문득 본토를 떠나기 전 히데요시의 목소리가 떠올랐다. "한낱 침략전쟁에 머물러선 아니 될 것이다." 그리 말하는 히데요시의 손에 조선의 막사발이 들려 있었다. 피식 미소를 머금은 료타가 고개를 끄덕였다. 수긍의 뜻이리라.

다행히 인근에 작은 가마터가 있었다. 유약과 시목, 백토도 그대로 남아 있었다. 질이 좋은 것은 아니었으나 질그릇을 빚는 데는 그 정도면 충분한 듯했다. 한 시도 지체할 시간이 없어 뒤따라온 조선의 여인들을 향해 말했다.

"우선 몇 분은 시목을 확인해 주세요, 그리고 다른 분들께서는 가마에 불을 지펴 바람구멍이 없는지 살펴주시고요. 그동안 저는 흙과 유약을 확인해 보겠습니다."

정확히 사흘 만에 첫 번째 결과물이 나왔다. 스무 점의 그릇이 가마 밖으로 나온 순간 료타의 입은 귀에까지 걸려 있었다. 정이가 보기에 스무 점 중 절반은 파기해야 하는 품질이었으나 료타는 고개를 가로저었다. 되레 감탄해 마지 않았다. 하나 정이는 불안했다. '마마님. 제가 하는 일이 옳은 일이겠죠…….' 자신의 행동이 제발 옳은 일이기를 빌었다. 어찌 되었듯 이것으로 아낙 스무 명의 목숨은 구하지 않았는가. 그날 밤 새벽이 될 때까지 그릇을 감상한 료타가 아침 일찍 정이를 찾았다. 그러곤 자기를 빚어라 채근했다. 하니 쉴 수 없었다. 가마도 식을 줄 몰랐다. 불안하고 위험했다. 연일 가마를 운용하다가는 터질 수도 있었다. 해서 하루 걸러 하루는 쉬어야 한다 말했지만 료타는 허락지 않았다.

"하면 저 여인들은 이 시간부로 죽은 목숨이다."

"어찌……!"

"네 입으로 말하지 않았느냐? 그릇 하나에 목숨하나."

주저하는 정이에게 료타가 핏발을 세워 소리쳤다.

"알겠습니다. 해드리지요."

움켜쥔 정이의 주먹이 부르르 떨렸다.

개성까지 다다른 분조가 방향을 틀어 양주까지 남하해 다시 파주목 적성에 자리를 잡았다. 관아라고는 하나 깊숙한 곳에 자리해 있었다. 층첩으로 경비를 삼엄히 하고 두 개의 도주로를 미리 마련해 두었다. 날씨가 좋은 오후였다. 꽃나무가 무성한 마당은 아늑하고 깨끗하게 정비돼 있어 전란만 아니라면 심신을 요양하기에 적합한 장소였다. 한데도 일국의 왕세자가 머무는 소조정의 행영으로는 너무 남루했다. 성난 백성들이 휩쓸고 간 관아는 제대로 된 방 한 칸이 남아 있지 않았고 곳간에도 쌀 한 톨 남아 있지 않았다. 그날 오후 늦게 정찰을 떠났던 태도가 돌아왔다. 왜군의 정세도 궁금했지만 그 보다 정이의 안위를 먼저 물어 보았다.

"어찌 됐느냐? 찾지 못했느냐?"

"어제 오늘 연천과 포천 일대를 훑었으나 찾지 못했습니다. 허락해 주신다면 내일은 좀 더 북쪽으로 가 볼 생각입니다. 너무 심려치 마십시오. 정이는, 그리 녹록한 아이가 아닙니다."

고개를 끄덕인 광해가 물었다.

"너는 어찌했으면 좋겠느냐? 어찌하면 이 난국을 헤쳐나갈 수 있겠느냐?"

태도가 조심스레 대꾸했다.

"이곳 양주는 물론 남쪽으로 청주며 단양이며 하룻밤 자고 나면 의병들이 우후죽순 일어나고 있습니다. 관군들이 서로 배척하고 소통하지 못하는 와중에 어디에도 속하지 않은 의병들의 위세를 끌어안아야만 저하께옵서 난국을 타파하실 수 있을 것입니다."

"의병이라……. 내일은 나와 함께 가자꾸나. 정세도 파악할 겸."

"예, 마마."

이튿날 광해와 태도가 밖으로 나섰다. 전란 이후 이처럼 홀로 움직인 것은 처음이었다. 그제야 보이지 않던 전란이 눈에 들어왔다. 처참했고 침통했다. 인적 끊긴 마실이며 들판이며 개울이며 부패한 시신들이 널브러져 있었다. 왜군의 총칼에 숨진 자도 있었으나 굶어 죽었거나 역병에 죽은 자들도 많았다. 그 주검들 위로 모기며 파리며 온갖 잡벌레들이 가득했다. 하니 살아있는 자들도 별반 다르지 않았다. 달고 쓴 것을 가리지 않고 풀이며 나무껍질을 먹고 있었다. 심지어 시신을 먹는 자도 있었다. 이 모두가 전란이 부른 참혹한 현실이리라. 제 심장에 대못이 박힌 듯 고통스러웠다.

"실로 통탄할 노릇이구나! 대체 이 난국을 어찌한단 말인가!"

그리 하루 온종일 정처 없이 떠돌다 구슬픈 밤을 맞았다. 칼을 풀어 놓고 잠시 눈을 붙이는데 어디선가 풀잎 밟는 소리가 들렸다. 벌떡 일어난 태도가 섬광처럼 칼을 뽑아들었다. 몸은 본능적으로 광해의 앞을 막아섰다. 광해 또한 안광을 번득이며 칼을 뽑았다. 그때 다시 한 번 사그락 발걸음 소리가 들렸다. 두 사람이 동시에 굵직한 나무 뒤로 몸을 피한 후 숨을 죽였다. 발걸음 소리는 점점 가까워졌고 그 수도 한두 명이 아니었다. 심장이 요동쳤고 움켜쥔 칼을 더욱 힘껏 감아쥐었다. 그러길 발걸음 소리가 지척에 다다르자 두 사람의 검이 동시에 섬광을 뿌리며 어둠을 갈랐다. 하나 이내 멈추고 말았다. 두 사람의 칼날 끝에 덜덜 떨고 있는 조선의 백성들이 서 있었다. 낮은 안도의 한숨이 누구인지 모를 입에서 나왔다. 검을 회수한 후 사람들을 다독였다. 한데 그들로부터 들을 수 있었다. 광해와 태도 두 사람의 눈빛이 요동쳤다.

"동쪽으로 이틀 거리에 있는 왜군의 진영이 있습니다요. 거기서 어떤 여인이 자기를 구워 사람들을 살리고 있습니다. 저희 또한 그 여인 덕에 이리 살아나온 것이고요."

광해와 태도가 동시에 소리쳤다.

"정이다!"

이틀 거리라고 했다. 건장한 사내가 쉬지 않고 걸었을 때 걸리는 시간이리라. 하나 광해와 태도는 이틀을 반나절로 만들었다. 언덕 위로 올라서자 멀리 왜군 진영이 내려다보였다.

"저 곳에 정이가 있으렷다."

"정면 돌파는 힘들 듯합니다."

진영의 크기를 보아 왜군의 수가 대략 일천 명은 되는 듯했다. 분조를 따르는 충신이며 관군을 모두 합쳐야 겨우 오백 남짓이니 야음을 틈타 기습을 한다면 모를까 정면승부로는 어림도 없는 숫자였다. 한데 그 순간 매서운 살기가 사위를 에워쌌다. 광해가 미처 반응을 보이기도 전에 살기를 입힌 수십의 칼날이 사위로 들이닥쳤다. 그들은 삽시간에 양측의 도피로를 차단했고 어리둥절한 표정으로 있는 광해와 태도를 물샐틈없이 에워쌌다. 뒤늦게야 신변의 위험을 느낀 태도가 칼을 빼들었지만 이미 광해의 수족이 제압된 후였다. 광해는 저항하지도 말 한마디 뱉지도 않았다. 복색이 조선인이었기에. 태도가 물었다.

"의병인가 보오?"

의병 중 하나가 광해의 복색을 찬찬히 훑곤 물었다.

"뉘시오?"

팔도에서 일어난 의병이 없었다면 왜군은 이미 조선을 모두 집어 삼키고도 남았을 것이다. 하나 이런 의병의 활약에도 불구하고 의주로 몽진한 선조는 한시라도 빨리 요동으로 망명하기를 명에 간청하고 있었으니 참으로 안타까운 일이었다. 광해의 발걸음이 무거웠다. 의병군들은 자신을 세자로 대우하지는 않을 터였다. 백성을 버린 왕의 자식일 뿐이었다. 반나절 정도를 걸어 골짜기와 수풀을 헤집고 들어가니 넓은 분지가 나왔다. 화전민의 마을이라 짐작되는 곳에 의병들의 진지가 있었다.

"세자저하시라고요? 하하, 이거 참 듣던 중 반가운 소리외다. 조선군은 왕을 지키고, 의병군은 백성을 지킨다고 했던가. 세자

저하께선 대체 예서 무얼 하고 계신 것이요?"

언행 어디에도 공경심 따윈 보이지 않았다. 그저 시전의 왈패 같았다. 당장 칼을 뽑아든 태도가 소리쳤다.

"무엄하다! 언행에 예를 갖추어라!"

의병장은 태도의 외침에도 아랑곳하지 않았다. 광해가 주먹을 말아 쥐었다. 분노가 치밀었다. 의병장의 행태에 대한 분노가 아니었다. 백성을 저리 만든 자신과 조정 그리고 아비 선조에 대한 분노였다. 광해가 한발 앞으로 다가가 칼을 반쯤 뽑아든 태도를 제지하며 말했다.

"잘못을 한 이는 백성을 버리고 떠난 왕실이며 전하이시고, 이들에게 도움을 청하는 이 또한 왕실이며 왕세자다."

"……."

광해의 발언에 잠시간 침묵이 흘렀다. 한데 그때 생각지도 못한 인물이 저 멀리서 달려왔다. 짧았던 수염이 가늠하지 못할 만큼 덥수룩하게 늘어져 있었고, 느슨하게 여며 입은 짧은 소매 밖으로 상처 가득한 손도 보였다. 입은 걸어도 속은 무른, 상대의 멱살은 잡아도 패대기칠 용기는 없었던, 파기장 심종수가 의병군의 진영에서 달려 나왔다.

"마마! 아, 아니 저하!"

그러곤 깍듯이 예를 갖추었다. 단단하게 말린 소가죽 피갑을 몸에 걸치고 있는데 엉겨 붙은 피가 한가득했고, 허리엔 왜군의 칼을 차고 있었다. 과연 저치가 흙을 빚던 사기장이 맞는가 의심스러울 정도였다. 심종수가 말했다.

"저하. 이 사람들의 결례를 용서하시옵소서." 하곤 사위를 둘러 싼 의병들에게 따끔히 소리쳤다.

"세자저하가 아니신가! 전하께서 의주로 파천한 마당에 홀로 이곳에 남아 백성들을 살피고 계신 분일세! 당장 예를 갖추시게!"

심종수의 호통에 의병들이 두루 고개를 숙이자 광해가 나직이 말했다.

"그대에게, 그리고 그대들에게, 왕실을 대표해 내가 사과하오."

조선의 왕세자가 백성들에게 사죄를 하다니, 태도가 발끈했다.

"저하 어찌 이러십니까!"

태도의 반응에는 아랑곳 없이 광해가 단도직입적으로 말했다.

"자네들이 나를 좀 도와주게."

"……."

"전쟁에서의 승패는 병가지상사라 했으니 조선군이 몇 번 패했다 하여 국운이 다한 것은 아닐세. 분조가 한양 이북을 지켜내고 그 옆으로 병풍을 휘둘러 왜군의 북진만 막아낸다면, 이 전쟁의 승운도 우리 쪽으로 움직일 수 있음이네. 하니 자네들이 나를 도와줌세!"

"승운이요? 허, 그게 다 무지몽매한 백성들을 현혹시키는 작당이지요! 대왕 임금은 의주로 피난했고, 그 자식들은 죄다 뿔뿔이 흩어져 제 목숨 보전에 바쁜 것이 현 실정이 아닙니까! 이일 장군도 신립 장군도 대패하여 일병 일졸 하나 못 건진 마당에 무슨 방도로 왜군과 정면으로 맞선단 말이십니까?"

의병장의 일장연설에 사위를 둘러싼 의병들이 얼싸 소리치며 웅성거렸다. 의병장이 노기서린 목소리로 말을 이었다.

"저하께선 지금 우릴 사지로 내몰려는 게 아닙니까! 지금 주상 전하는 어디서 무엇을 하고 계신답니까? 백성들이 이리 죽어가고, 제 목숨 바쳐 나라를 구하고자 하는데, 대체 대왕 나리는 어디서 무얼 한답니까?"

광해가 나직이 대꾸했다.

"자네들을 이용하는 것이 맞네. 그 희생에 무엇 하나 보상할 것도 없고. 하나…… 조선의 백성을 구하려 하는 마음은, 나라를 구하겠단 일념은, 자네들이나 나나 똑같을 것이라 믿네. 하니 마음을 열고 도와주시게. 자네들이 오백, 분조가 오백, 둘이 합치면 군사가 일천이네. 내 자네들에게 결코 선봉을 맡기지 않을 것이네. 자네들은 그저 도주하는 적병을 쫓고, 백성들을 구하시게."

"……."

난중에 실로 기이한 광경이었다. 악공과 악생이 연주를 펼쳤고 음률에 맞춰 무동舞童들이 흥을 돋우었다. 하니 원망어린 백성들의 목소리는 연주와 춤사위 뒤로 사라졌고, 선조는 이 고통스러운 시간을 홀로 벗어나 있었다. 유난히 높게 자리한 용좌는 선조의 위엄을 드높이 뽐내었다. 수천의 대소신료들이 선조의 밑에서 고개를 조아렸고, 오직 선조만이 두 눈을 지그시 감고 연회의 즐거움에 흠뻑 젖어 있었다. 그때였다. 수북이 고개를 숙였던 대소신료들이 일제히 뒤로 물러나고 무용수들도 순식간에 연단 좌우로 물러나 사라졌다. 그 가운데 사내가 서 있었다. 익선관을 쓰고 곤룡포를 걸치고 있었다. 선조가 소리쳤다.

"광해 네 이놈!"

찬찬히 걸음을 옮겨 선조 앞까지 선 광해가 선조의 그림자를 밟고 섰다. 덜덜 떨리는 손으로 옥좌를 움켜쥔 선조가 일갈을 쏟아냈다.

"네 놈이 정령 죽고 싶은 것이냐!"

"제게 잘 어울린다 싶었는데…… 어심엔 흡족하지 않으시옵니까?"

그러곤 서늘한 미소를 머금고 말을 이었다.

"하면, 전하께옵선 용상에 거하실 자격이 없사옵니다!"

"뭐, 뭐라!"

화들짝 놀란 선조가 잠에서 깨어났다. 식은땀이 등골을 타고 흘러 내렸고 입술이 까칠하게 메말라 있었다. 목을 축여야 할 듯 싶어 옆에 두었던 물 잔을 집어 들자 꿈속의 기억이 불현듯 눈앞을 스쳐 지났다. 동시에 손에 쥐고 있던 물 잔을 떨굴 뻔하다가 겨우 집어 들었다. 선조가 이를 바드득 갈았다.

"광해 이 놈이……!"

의병군을 움직이는 데 성공한 광해는 야음을 틈타 손수 왜군의 진영을 정찰했다. 가파른 산을 등진 널찍한 초야에 소나무가 울창한 언덕들이 앞으로 듬성듬성 있었다. 좌우로 실개천이 있었으나 무시해도 되는 수준이었고 마음만 먹는다면 사방 어디에서든 공격해 들어갈 수 있어 보였다. 지난 달포 간 단 한 번도 공격을 받은 적이 없음이라, 경비는 허술했고 병사들도 게을러 보였다. 하니 공격을 감행하기엔 지금이 호기였고 적기였다. 다음날 밤 광해는 언덕 위에 올라 있었다. 밤하늘에 활짝 핀 만월에 별빛마저 총총한 밤이었다. 잠시 호흡을 고르며 달밤을 응시하던 광해가 시선을 떨어트리자 그 아래로 의병장과 의병들, 그리고 분조에서 나온 수백의 관군들이 서 있었다. 결의어린 그들의 눈빛이 어둠을 밝히고 있었다. 광해가 단호히 소리쳤다.

"진격한다!"

광해의 공격 명령이 떨어지자마자 태도가 기마병을 이끌고 내달렸다. 말을 내달린 태도가 거침없이 진영 초입을 뚫고 들어간 후에야 사위에서 총성이 울려 퍼졌고 뒤이어 전후좌우에서 수백의 조선군이 화살을 뿌리며 쏟아져 나왔다. 제법 그럴싸하던 왜군의 진영은 종이호랑이 마냥 단숨에 풍비박산이 났다. 왜군들은 아비규환의 현장에서 어찌할 바를 모르고 불난 집 생쥐처럼 사방으로 흩어졌다. 어이없이 흩어지는 적진을 보며 광해는 실소를 금치 못했다. 공격의 고삐를 바짝 조여 도주하는 뒤통수에 화살을 쏟아 붓자 곳곳에서 자지러지는 비명이 난자했다. 하나 아직 왜군의 본진은 방어태세를 유지하고 있었다. 그곳이 태도의 종착지였다.

태도와 기마대는 필사적으로 달려 나갔다. 그 기세대로 돌진해 간다면 본진을 막고 있는 왜병들은 물론 쌍방 모두 치명타를 입을 게 분명했다. 하나 태도는 멈추지 않았다. 죽기를 각오한 어사망파의 기세에 놀란 왜병들이 급히 옆으로 물러나 한 갈래 통로를 내주었다. 하여 태도를 비롯한 이십여 군마는 거침없이 포위망을 뚫고 지나갔다. 사방에서 조총의 불꽃이 튀었고 창검이 날아들었지만 태도는 왜장이 있을 적진의 중앙까지 쉼 없이 내달렸다. 그런 중 홀연 깃대를 잡고 있던 선두의 병사가 등에 화살을 맞곤 고꾸라지고 말았다. 그 바람에 기마들은 방향을 잃고 우후

죽순 쏟아진 화살에 어지러이 흩어졌다. 오갈 데 없이 표류하는 가운데 왜군이 창검을 찔러 들어오자 태도의 전신에 상처가 늘어났다. 순간 화살 하나가 어깨에 콱 박혔다. 극심한 고통을 참으며 화살을 힘껏 뽑아냈다. 붉은 선혈이 흥건했으나 태도의 낯빛엔 조금의 망설임도 없었다. 되레 목소리에 힘이 실렸다.

"돌파한다! 적장의 목이 코앞에 있다!"

입은 그리 말했으나 심장은 달리 외치고 있었다. '기다려라! 조금만 참고 기다리거라! 정아!' 정이를 구하겠단 일념, 오직 그뿐이었다.

기백의 병사들이 한데 엉켜들자 바람이 휘몰아치는 광야에 피보라가 솟구쳤다. 총성은 끊이지 않았고 날 선 창검도 연신 부딪쳐 귀청을 찢고 있었다. 온 사방이 주검들로 넘쳐났다. 머리가 두 갈래로 쪼개진 이도 있었고 배를 갈라 오장육부를 쏟아낸 이도 있었다. 심히 역겨운 인간의 속이 들판에 뿌려졌다. 그 위로는 변변찮은 갑주를 걸친 조선군과 왜병들이 짓밟듯 지나갔다. 피에 얼룩진 평야에 나뒹구는 무수히 많은 주검들, 기껏해야 일각 전까지 생생하게 살아 있던 자들이었다. 죽어서도 손에 든 무기를 놓지 않고 있었고, 눈도 제대로 감지 못한 얼굴에는 한이 맺혀 있었다. 그리 휘몰아친 혈전가운데 이척二尺 장도長刀를 든 왜장이 조선군들을 도륙하고 있었다. 그는 조선군 한 명을 벨 때마다

호랑이처럼 우렁찬 괴성을 토해냈다. 얼굴은 모가 났고 턱밑 가득 검고 짙은 수염이 수북한데 두 눈이 유독 매서웠다. 살기를 머금은 안광이 그의 투구 밖으로 터져 나올 때마다 그의 칼끝에 조선군이며 의병들이며 처참한 죽음을 맞이했다. 한데 한순간 귀신 같은 몸놀림의 사내가 말에서 뛰어 내려 왜장의 머리를 내리쳤다. 날 선 검은 왜장의 투구를 쪼갠 후 머리 깊숙이 파고들었다. 태도의 검이라. 왜병들의 눈에 태도의 위세는 당당하기 이를 데 없었다. 강대한 근골에 키도 훤칠하니 오합지졸 속에 파묻혀도 유독 눈에 띄었고, 들판에 홀로 선 낙락장송 같았다. 그런 태도가 활을 쏘고 칼을 휘두르니 하늘을 베고 땅을 가르는 위세에 왜병들은 속절없이 쓰러졌다.

조선군이 몰려들자 본진의 왜병들은 포로로 잡힌 여인들을 도륙하기 시작했다. 알 수 없는 말을 중얼거리며 거침없이 살육했다. 여인들은 혼비백산했지만 대부분은 왜병의 칼끝에서 살아남지 못했다. 그 칼날 앞에 선 정이가 부르르 떨고 있었다. 품엔 어미 잃은 어린아이를 힘껏 껴안고 있었다. 눈을 질끈 감고 제발 이 아이만이라도 살아남기를 간절히 빌었다. 한데 아무런 느낌이 없었다. 날 선 칼날의 섬뜩함도 없었고 조총소리도 들리지도 않았다. 떨리는 눈을 조심스레 뜨자 창검을 들이밀고 서 있던 서너 명의 왜군들이 모두 쓰러져 있었다. 그리고 그곳에 태도가 서 있었다. 살았다는 기쁨과 태도를 만난 반가움이 한데 뒤엉켜 눈물로 솟구쳤다.

"오라버니…… 오라버니!"

태도가 막 정이의 눈가에 맺힌 눈물을 닦아 주려는데 광해가 달려왔다.

"정아!"

"마, 마마!"

다시는 볼 수 없을 것이라 내심 마음을 다잡아 둔 후였다. 일개 사기장이 넘볼 수 있는 인연도 아니었다. 그렇다 해도 마지막으로 단 한 번만 뵐 수 있다면, 그 일말의 기대마저 놓기엔 광해군을 향해 있던 마음이 쉬이 접히질 않고 있었다. 하니 광해의 목소리가 정이의 가슴에 떨어진 순간 더는 바랄 것이 없었다. 정이 앞에 나직한 미소를 짓고 서 있는 광해군이 눈이 부셔 차마 고개를 들 수가 없었다. 그토록 보고 싶었음에도 고개는 계속 꺾였다. 연신 눈시울을 타고 흐르는 눈물을 멈출 수 없었다. 그때 왜병들이 사위를 에워쌌다. 그들 가운데 적장 료타도 있었다. 그는 한눈에 광해의 정체를 간파하곤 비릿한 미소를 머금었다.

"저자를 잡아라! 저 자의 목만 있으면 될 것이다!"

아군의 진영으로 가려면 이들을 뚫고 가야 했으나 한눈에 봐도 수가 너무 많았다. 광해가 나직이 말했다.

"태도야."

"정이를 데리고 뒤로 가십시오. 이자들은 제가 막겠습니다."

그러곤 칼을 정수리 위로 들어 올려 소리쳤다.

"누가 먼저 죽을 테냐!"

태도를 두고 갈 수 없다는 정이의 손을 힘껏 잡아끌어 막사 뒤편으로 빠져나오자 꺾아지른 태산이 눈앞에 서 있었다. 어찌하건 정이를 데리고 아수라장이 된 전장으로는 갈 수 없어 산을 타고 올랐다. 잠시 뒤 추격자들도 광해의 뒤를 쫓아왔다. 가파른 계곡을 타고 한참을 도주하는 때에 파공음을 머금은 화살이 광해의 어깨를 스쳐 지났다. 거의 동시에 날아든 또 다른 화살이 정이를 향했다. 눈을 빤히 뜨고도 피할 수 없는 위기일발의 찰나에 한 마리 새처럼 솟구쳐 오른 광해의 칼날이 화살을 걷어냈다. 그러곤 삽시간에 뒤쫓아 온 왜병의 목을 쳤다. 보니 멀리서 조총을 든 왜병 다섯이 올라오고 있었다. 급히 정이의 손을 이끈 광해가 계곡을 벗어나 어둠에 잠긴 숲으로 들어섰다.

서늘한 바람이 쉬지 않고 뺨을 스쳤다. 피내음도 진동했다. 전신을 휘감는 불안에 제 발밑 소리가 천둥마냥 크게 들렸다. 그때였다. 벼락 같은 총성이 터져 나온 것이. 다행히 정이는 침착하게 나무 뒤로 몸을 숨기고 있었다. 전쟁이 발발한 후 늘 시신이며 제 죽음의 그림자를 밟고 있지 않았던가. 전쟁이 만든 살의와 조잡한 삶에 대한 애착이 제 마음에도 보였다. 하여 어찌하건 정이만큼은 살리고 싶었으나 조총을 든 왜병 다섯을 상대하기엔 무리가 있었다. 더 생각할 겨를도 없었다. 거친 호흡을 다잡고 정이의 손을 끌고 달려나갔다. 왜병들은 기회가 닿을 때 마다 연신 총성을 울렸다. 그렇게 숲이며 들이며 지쳐 쓰러질 때까지 달리자 어느새 총성도 멎고 피내음도 사라졌다. 어딘지 모를 낯선 곳이었고 멀리 여명이 터오고 있었다. 거의 정신을 놓다시피 한 정이를 부축하며 말했다.

"멈추면 안 된다. 가자. 더 가야 한다."

정이의 마음에 태도 걱정뿐이었다.

"오라버니…… 오라버니는 괜찮을까요……."

"네 목숨을 구하는 것이 우선이다. 그것이 태도를 위한 행동이기도 하고."

"……."

"북쪽으로 계속 가면 분조가 나올 것이다. 지체할 시간이 없다. 어서!"

나직한 언덕이 몇 개 이어지다가 산등성이를 넘어서자 아침해가 떠올랐고, 남북으로 길게 뻗은 산맥을 타고 가자 또 어느새 밤이되고 낮이 되었다. 이틀을 내리 달려간 끝에 평화로운 전경이 눈앞에 펼쳐졌다. 소나무 숲이 일렁거리며 노래를 하는 듯했고 바람을 탄 꽃잎들이 춤을 추고 있었다. 익숙한 곳이라, 분조가 들어선 적성이었다. 두 사람이 다가서자 밤새 기다린 듯 태도가 달려 나왔다. 정이도 한 달음에 달려 나가 태도를 와락 껴안았다.

"살았구나! 살았구나 정아……!"

"이제는 고맙지도 않아……. 미안하지도 않아……."

눈물이 쏟아졌다. 목이 메었다. 그래도 주절주절 읊조렸다.

"그냥 난 오라버니가 이제 좀 편해지면 좋겠어. 난 오라버니를 힘들게만 하는 사람이니까…… 우린 함께 있으면 안 되는 인연인가봐……."

"세상엔 인연도 없고 악연도 없다. 난 다만, 너만 있으면 된다. 그뿐이다.".

단 한 하룻밤 만에 천지를 뒤흔드는 승리의 함성에 조선의 깃발이 높게 치솟았다. 해유령 고개에서 신각申恪 장군이 왜병 칠십을 무찌르긴 했으나 어디 내세우기도 민망한 수준이었다. 하니 대규모 전투로는 명실공히 조선의 첫 승전이었다. 광해군이 만든 승리였고, 분조와 의병이 일기투합하여 만든 승전이었다. 이후 광해의 분조가 세 번에 걸친 작은 전투를 승리로 이끌자 광해의 활약은 전란 속에서도 바람을 타고 팔도의 백성들에게 전해졌다. 무지한 촌부라도 전란 속에 임명된 왕세자의 자리가 무엇을 뜻하는지는 알 것이었다. 바람 앞에 등불이었다. 선조를 대신할 죽음의 그림자를 다리에 단 것이 아니면 무엇이겠는가. 혀를 차는 안타까움은 연민으로 바뀌었고, 그것이 우러름의 존경으로 변하는 것은 그리 오래 걸리지 않았다.

한편 대왕 선조는 의주로 들어온 명군에 몸을 의탁하고 있었다. 혈전도 혈난도 근심도 심려도 없는 그런 곳이었다. 핑계는 명국에 원군을 요청하는 것이었으나, 기실 제 목숨을 살리는데 더 큰 의미가 있었다. 힘겹게 익선관을 집어 들었으나 대왕의 존엄 따윈 이미 사라지고 없었다. 과거엔 비록 힘은 없었으나 자유로웠고 무소불위의 권력도 행사할 수 있었다. 하나 이젠 모든 것이 사라졌고 과거의 영화는 다시 오지 않을 그림의 떡이었다. 그 상실감은 이루 형언할 수가 없는 것이었다. 그런 종종 남쪽에서는 광해가 이끄는 분조의 활약상이 귀에 들어왔고 즈음하여 광해가 서찰을 보내왔다.

"전하, 조선의 기세가 악화일로로 치닫고 있습니다. 하온데 이 전란 가운데서도 관리들의 부패와 부덕이 죄 없는 백성을 사지로 내몰고 있습니다. 하오니 전하께옵선 국법으로 엄하게 다스리시어 부패한 관리들에게 대왕의 지엄함을 보이시옵소서. 하면 더 많은 의병이 사방에서 일어날 것입니다."

서찰을 움켜쥔 선조가 잔뜩 인상을 구겼다. 문득 두려움이 밀려들었다. 이대로라면 전란이 끝나자마자 왕좌를 내줘야 할 듯싶었다. 문득 간밤의 악몽이 떠올랐다. 곤룡포를 걸친 광해가 이리 소리치지 않았던가. "하면, 전하께옵선 용상에 거하실 자격이 없사옵니다!" 돌이켜보니 흉몽의 시작도, 반자색 자기의 잉태도, 이 지옥 같은 혈겁도, 모두 광해로부터 비롯된 듯했다. 선조의 불편한 심기를 발 빠르게 읽어낸 최충헌은 뜻을 같이하는 중신들을 이끌고 선조를 독대해 분조를 파하라 읍소했다.

"전하. 세자저하가 비록 의병을 일으켜 크고 작은 공을 세우고 있사오나…… 어찌 감히 전하께 보고조차 제때 하지 않는단 말입니까? 상감전하께서 엄연히 옥좌에 앉아 계시거늘, 이것이 불효 불충이 아니면 또 무엇이겠습니까?"

그날 밤 인빈도 최충헌을 거들었다. 광해를 이대로 뒀다간 조선이 아니라 신성군의 앞날을 장담할 수 없을 터였다.

"전하, 세자가 공공연히 어명을 입에 담는다 합니다. 전하께서 이리도 강건하신데 어명이라니요? 세자가 어찌 함부로 입에 담을 수 있는 말이옵니까?"

선조는 아무런 대꾸도 하지 않았다. 하나 그로부터 며칠 뒤 선조로부터 전해진 밀보가 분조로 날아들었다. 내용인즉슨, 선조의 조정과 광해의 분조가 양분돼 있어 크고 작은 군정의 대사를 처리하는데 어려움이 많으니, 당장 분조를 이끌고 북향하라는 전보였다. 실로 기가 막힌 처사였다. 이제 겨우 팔도에 산발한 의병들을 끌어모아 관군의 모양새를 갖추려는 마당에 북향이라니, 분조는 한순간에 얼어붙었다. 하나 어명을 거역할 수도, 선조의 마음을 되돌릴 수도 없었다. 이리저리 가진 노력을 다 기울였으나 불가능했다. 결국 광해는 관병들만 이끌고 양주를 떠났다. 한데 그날 밤 삼경, 수천의 왜군이 분조를 물샐틈 없이 포위했다. 김포에서 올라온 겐조 휘하의 왜장이 정예로 구성된 5000의 돌격대를 이끌고 분조를 공략했다. 워낙 수적 우세가 현저했는지라 짧은 격전 끝에 오합지졸도 못 되는 의병 수백의 목숨이 사라지고 말았다. 급보를 전해들은 광해는 참담했다. 하늘이 무너지는 듯했다. 그럼에도 광해는 부동심을 잃지 않고 팔도에 산재한 조선군에 제 뜻을 설파했다.

"왜군의 기습이 있었으나 분조는 아직 건재하오. 생존한 의병의 거열은 다시 태평성대로 이어질 교두보가 될 것이니, 팔도의 문무백관과 크고 작은 장수들은 두려워 말고 상감 전하의 지시에 따라주길 바라오. 그것이 대왕 전하의 우려를 덜어주는 바임을 명심하시오!"

한데도 전신이 고통스러웠다. 슬픔이야 익숙해진 지 오래였고 공포며 분노도 더 이상 힘을 발휘하지 못했다. 정신은 마비되었고 눈물은 말라버렸다. 쩍쩍 갈라진 가슴의 틈바구니 사이로 메울 수 있는 건 결코 지워낼 수 없는 증오심뿐이었다. 가장 참을 수 없는 슬픔은 죽음이었다. 하나 누가 죽은 들 이상할 것이 없는 전쟁이었다. 이미 일국의 왕자로서 지금껏 가져왔던 자부심과 자존감도 먼지처럼 사라지고 없었다. 혼돈의 끝에서 힘겹게 유지했던 순수한 열정도 활활 타버리고 없었다. 눈을 뜨고 진실을 자각한 사람에겐 더 없는 고통이리라. 하나 어찌할 도리가 없었다. 어찌하건 간에 살아남는 것이 우선이 아닌가. 살아남아야 후사를 기약할 수 있었다. 광해는 북향하지 않았다. 대신 몇 남지 않은 중신들과 군사, 의병들을 이끌고 남쪽으로 방향을 틀었다. 그곳에 한양이 있었다.

한양이라. 팔도의 모든 것이 이곳에서 결정되고, 팔도의 모든 것이 이리로 몰려들었다. 하니 한양은 조선팔도를 움직이게 하는 커다란 심장이었다. 한데 그 심장이 왜군의 칼날에 갈가리 찢겨 있었다. 누구의 손이, 누구의 발이, 또 누구의 코와 귀가 사방에 널려 있었다. 잘려진 것들을 모아 놓으면 다시 살아날까, 세월의 무게를 주름에 담은 노파는 부지런히도 시신 조각을 모으고 있었다. 한양 땅에 피 내음이 가득했고 죽음의 그림자가 차고 넘치고 있었다. 고개를 저은 광해가 동쪽으로 고삐를 틀었다.

"남한산성으로 간다."

남한산성은 험한 준령으로 둘러싸여 있는 천혜의 요새였다. 둘레가 칠천 보요, 옹성이 세 개며, 왕이 거처하는 행궁과 아홉 개의 사찰이 성 내에 있었다. 진즉 한양을 접수하고 평양까지 진격한 왜군에게 이곳 남한산성은 전략적으로 유명무실한 곳이라, 이 나라 조선에서 왜군에게 함락되지 않은 유일한 성이었다. 하니 미처 피난길에 오르지 못한 문무백관이며 권세가, 돈 좀 있다 하는 상인들은 죄다 이곳으로 피신해 있었다. 왕세자 광해의 안위를 걱정하며 기다리던 중신들은 광해가 입성하자 안도의 한숨을 내쉬었다. 생각지도 않은 의병군까지 데려온 것을 보고는 광해의 자질이 생각보다 더욱 훌륭하다 칭찬까지 이어졌다. 하지만 광해도 생각지 못한 커다란 문제에 봉착했다. 정이라, 의금부를 파옥하고 그릇을 빚어 왜국에 넘겼다는 것이 저들이 내민 정이의 죄목이었다.

"저하! 결코 있을 수 없는 일입니다! 분원의 사기장이었던 자가 목숨을 연명하기 위해 왜군들에게 그릇을 만들어 바치다니요? 이것이 반역이고 모반이 아니면 대체 무엇이겠습니까?"

남한산성에 피신해 있던 중신들은 득달같이 일어나 광해에게 정이를 참형에 처하라 목소리를 드높였다. 사방 천지에 상대할 왜군들이 넘쳐났건만, 어찌 이리도 같은 편끼리 싸워야 하는지 광해는 가슴을 치며 한탄했다. 광해가 소리쳤다.

"동인이며 서인으로 나뉘어 국론을 분란시킨 그대들의 책임은 어찌 질 것인가! 무고한 백성들의 목숨을 구한 여인에게 감사를 표하지는 못할망정, 대체 어찌 참형을 언도하란 말인가! 그대들은 진정 부끄럼을 모른단 말인가!"

자신이 할 수 있는 일은 그저 아둔한 중신들의 입을 막는 것이 전부였다. 한데 이튿날이 되자 어찌 된 일인지 더는 정이의 행각을 문제 삼는 중신들이 없었다. 단 하룻밤 만에 태도가 돌변한 것에 영문을 몰라 정이가 광해를 찾아 물었다.

"저하, 대체 어찌 된 일입니까?"

"뉘가 중신들을 찾아다니며 설득했다 들었느니라."

"중신들을 설득하다니요? 저하께서도 하지 못하신 일을 대체 누가……."

"이 변수다."

"예……? 이 육도 변수 나리를 말씀하시는 겁니까?"

고개를 끄덕인 광해가 벌떡 자리를 털고 일어섰다. 그러곤 성큼성큼 걸어가 문을 열고 나가버렸다. 한데 그 문이 닫히기 전에 육도가 들어섰다.

"이, 이 변수 나리……!"

무언가가 이상했다. 늘 자신만만하고 오만하였던 육도의 눈빛이 정과 망치에 깎이고 부서진 듯 고요하게 빛나고 있었다. 아니, 눈물을 머금고 있었다. 입술도 파르르 떨고 있었다.

"정아……. 미안하구나……. 그동안 너에게…… 실로 미안했구나."

당최 영문을 모른 정이 앞으로 다가선 육도가 참회의 눈물을 쏟으며 주저앉았다. 참담했던 기억은 까마득한 과거 되었고, 한때의 분노도 미움도 되새기기엔 이미 지나버린 일이었다. 육도가 눈물을 펑펑 쏟으며 진실을 토해냈다.

"너의 아버지가 내 아버지며…… 정이 너는…… 내 누이다……."

"이 변수 어른…… 그것이 대체 무슨 말씀입니까?"

육도는 자신이 알고 있는 진실을 주저리주저리 읊었다. 육도의 입이 열리는 만큼 정이의 눈동자가 부풀어 올랐다. 비통함에 서려 웅크려 지낸 지난날이 이리도 속절 없었다. 눈물이 툭툭 떨어졌다. 육도는 자신을 용서하라 했지만, 자신이 무엇이기에 오라비를 용서한단 말인가. 지금 보니 서로가 옳다고 믿는 것을 위해 잠시 다툼이 있던 것에 지나지 않았다. 그렇게 육도를 위로했다. 그 마음엔 한 치의 거짓도 자리하지 않았다. 이 난국에도 함께 살아있는 것에 감사할 뿐이었다. 한없이 밉기만 하던 사람이, 오라비라는 이유 하나로 모든 게 용서된다는 사실이 우습기도 했다. 육도가 정이의 손을 움켜잡았다. 오라비의 손길이 이리도 따뜻한 줄 알았다면. 한없이 부드러운 줄 알았다면. 전란을 누비며 참아왔던 눈물이 육도의 품에서 죄다 쏟아졌다.

한참을 울고 웃다가 밖으로 나왔다. 달빛이 희끄무레한 것이 금방 구름 속으로 들어갈 모양새였다. 아니나 다를까 구름자락이 달을 뒤 덮더니 그 빛을 삼켜버렸다. 저녁내 비를 흩뿌렸으니 면목이 없이 청청거목 뒤로 숨었으리라. 먹을 흩뿌려 갈긴 하늘 위로 정이의 입술을 빠져나온 새하얀 입김이 사르르 흩어졌다. 정이가 말했다.

"구름아, 달님을 부르거라."

그리 주문을 외웠다. 오늘만큼은 홀로 텅 빈 하늘을 보고 싶지 않았다. 정이 옆으로 발 길 하나가 멈춰 섰다. 광해였다. 그 옆으로 태도와 육도가 붙어 섰다. 세 사람의 시선이 먹구름을 향하자 정이가 다시 주문을 외웠다.

"달님아 나오거라. 달님아 나오거라."

이튿날 남한산성을 빠져나온 정이는 태도를 대동하고 조심스레 한양으로 들어섰다. 폐허가 된 한양 땅에 몇 명 남지 않은 사람 중 한 명이 강천이었다. 정이가 오는 것을 알고 있었던 것인지, 아니면 그저 짐작을 한 것인지, 강천은 아침나절부터 집안의 곳곳을 정리하여 귀한 손님을 맞을 준비를 해놓고 있었다. 문을 들어서자마자 강천의 목소리가 들렸다.

“왔느냐.”

아무런 말도 할 수 없었다. 눈에서 눈물이 차올라 고개를 떨어뜨릴 뿐이었다. 그저 모든 상처를 가슴에 묻어둔 채 살려 했었다. 하나 희뿌옇게 서리 내린 강천의 노쇠한 얼굴을 보는 순간 깨달았다. 천륜을 베어내기엔 사무친 증오심 따윈 무뎌진 칼날에 불과함을. 무슨 말이 필요 있으랴. 그렇게 애달픈 눈물만 속절없이 쏟아냈다. “정아……. 정아…….” 겨우 쥐어짜낸 강천의 쉰 목소리도 들렸다. 머뭇대던 강천의 손이 정이에게 다가왔다. 내민 것은 아비였으나 그 손을 먼저 잡은 것은 정이였다. 처음으로 맞잡은 부녀의 손은 뜨거웠고, 해서 두 사람의 마음은 한없이 무너져 내렸다. 무슨 말을 해야 할지 몰랐다. 위로, 사과. 아니면 이렇게 살아 있어 준 것에 대한 감사, 무엇이든 상관없었다. 소매를 눈물을 훔친 정이가 뒤로 두어 걸음 뒤로 물러나서는 다소곳이 손을 모았다. 그러곤 이내 절을 올렸다.

“모자란 여식의 절을 받으십시오……. 아버님.”

강천의 주름진 눈이 축축이 젖어들었다. 딸자식에게 보여주고 싶지 않아 고개를 들어 하늘을 보았다. 전란 가운데 본 가장 청명한 하늘이었다.

30장

열화 백파선.

너는 누구냐 물으니.
저는 조선의 보물입니다. 하고 답하였다.
너의 이름이 무엇이냐 물으니.
백발이 성성하여 신선이 될 때 까지 그릇을 빚는 사람이라,
백파선이라 합니다. 하고 답하였다.

때가 임진년 하지夏至, 분조를 이끈 광해는 경기에서 강원으로, 다시 황해도에서 평안도로. 팔도를 누비며 민심을 수습하고 의병을 모아 전쟁의 기틀을 다졌다. 의병들을 훈련시키고 군량을 모으고 전국 요지의 사령들과 의병장들과 소통할 수 있는 길도 텄다. 지략을 발휘하여 고작 오백의 군사로 황해도 연암성을 사수하기도 하고, 매일 밤낮 팔도로 격문을 보내 조선군의 사기를 진작시키니 항전의 시발점이 되었다. 하여 분조를 구심점으로 백성들이 모여들었다. 이리저리 흩어진 사대부들도 모여들었고, 노비며 백정들까지 곡괭이와 호미를 들고 동참했다. 의병들의 봉기가 이어지자 경상도와 강원도를 떠난 이들은 육로로, 전라도와 충청도를 떠난 이들은 바닷길로 몰려들었다. 한데 그 즈음 뜻밖의 소

식이 전해졌다. 함경도로 파견나간 임해군과 순화군이 회령에서 왜군의 포로가 되었단 첩보였다. 그것도 왜병이 아닌 백성들의 손에 구금되어 왜군에게 넘겨졌다 했다. 의주에 머물던 선조는 노발대발하였으나 동생 광해는 마음이 쓰리고 아팠다. 포로가 된 임해는 앞으로의 항전에도 큰 부담이 될 수밖에 없었다.

달포 전이었다. 임해는 부러 제 위엄을 과장해 보이려 팽팽히 눈을 부라려 뜨고 제 앞을 막고 선 백성들을 쏘아봤다. 합죽선을 펼치고 득의양양한 웃음을 흘렸고 무심히 가래침도 뱉었다. 한데 어디서 나타난 것인지 모를 수많은 백성들이 임해를 에워쌌다. 그렇게 꼼짝없이 잡히고 말았다. 백성들에게.

"빌어먹을!"

왜정의 옥사에 갇힌 임해의 입에서 기어이 욕설이 튀어나왔다. 참을 수가 없었다. 이 모두 그 몽매한 반란군들 때문이리라. 그간 왕자로서 백성들에게 하해를 베풀지 못한 것은 인정하겠으나, 그렇다 해도 어찌 조선의 백성들이 창칼로 위협하다 못해 일국의 왕자를 잡아 왜군에 넘길 수 있단 말인가. 그때 눈을 시뻘겋게 뜬 백성들을 향해 임해가 소리쳤었다. "내가 네 놈들 얼굴을 모두 기억할 것이다. 전란이 천년만년 갈 것 같으냐? 전란이 끝나면 너희도, 너희 고을도, 모두 역적의 무리로 구족이 참형을 면치 못할 것이다!" 곧 죽어도 입은 살아있었다. 그것이 달포 전이었다.

딸꾹, 곧 죽을지도 모른다는 공포에 임해의 입에서 딸꾹질이 멈추지 않고 있었다. 이대로 죽을 순 없었다. 장차 보위에 올라야 할 일국의 장자가 이런 곳에서 이름 없이 죽을 순 없었다. 한데 반드시 살아야겠다는 간절함이 어느 순간에 기발한 묘안을 떠올렸다. 지옥 같은 삶에서 벗어나는 것은 물론이요, 운만 좋으면 전란에서 공을 세울 수 있는 기회이기도 했다.

"내 당신들이 원하는 것을 갖게 해 주겠소."

뜬금없이 외치는 임해를 보며 적장 가토 기오마사는 한숨을 지었다.

"듣지 못했는가! 당신들이 원하는 것을 내어주겠다고!!"

임해의 의중은 궁금하지 않았으나, 시끄러운 임해의 입을 닫을 생각에 적장 가토가 심드렁한 표정으로 대꾸했다.

"그것이 포로의 입에서 나올 말은 아닌 것 같은데……."

"조선 최고의 보물을 당신에게 넘겨준대도 그리 말할 수 있겠소?"

물고기보단 물고기가 많은 강이 좋고, 쌀 몇 포대보단 기름진 땅이 더욱 탐나지 않겠는가. 가토가 대꾸했다.

"허허…… 설마하니 그런 핑계로 여길 빠져나갈 수 있다 생각하는 게요?"

"나갈 생각은 추호도 없소이다."

지금까지와는 다른, 그리 크지 않은 목소리에 단호함이 실려 있었다. 짐짓 의아한 표정의 가토가 물었다.

"정말이오?"

"그 보물은 스스로 이곳을 찾아올 것이고. 나는, 그 다음에 떠날 것이오."

"……."

가토는 곧장 개성에 머물고 있는 겐조를 김포로 불러들였다. 그러곤 재차 임해의 말이 사실인지를 확인했다. 이제 여유가 생긴 임해는 겐조를 앞에 두고 거드름까지 피웠다. 하지만 그것은 상대를 잘못 본 것이었다. 겐조의 허리춤에 걸려 있던 칼이 순식간에 칼집을 빠져나와 임해의 턱밑에 붙었다. 움찔한 임해가 소스라치며 말했다.

"거, 거짓이 아니오! 조선 최고의 사기장이 분명 제 발로 걸어들어올 것이오! 내게 다 방도가 있단 말이오!"

"……."

겐조는 한동안 고민에 빠졌다. 분원의 사기장. 그것은 히데요시에게 특별히 하달받은 명이기도 했다. 왕실자기를 굽는 분원의 사기장을 사로잡을 수 있다면, 게다가 일국의 왕자가 조선 최고라는 수식어를 붙였다면, 기대어 볼 만한 조건이었고, 손해 볼 거래는 아닌 듯했다. 그리 마음먹고 임해를 묶고 있던 포승줄을 단숨에 잘라주었다.

"뜻대로만 된다면 그대 목숨을 보전해 주겠소."

만면에 미소를 머금은 임해가 친필 서신을 작성해야 문방사우를 내어달라 청했다. 그러곤 연신 입술을 비틀어 웅얼거렸다.

"광해야, 조선 최고의 보물을 데려와야 한다. 그래야만, 나도 순화군도 목숨을 보전할 수 있다."

임해는 자신의 의복을 일부 찢어 서신과 함께 겐조에게 건넸다.

임해가 보낸 서신이 광해의 손에 전해지기까지는 채 하루도 소모되지 않았다. 서신을 펼쳐 든 광해의 얼굴이 순식간에 굳어졌다. 서신에 적힌 조선 최고의 보물이 무엇을 뜻하는지 뉘보다 잘 알고 있었다. 문득 임해의 목소리가 떠올랐다. "너에겐 그 계집이 보물 중의 보물이겠구나." 정이를 말함이었다. '모자란 형님이 제 목숨을 담보로 정이를 찾는구나! 이를 어찌한단 말인가!' 사실을 모르는 분조의 중신들은 조선 최고의 보물에 대해 다양한 의견을 제시했다. 하지만 누구도 그것이 정이를 뜻한다는 것은 알지 못했다. 진실을 아는 이는 오직 광해뿐이리라. 비록 달가운 사이는 아니라 해도 임해는 유일한 혈육이었다.

조선 최고의 보물이라, 바람을 탄 소문은 삽시간에 정이의 귀에까지 들어갔다. 처음엔 정이도 조선 최고의 보물이 자신을 뜻하는지는 알지 못했다. 하지만 언젠가 광해가 말한 것이 떠올랐다. '아느냐? 넌 조선 최고의 보물이다.' 분명 광해가 자신에게 그리 말했었다. 기억을 쫓아 정이는 광해를 찾아갔다. 자신의 희생으로 왕자 임해군이 살아날 수 있다면 제 목숨 정도는 희생할 마음이 있었다. 임해가 왕자이기 때문이 아니었다. 임해가 광해의 친형이기 때문이라. 하나 정이는 광해를 만날 수 없었다. 광해는 전날 밤부터 종적이 묘연했다. 분조의 중신들도 혹 무슨 변고가 생긴 것은 아닌가 하고 서둘러 광해를 찾는 중이었다. 하나 어디에도 광해의 흔적은 보이지 않았다. 한데 무언가 또 이상한 것이 있었다. 정이는 곧장 태도를 찾았다.

"저하께서 암행을 나가시는데 오라버니를 데려가지 않을 리 없잖아. 오라버닌 알고 있지? 저하께서 어딜 가셨는지……."

"……."

태도는 애써 정이의 시선을 피하며 침묵했다.

"오라버니! 안 돼. 내가 가야 해. 날 찾고 있어. 만에 하나 저하께서 적진으로 가셨다면……."

말을 끝내기도 전에 깨달았다. 태도를 두고 간 이유를.

"나를…… 나를 잡아두라 명하셨구나. 저하께서……."

"……!"

요동치는 정이의 눈빛을 본 순간 태도의 심장이 덜컥 내려앉았다. 이후 정이가 어떻게 나올지는 불 보듯 빤한 일이었다. 아니나 다를까 정이가 작심한 듯 말했다.

"오라버니……. 날 보내줘. 사실을 알게 된 이상 저하를 그리 내버려둘 순 없어. 갈 거야. 오라버니가 데려다 주지 않음, 나 혼자서라도……."

그러곤 휙 돌아서는데 태도의 손이 잽싸게 정이의 손을 움켜잡았다.

"안 돼."

"내 목숨 하나면, 세자 저하도…… 두 분 왕자님도…… 모두 구할 수 있어. 그러니까…… 오라버니가 도와줘. 부탁이야."

"세자 저하든, 이 나라 조선이든, 그것이 뭐든 간에, 너를 사지로 내보낼 순 없다."

"오라버니!"

태도는 막무가내로 정이의 손을 잡아끌었다. 한데 몇 보 걷기도 전에 멈춰 서고 말았다. 어느 틈에 몰려든 관군들이 두 사람을 에워쌌다. 개 중엔 눈에 익은 의병들도 더러 섞여 있었다. 의아한 표정의 태도가 물었다.

"무슨 일인가?"

"저 여인을 추포하여 협상장으로 보내라는 명이오!"

"뭐라!"

"미안하나, 저항하겠다면…… 강제로라도 데려가야겠소."

순간 관군들이 칼을 뽑아들었다. 숫자가 너무 많아 제아무리 태도라도 빠져나갈 수 없을 듯했다. 이곳을 빠져나간다 한들 정이를 데리고서는 성문을 넘을 수도 없을 것 같았다. 하여도 정이는 줄 수 없었다. 제 목숨이 떨어지기 전엔 보낼 수 없었다. 찰나 섬광처럼 칼을 뺀 태도가 달려나갔다. 하나 칼끝에 살기가 없었다. 다 같이 조선을 지키고자 모여든 관군이며 의병들이 아닌가. 태도의 검은 매가리 없이 내쳐졌고 이내 묵직한 발길질이 이어졌다. 가까스로 정신줄을 잡고 버티는데 멀리 울음을 쏟고 있는 정이가 보였다. '정이 너는…… 언제나 눈물만 쏟는구나……. 미안하다. 정아…….' 그러곤 한순간 정신을 놓고 말았다.

서해 바닷가에서 멀지 않은 김포의 평야였다. 초야 가운데 지어 올린 초라한 막사에 두 개의 깃발이 걸려 있었다. 하나는 왜의 깃발이오, 다른 하나는 조선의 깃발이었다. 거센 바닷바람에 깃발들은 쉼 없이 나부꼈다. 멀찌감치 조선군의 진영을 벗어난 광해가 막사를 향해 걸음을 옮겼다. 이백여 보를 걸어 막사 앞에 다다르자 기다린 듯 겐조 옆으로 오랏줄에 묶인 임해군과 순화군이 서 있었다. 임해군이 그저 반가운 얼굴로 소리쳤다.

"과, 광해야! 내가 얼마나 기다린 줄 아느냐? 한데…… 어찌 너

혼자 온 것이냐? 그 년은? 그 사기장 계집은 데려오지 않은 것이냐?"

"……."

실로 한심한 형이었다. 마음 같아선 당장 혀를 깨물고 죽어라 외치고 싶었으나 꾹꾹 속으로 되삼켜 넘겼다. 그때 겐조가 말했다.

"세자 저하께서 친히 납시다니…… 사실 좀 놀랐습니다. 우선 안으로 드시지요."

광해가 깊은 한숨을 내쉬는데 순간 막사 뒤로 숨어 있던 왜병들이 우루루 쏟아져 나와 막사를 에워쌌다. 깜짝 놀란 광해가 칼을 뽑으려 하자 겐조가 손을 뻗어 만류했다.

"만에 하나를 위해 준비한 것일 뿐, 긴장하실 필요 없습니다."

반쯤 뽑았던 칼을 집어넣고 막사 안으로 들어서자 따듯한 차가 준비돼 있었다. 두 사람이 작은 탁자를 두고 마주 앉았다.

"서로의 목적이 분명하니 얘기가 길어질 건 없을 듯하고…… 그래, 조선 최고의 보물은 어찌 데려오지 않은 것입니까?"

순간 광해가 어이없는 듯 실소를 터트렸다. 그리 한참을 웃다가 콧방귀를 끼고 말했다.

"네 놈은 눈이 먼 것이냐? 지금 이 자리에 있지 않느냐."

"……."

"내가 이 나라 조선의 왕세자다. 하니 내가 조선 최고의 보물이 아니면 무엇이 보물이란 말이냐?"

당혹감에 휩싸인 겐조의 안면이 살짝 일그러졌다. 이 사내에게 이 정도의 표정 변화는 노기가 머리끝까지 차올랐다는 신호였다. 그럼에도 애써 미소를 머금었다. 무서우리만큼 심중의 화를 터트리지 않는 사내였다.

"설마…… 왕세자의 목숨을 담보하겠단 게요?"

"왜, 그러면 아니 되는가?"

"……!"

심중엔 설마 하는 마음이 있었으나 듣고 나니 실로 대단한 사내였다. 흔들림 없는 광해의 패기에 적잖은 감동도 받았다. 저도 무사가 아니던가, 광해의 눈빛에서 느낄 수 있었다. '대의를 위해서라면 제 목숨 따위는 가벼이 버릴 수 있는 사내로구나!' 한데도 적국의 왕자, 그것도 세자의 눈빛이 저렇다는 것은 그리 달갑지만은 않았다. 해서 생각을 바꾸기로 했다. '되레 잘 된 것인가. 왕세자를 볼모로 잡고 있는 것만큼 이 전쟁에서 덕이 될 것이 또 무엇인가!' 하여 광해를 인질로 잡을까 잠시나마 생각했으나, 그 생각 또한 차가 식기도 전에 바뀌었다. 겐조가 고개를 저으며 말했다.

"그건 안 되겠소이다."

"안 된다? 이유가 무엇인가?"

"그대를 인질로 잡았다간 무슨 후환이 있을지 장담할 수가 없소. 내 그대의 뜻을 존중해 웬만하면 목숨을 거두고 싶은 마음을 자제했으나…… 그대의 패기어린 눈빛을 보니, 이 자리에서 목을 베어야겠다, 결심할 수밖에 없구려."

겐조의 말이 떨어지자마자 두 사람의 눈빛이 동시에 섬뜩하리만큼 번득였다.

"흥, 장군의 수하들은 모두 막사 밖으로 있고, 이곳엔 그대와 나 둘밖에 없는데…… 그 손으로 내 목을 벨 수 있다…… 장담할 수 있느냐?"

겐조가 비릿한 미소를 머금었다.

"세자께서 무예에 조예가 깊은 것은 익히 알고 있으나…… 내 칼을 감당할 순 없을 것이외다."

그 순간이었다. 겐조의 말문이 채 닫히기도 전에 섬광처럼 빠져나온 광해의 검이 겐조의 옆구리를 베었다. 아니, 베기 직전에 멈춰 섰다. 칼을 툭 떨어트린 광해의 시선 끝에 겐조의 검이 보였다. 날 선 칼날이 제 목젖을 꾹 누르고 있었다.

"……!"

광해가 꿀꺽 침을 삼키자 붉은 선혈이 흘러나와 칼날을 타고 흘러 내렸다. 피식 미소를 머금은 겐조가 말을 이었다.

"세자를 죽이기 전에 한 가지는 확인해야겠소이다."

"……."

"조선 최고의 보물, 임해군이 말한 그 사기장이 누구요?"

"네 알아서 무엇하느냐? 날 죽이겠다 마음먹었다면 죽이거라. 하나, 내 형제들을 풀어주겠단 약속은, 사내대장부로서 지켜야 할 것이다."

고개를 끄덕인 겐조가 칼을 치켜들었다.

"잘 가시오. 고통 없이 베어드리리다."

그러곤 힘껏 내리치려는데 다급한 수하의 목소리가 들렸다.

"장군!"

멈칫한 겐조의 시선 끝으로 수하가 서 있었고, 그 옆으로 눈에 익은 여인이 서 있었다. 정이였다.

"너는……!"

"저, 저하……!"

셋 중 가장 놀란 이는 광해였다. 광해는 곧장 일갈을 토했다.

"어찌 네가 이곳에 온 것이냐! 대체 어찌 온 게야!"

정이가 한 걸음 다가섰다. 그러곤 슬픈 미소를 머금고 입을 열었다. 눈빛은 광해가 아닌 겐조를 향해 있었다.

"제가 조선의 보물입니다. 장군께서도 잘 아시지 않습니까?"

겐조가 미소를 머금었다. 순간 광해가 벌떡 자리를 털고 일어났다.

"안 된다! 너를 보낼 수는 없다!"

"전하. 임해군 마마와 순화군 마마를 살려야지요. 천하디천한 제 목숨 하나로 두 분 왕자님의 목숨을 구명할 수 있다니, 당연히 그리해야 합니다."

"그럴 수 없다! 내 결코 너를 보내지 않을 것이다!"

"마마……."

그때 누군가의 굵직한 목소리가 들렸다.

"하면 제가 가겠습니다."

"……!"

깜짝 놀란 일동의 시선이 막사 입구로 모아졌다. 그 시선 끝에 전신에 피칠갑을 한 태도가 서 있었다.

"오라버니……!"

멋쩍게 웃은 태도가 정이의 어깨에 손을 올려 툭툭 다독이곤 터벅터벅 광해 앞으로 다가가 예를 갖추었다. 광해가 이를 갈며 말했다.

"내 분명 너에게 정이를 잡아두라 명했을 것이다."

"송구합니다."

"이 사태를 어찌한단 말이냐."

두 사람의 대화를 듣고 있던 겐조의 손이 덜덜 떨렸다. 그 바람에 칼끝도 휘청휘청거렸다. 이처럼 손이 떨린 것은 오랜만의 일이었다. 당최 이유를 알 수 없어 겐조가 물었다.

"막사 밖에 있는 수하들은 어찌 되었느냐?"

"지금은 아무도 없소이다."

화들짝 놀란 겐조가 되물었다.

"혼자서…… 내 수하들을 모두 도륙했단 말이냐?"

태도가 능청스레 말했다.

"그대도 수하들을 따르고 싶다면, 내 그리 해 주겠소."

"……!"

그러곤 스륵 손을 움직이는데 피가 흥건한 붉은 대도가 어느 새 겐조의 목 끝에 닿아 있었다. 실로 믿기지 않는 검술이리라. 잠시 경악어린 겐조의 눈빛을 살핀 태도가 검을 회수하곤 태연한 목소리로 말했다.

"죽고 싶다면, 언제든 말만 하시오."

"……!"

그때 정이가 소리쳤다.

"그만둬 오라버니!"

"……."

"나를 데려갈 분이야."

태도는 말문이 막혔다.

하나 무언가 생각한 것이 있는 듯 물었다.

"너는 죽음이 두렵지 않으냐?"

"두려워. 그래도 내 목숨보다 세자저하의 목숨이 더 중하니까. 두 분 왕자님의 목숨이 더 중하니까……."

"맞다. 한데 정이 네 목숨도, 내 목숨보다 중한 걸 어찌하느냐."

"……."

"네가 가겠다면, 나도 간다. 네가 죽겠다면, 나도 죽는다. 하니 그리도 가고 싶다면, 나도 데려가야 할 것이다."

"오라버니……."

"나와 함께 가겠느냐?"

정이의 커다란 눈동자 한가득 눈물이 맺혔다가 뺨을 타고 흘렀다. 태도는 지금껏 단 한 번도 무언가를 요구한 적이 없었다. 단 한 번도 태도에게 무언가를 해 준 적도 없었다. 한데도 태도는 늘 곁에 서 있었다. 마치 저와 한몸인 양. 정이가 눈물을 쏟으며 고개를 끄덕였다. 울고 있었으나 미소를 머금고 있었다. 훔쳐내고 또 훔쳐내도 눈물은 멈추지 않았다. 그리 눈물 흥건한 얼굴로 겐조에게 말했다.

"저는 조선 최고의 보물이 아닙니다. 하나, 그릇을 빚을 수 있습니다. 귀하고 아름다운 그릇은 빚을 줄 모릅니다. 하나, 밥그릇 국그릇은 빚을 줄 압니다. 언젠가 제게 그릇을 빚으라 하였지요. 지금도 저를 원하신다면…… 데려가십시오. 제가 가겠습니다. 제가 그릇을 빚겠습니다."

"……."

태도가 말했다.

"이 아이는 내 누이요. 이 아이가 가는 곳이라면 나는 어디든 함께 가야만 하오. 더는 피를 볼 생각은 없으니, 두 번 다시 이 손에 검을 잡을 일도 없을 것이오. 하니…… 이 아이를 데려가려면, 나도 데려가시오."

"……."

그러곤 검을 툭 던졌다. 하나 광해는 두 사람을 놓을 수 없었다. 바닥에 떨어진 칼을 주워들어 힘껏 뿌린 후 소리쳤다.

"너희들이 지금 나를 농락하는 것이냐! 어명이다! 너희 둘 모두, 이 조선 땅을 단 한 발자국도 벗어날 수 없다!"

정이가 말했다. 그녀는 여전히 눈물을 쏟고 있었다.

"저하. 백성을 살피시고 나라를 살피십시오. 이리 떠난다 하여 죽는 것이 아닙니다. 잠시…… 잠시 떠나는 것입니다. 잠시 헤어지는 것입니다."

"아니 된다! 내 결코 너를 보내지 않을 것이다!"

태도가 말했다.

"제 몸에 묻은 피는 왜인의 피가 아닙니다. 조선인의 피, 관군의 피며 의병들의 피입니다. 저하께서 살생은 금하라 하시어, 살생은 하지 않았습니다. 하나 저는 이미 반역자입니다. 이 나라 조선에서는 더는 살 수 없는 몸입니다."

"안 된다! 너의 죄는 내가 사할 것이다! 그 어떤 이유로도 너를 보낼 수 없다!"

광해의 메말랐던 눈에서도 눈물이 솟구쳤다. 한강수마냥 펑펑 쏟아졌다. 그러면서도 목청껏 외쳤다.

"갈 수 없다! 너희 둘 모두! 단 한 발자국도 이 나라 조선을 떠날 수 없다! 반역이며, 모반이다! 내 지옥 끝까지라도 쫓아가 너희 둘을 참할 것이다! 아니 된다! 절대 아니 될 일이란 말이다!"

그때 겐조가 끼어들었다.

"이 아이를 보내주시면, 물러가겠습니다."

한껏 달아올랐던 흥분이 순간 차갑게 내려앉았다. 광해가 영문을 모른 표정으로 물었다.

"지금, 무어라 했소?"

"물러가겠다 했습니다. 한강 이남으로 내려가지요."

"……!"

도저히 믿기지 않는 발언이라 광해가 되물었다.

"한강 이남으로…… 지금 그 말이…… 진심이오?"

겐조가 미소를 머금었다.

"물론입니다. 이 아이를 내주시면…… 모든 군사를 물리고 한

강 이남으로 내려갈 것입니다. 물론 약속한 대로 임해군과 순화군도 풀어 줄 것이며, 다가올 휴전 협상에도 임할 것이고요."

"……!"

이 상황을 정리할 수 있는 기회인 듯하여 정이가 급히 나섰다.

"저하, 전란을 끝낼 수 있습니다. 모자란 제가 이 나라 조선에 보탬이 될 수 있도록 도와주십시오. 제가, 도움이 될 수 있습니다. 저하, 이리 간절히 부탁드립니다."

진심일 리 없었다. 그 뉘가 고향 땅을 떠나 적국으로 가고 싶겠는가. 그 누가 제 목숨이 아깝지 않겠는가. 그럴 수는 없다. 이럴 수는 없다. 정이를 보내다니, 태도를 보내다니, 결코 있을 수 없는 일이었다. 한데도 보낼 수밖에 없었다. 막을 수 없었다. 손에 쥔 칼이 매가리 없이 흔들리다 한순간 툭 떨어졌다. 눈물이 솟구쳤다. 눈물을 쏟고 말았다. 오열했다. 땅을 치고 오열하고 말았다.

여러모로 손해 볼 것 없는 장사라 겐조는 미소를 머금었다. 여차하면 제 목이 날아갈 수도 있는 상황에서 목숨을 건졌고, 덤으로 조선 제일의 사기장을 얻었다. 게다가 이미 일방적이었던 전세가 새로운 국면을 맞이할 시기라, 명의 원군이 압록강을 넘어 조선으로 들어온 때였다. 명에서는 왜와 조선에 강화회담을 제시했고 조선의 왕은 이를 마다하지 않았다. 즉, 아직은 평양이며 개성이며 일본군이 점령하고 있었으나 명국의 십만 대군이 몰려오면 무엇 하나 장담할 수 없는 처지였다. 하니 어차피 달포도 지나기 전에 한강 이남까지 물러설 수밖에 없는 시국이었다. 옅은 미소를 머금는 겐조의 시선 끝에 눈물을 쏟고 있는 일국의 왕세자가 보였다. 실로 백성을 위한 마음이 느껴지는 왕의 그릇이었다.

광해가 울먹이는 목소리로 말했다.

"이 나라가 너에게 무엇을 주었느냐. 무엇을 주었기에 그토록 한없는 사랑을 베푼단 말이냐."

문득 진흙탕 같았고 가시밭길 같았던 지난 세월이 주마등처럼 스쳐 지나갔다. 하여도 모두 과거였고, 그 과거가 자신을 존재케 했다. 정이가 한껏 미소를 품고 화답했다.

"제게 꿈을 주었고, 그 꿈을 이루게 해 줬습니다. 더 이상 무슨 이유가 필요하겠습니까."

어찌 이렇단 말인가. 하늘이 원망스러울 뿐이었다. 덜덜 떨리는 광해의 손이 정이의 어깨 위로 올라갔다.

"아느냐…… 다시는 볼 수 없을 것이다. 다시는 이렇게 마주할 수 없을 것이다……."

지금 이 순간만은 광해군이 아니었고, 조선의 왕자가 아니었다. 세자라는 자리는 멀찌감치 버려둔 지 오래였고, 지금은 오직 한 여인을 지켜주고 싶은 사내일 뿐이었다. 정이의 어깨 위로 올라간 손이 가늘게 떨렸다. 아무리 발버둥 쳐도, 바꿀 수 없다는 것을 아는 것이 더욱 힘들었다. 정이가 나직이 말했다.

"그동안 감사했습니다……. 저하."

정이의 눈에서도 눈물이 툭툭 떨어졌다.

"슬퍼서 우는 것이 아닙니다. 저를 생각하는 저하의 마음이 느껴져 이리도 눈물이 납니다. 너무도 감사해, 너무도 분에 넘쳐 눈물이 납니다……."

연못에 던져놓은 돌이 파문을 일으키듯 감정이 요동쳤다.

"백성들을 지키지 못했다. 조선의 보물들도 모두 빼앗기고 말았다. 한데 이제, 목숨을 걸고 지켜주겠다 맹세한 너를…… 정이 너마저 보내란 말이냐……. 남은 죄책감은 어찌하느냐. 내 너를 보내고 어찌 남은 날을 편히 살 수 있단 말이냐……!"

"저를 버린 것이 아닙니다. 스스로 떠나는 것입니다. 저하께서는 백성을 구하지 않았습니까. 힘을 내십시오, 저하……."

"정아…… 너는 대체…… 정아……!"

횃불을 밝히지도 초롱을 걸지도 않아 어둡고 눅눅한 밤이었다. 그 가운데 옥루라 불리는 사내의 눈물이 뺨을 타고 흘렀다. 정이의 조막만 한 손이 제 손을 어루만져 주었고, 비루해지지 말라, 자책하지 말라 위로하고 있었다. 그 위로 옥루가 떨어져 천한 사기장의 손을 적시었다. 하지만 굳이 닦아주지 않았다. 다시는 눈물을 흘리지 않을 것이기에. 다시는 이 손을 맞잡을 수 없기에. 참으로 길고도 짧은 밤이 가고 새벽녘 물안개가 광나루를 뒤덮고 있었다. 언덕 위에 올라선 광해는 그저 휑한 눈빛으로 말없이 광나루를 내려다보고 있었다. 지켜는 보지만, 막을 수는 없었다. 판선에 몸을 실은 정이의 인영이 멀리 사그라지자 힘겹게 잡고 있던 심장의 목소리가 떨렸다. '잡아야 한다, 지금이라도 붙잡아야 한다!' 하나 그저 심중을 떠도는 메아리였다. 손을 잡고 싶었다. 붙잡아 품 안에 안고 싶었다. 기력이 쇠하고 다할 때까지 곁에 두고 싶었다. 메마른 심장이 쩍쩍 갈라졌다. 그 틈틈이 정이의 아련한 마음이 전해졌다.

"정아…… 참으로 부끄럽구나. 나 자신이 한심하여 견딜 수가 없구나."

목소리가 닿지 않는 먼 곳이었으나 한 줄기 바람이 광해의 목소리를 실어 날았다. 몸을 실은 왜선이 광나루를 벗어나자 저 멀리 언덕 위에 올라 선 광해가 점을 찍은 놓은 듯 보였다. 정이가 말했다.

"부디 지금 흘리시는 옥루가 저하의 마지막 눈물이 되기를…… 간절히, 간절히 빌겠습니다."

깊은 한숨을 토해낸 광해가 말했다.

"오래전, 오직 소중한 한 사람을 지키고 싶다 말하지 않았느냐.

나는 지켜줄 수 없으니, 태도 네가 정이를 지키거라. 그것이 네가 진심으로 바라는 것이 아니냐."

정이 옆에 선 태도가 말했다.

"예, 저하. 저하께선 보위에 올라 조선의 만백성을 위하십시오. 저는 정이 한 사람만 위하겠습니다."

세 사람이 미소를 머금었다. 창창한 대해가 바람을 타고 넘실거렸고 그 위로 청명한 하늘이 펼쳐져 있었다. 흰 구름도 몽글몽글 떠다녔다. 지나간 시간은 꿈만 같았고, 이제 보니 하늘이며 바다며, 햇빛이며 바람이며, 모두가 두 사람을 반기고 있었다.

어떠한 이유로 일본에 왔는지 명확한 사료는 남아 있지 않으나, 소문에 그녀를 데려온 이는 다케오内田村의 영주 고토 이에노부後藤家信이며, 왜란 때 끌려온 많고 많은 도공들 중 한 명은 아니라 했다. 그녀는 다케오의 영지에서 처음으로 조선의 그릇을 빚기 시작했다. 그녀의 그릇이 너무 아름다워 사람들의 칭찬이 줄을 이었고, 전국에서 몰려든 도공들이 그녀 앞에 줄지어 배움을 청했다 한다. 그러던 어느 날, 그녀와 함께 일본으로 건너온 남편 김태도가 돌연 세상을 떠나버렸다. 남편을 잃은 아픔이 얼마나 컸던지 흑단결 머리카락이 고작 하룻밤 만에 새하얗게 변하여 젊은 나이에 백발이 되었다 한다. 하나 그 후로도 남편을 잊지 못하는 괴로움에 결국 그 땅을 떠나고 말았다. 이후 아리타에 좋은 백토가 난다는 소문에 히에코바裨古場에 정착했다. 그녀는 결국 그곳에서 찬란했던 삶을 마감했다. 이제 그녀가 죽은 지 50년이 흘렀다. 애석하게도 그녀의 본명은 남아 있지 않다. 그녀가 이름을 남기지 않은 것인지, 그녀의 이름이 세월에 묻혀 사라진 것인지도 확실하지가 않다. 다만, 그녀를 아는 이와, 그녀를 알았던 이들은 모두, 그녀를 백파선이라고 불렀다. 백발의 그녀는 언제나 웃음을 잃지 않았고, 숨이 끊어지는 마지막 순간에도 손에서 그릇을 놓지 않았다 한다. 내가 오늘 이 기록을 남기는 것은, 아리타 도자기의 어머니라 추앙받는 그녀가, 백 년, 천 년 후에도 영원하길 바라서이다.

—증손자 심해당선深海棠仙이 백파선을 기리며.

〈끝〉

불의 여신 정이(3)

1판 1쇄 찍음 2013년 8월 9일
1판 1쇄 펴냄 2013년 8월 16일

지은이 | 권순규
발행인 | 김세희
편집인 | 김준혁
펴낸곳 | 황금가지

출판등록 | 2009. 10. 8 (제2009-000273호)
주소 | 135-887 서울 강남구 신사동 506 강남출판문화센터 5층
전화 | **영업부** 515-2000 **편집부** 3446-8774 **팩시밀리** 515-2007
홈페이지 | www.goldenbough.co.kr

ISBN 978-89-6017-562-4 04810 (3권)
ISBN 978-89-6017-559-4 04810 (set)

㈜민음인은 민음사 출판 그룹의 자회사입니다.
황금가지는 ㈜민음인의 픽션 전문 출간 브랜드입니다.